Christoph Güsken

Bis dann, Schnüffler

Kriminalroman

grafit

Der Autor:

Christoph Güsken wurde 1958 in Mönchengladbach geboren. Nach dem Theologiestudium wurde er Buchhändler in Köln. Zur Zeit lebt er als freier Autor in Münster. Er veröffentlichte bisher einen Roman, diverse Kurzgeschichten und Hörspiele.

Chemnitzer Str. 31, D-44139 Dortmund
Internet http://www.grafit.de
e-mail grafit@knipp.de

Umschlagfoto: Matthias Zölle
Satz: Knipp Medien und Kommunikation, Dortmund
Druck und Bindearbeiten: Fuldaer Verlagsanstalt
ISBN 3-89425-063-1
1. 2. 3. 4. 5./98 97 96

1

Der Tag, an dem der Mann mit seinem unförmigen schwarzen Koffer das Büro betrat, mochte auf den ersten Blick nach einem Glückstag aussehen. Großzügig hatte der Regen eine Pause eingelegt, und die für die Jahreszeit viel zu warme Sonne lockte die Leute noch einmal scharenweise in die Parks, aus denen die Schwäne sich längst verzogen hatten. Während die Alten träge auf Bänken herumlungerten, hechelten die Jungen in schockfarbenen Jogginganzügen die Wege entlang, bei jedem Schritt prustend wie auftauchende Wale.

Andere stolperten mit der Leine in der Hand hinter ihren Hunden auf die Grünflächen und standen dabei, wie sie ihr Geschäft verrichteten, bis es kein Grün mehr gab weit und breit. Möglich, daß es für sie ja das Geschäft ihres Lebens war. Genauso wie für die Herden von Kunden, die die Einkaufszone plünderten, als habe Dschingis Khan persönlich über Nacht einen Belagerungsring um die Stadt gezogen.

Ein schöner Tag also. Aber genauso, wie der Koffer nur auf den ersten Blick schwarz war, in Wirklichkeit aber schwarz-rot kariert, so gab es auch Leute, die diesen Tag nicht einfach so genießen konnten. Leute wie mich zum Beispiel.

Der Grund war, daß sie alle Hände voll zu tun hatten. Blumengießen, Aschenbecher ausleeren, Bleistifte spitzen. Ab und zu mit der Gießkanne in der Hand vom Fenster aus das Treiben auf der Straße verfolgen oder versuchen, möglichst viele Büroklammern in den zwei Meter entfernt stehenden Papierkorb zu schnippen. Dinge, von denen man nicht sagen konnte, daß sie unbedingt getan werden mußten. Aber Hauptsache, es gab sie zu tun. Henk behauptete das jedenfalls. Er war der Optimismus in Person.

»Wenn ich auf einem Schiff wäre, das jeden Moment untergeht, dann würde ich immer noch abspülen, wenn ich aufs Klo gehe«, pflegte er zu sagen. Nur so könne man die Anfangs-Flaute in den Griff kriegen.

Flaute. Wenn das eine Flaute war, dann war der legendäre Schwarze Freitag mit all seinen Schrecken das Wirtschaftswunder des Jahrhunderts gewesen. Eine Detektei, die mitten im Garten Eden aufgemacht hatte, hätte wahrscheinlich noch mehr zu tun gehabt. Aber diese hier lag in einer Großstadt, und da gab es Verbrechen zu jeder Stunde und in jeder Preislage: Tausende von Frauen, die ihre Männer betrogen, Männer, die ihre Frauen umbrachten, Erpresser, Betrüger, Schläger, Drogenbarone, korrupte Politiker – alles, was man sich nur wünschen konnte. Davon stand ausgiebig in den Zeitungen.

Als der Mann also die zerkratzte Milchglastür mit dem selbstgemachten Pappschild *Kittel & Voss, Private Ermittlungen* hinter sich schloß, gab es keinen Grund anzunehmen, daß es sich hier um einen Klienten handelte. Sofern ich ihn überhaupt wahrnahm, hielt ich ihn für einen Geldeintreiber. Oder einen, der im Eiscafé unter uns zuviel Kaffee getankt und den der plötzliche Drang, ihn jetzt loszuwerden, wieder einmal zu uns geführt hatte.

»Guten Tag.«

Der Mann räusperte sich, und ich nahm mir vor, die unten dazu zu bringen, endlich ihre Toilette besser auszuschildern.

»Sind Sie Kittel oder Voss?«

Mißtrauisch sah ich von meiner Zeitung auf. *Besorgnis über Anwachsen der Kriminalität* lautete die riesige Schlagzeile. Die Presse mit ihrem Hang zu Übertreibungen.

»Wieso?« fragte ich.

»Weil ich einen von beiden sprechen will.« Der Mann hatte eine krächzende Stimme. Er mochte um die Vierzig sein, war ziemlich dünn und trug eine große, dunkelgeränderte Brille auf der Nase, was mich sofort an eine Krähe denken ließ.

»In welcher Angelegenheit?«

»In welcher ...« Der Mann runzelte die Stirn. »Also, ich möchte Ihre Dienste in Anspruch nehmen. Es ist eine – Sache, die Diskretion erfordert ...«

Ich begriff plötzlich und reagierte sofort. Ich legte die Zeitung weg – der Luftstrom der hektischen Bewegung erfaßte sie und trieb sie in Richtung Fenster, wo sie wie ein großer Schwimmvogel nach einem perfekten Landeanflug auf dem Linoleum ausglitt, um unter dem Heizkörper liegenzubleiben – und sprang auf.

»Ich bin Kittel«, sagte ich und schob dem Mann einen Sessel hin. »Nehmen Sie doch Platz.«

»Canossi. Alberto Canossi.« Der Mann schien sich nicht entschließen zu können, mir die Hand zu geben. Nervös umklammerten seine beiden Hände den Griff eines beachtlichen Koffers und ließen ihn auch nicht los, als er sich hingesetzt hatte, mir gegenüber.

»Also Diskretion«, meinte ich. »Das ist sicher auch der Grund, weshalb Sie uns aufgesucht – ich meine: *uns* aufgesucht haben, weil wir uns, wie soll ich sagen, auf sowas spezialisiert haben.«

»Ja«, sagte Canossi.

»Gut, also … Was kann ich für Sie tun?«

Canossi holte Luft. Eine Krähe, die jeden Moment krähen würde. »Ich, eh … möchte Ihnen etwas anvertrauen. Etwas -«

Ein ebenso grelles wie seltsames Geräusch ließ ihn abrupt innehalten. Ohne Vorwarnung hatte es eingesetzt, wie ein Bombenalarm, so daß wir beide regelrecht zusammengezuckt waren. Canossi mochte es im ersten Augenblick vorkommen wie der plötzliche Überfall einer außerirdischen Macht, eines bösen, gewalttätigen Wesens aus einem anderen Sonnensystem, dessen Schrekken in der Fähigkeit lag, mit verschiedenen Stimmen gleichzeitig die gräßlichsten Interferenzen und schrägsten Schwebungen im oberen Frequenzbereich zu erzeugen, und das solange, bis das auf diese hinterlistige Art und Weise attackierte Opfer nicht mehr anders konnte als dem Wahnsinn anheimzufallen. Was mich anging, so erkannte ich nach einem winzigen unwillkürlichen Augenblick des Zweifels schnell die Ursache des Geräusches: Henk Voss, mein Partner, der im Nebenzimmer damit beschäftigt war, ein neues – wie er betonte: sensationelles – Improvisationsschema zu *Round Mid-*

night zu finden. Da er seine Posaune nicht im Büro hatte, sang er mit der bloßen Stimme gegen den Jazz auf der CD an. Jedenfalls sang er in die Richtung.

»Einen Moment, bitte«, versuchte ich zu sagen. Dann brüllte ich Canossi an: »Moment!«

Mit ein paar Schritten war ich im Nebenzimmer. Da stand Henk, ein kleiner Mann in einem beigen Sweatshirt mit dem Cats-Emblem, was seinen Bierbauch unnötig zur Geltung brachte, ja fast übertrieb. Er stand da mit aufgeblasenen Backen, eine imaginäre Posaune an den Lippen, nach den angestrengten Verrenkungen seines Körpers zu urteilen, hielt er sich für einen imaginären Miles Davis. Ein Knopfdruck am Verstärker verwandelte ihn wieder in Henk.

»Heh, was soll das!«

»Geht das nicht ein bißchen leiser?«

Henk zog einen Schmollmund, aber nur für wenige Sekunden. »Hast du's gehört? Ich bin bald soweit. Wenn du dann noch mit dem Saxophon dazukommst ...«

»Henk, ich habe zu arbeiten.«

Jetzt blieb der Schmollmund schon länger. »Es gefällt dir also nicht.«

»Ein Klient. Ich sitze nebenan mit einem Klienten. Wenn du also ein bißchen leiser proben könntest ...«

Henk stutzte einen Moment. »Ein Klient?« fragte er ungläubig, als hätte ich gesagt, der Yeti höchstpersönlich säße in seinem Büro und bohre aus Langeweile in der Nase.

»Was ist daran so ungewöhnlich?« Ich zuckte mit den Schultern. »Schließlich ist das hier ein Detektiv-Büro.«

Henk entschied sich, mir nicht zu glauben. So schnell ließ er sich nicht auf den Arm nehmen.

»Oh. Der Herr hat einen Klienten. Das ist natürlich etwas anderes.«

Canossi saß immer noch auf seinem Platz dem Schreibtisch gegenüber, als ich zurückkam.

»Mein Partner«, sagte ich. »Er spielt manchmal Posaune. In den Pausen. Kann ich Ihnen etwas anbieten? Einen Kaffee vielleicht?«

»Nein, danke.«

»Macht absolut keine Umstände.«

»Gut, aber nur eine Tasse, bitte.«

Ich stand auf und zwängte mich in die besenkammergroße Kochnische, wo die Kaffeemaschine stand. »Milch, Zucker?«

»Nein, danke. Schwarz bitte.«

Ich goß ein und bereute im selben Moment, dem Mann Kaffee angeboten zu haben. Der Kaffee war mehr als schwarz. Seit heute morgen stand er auf der Heizplatte und hatte inzwischen das Aroma von leicht verbranntem Leder. Eigentlich war das kein Kaffee, sondern eine dikke, koffeinhaltige Suppe. Man konnte nicht mehr tun, als reichlich Milch hinzuzugießen und ein paar gehäufte Löffel Zucker einzuschmeißen. Aber wenn der Mann nun mal schwarz wollte …

»Also, noch mal von vorn«, begann ich, als ich wieder am Schreibtisch saß, mit der dampfenden Tasse in der Hand. »Was kann ich für Sie tun?«

»Nun, ich, ehm, möchte …« Canossi hatte jetzt Schweißperlen auf der Stirn. Nervös griff er zu der Kaffeetasse, wobei er zum ersten Mal den Griff des Koffers losließ, der direkt neben ihm auf dem Boden stand. »Ich möchte Ihnen etwas anvertrauen. Etwas, das Sie herausfinden müßten. Das heißt: Ich habe es schon herausgefunden. Sie müßten es – Sie – …«

Canossi fuhr sich plötzlich mit der Hand an den Hals. Sein Gesicht verfärbte sich ins Dunkle. Er atmete stoßweise.

»Ist Ihnen nicht gut?« Ich verfluchte im Stillen die Idee mit dem Kaffee. Er mußte abscheulich schmecken, so ohne alles. Genau das schien mein Klient auch zu finden, aber anstatt sich darüber zu beschweren, spuckte er jetzt einen Mundvoll Kaffee quer über den Schreibtisch, wobei er mich um Haaresbreite verfehlte. Keuchend brach er neben dem Tisch zusammen, versuchte sich im Fallen an der Schreibtischlampe festzuklammern, aber die Halterung war schon seit einiger Zeit defekt, so daß er sie mit sich in die Tiefe riß. Ich kniete neben Canossi, hob dessen Kopf an und angelte mir vom Sofa ein Kissen.

»Halten Sie durch«, sagte ich. »Ich hole einen Arzt.«

»Ich, ich …« Canossis Mund formte Worte. Seine Stimme war tief in den Hals gerutscht. »H-hören Sie! Passen Sie auf Luisa auf! Luisa, verstanden?«

»Ist doch klar«, beruhigte ich ihn. »Kein Grund zur Sorge, der Kaffee war ein bißchen stark. Aber jetzt holen wir erstmal einen Arzt. Über das andere reden wir dann später …«

Aber ich kam nicht los, weil Canossi meinen Arm festhielt. Er zog ihn zu sich herunter, bis er direkt in mein Ohr flüstern konnte.

»Bis … dann«, hauchte er, kaum noch hörbar. Dann wurde sein Arm schlaff.

2

»Das ist also dein Klient.«

Henk war hereingekommen und betrachtete mich, während er sich mit seinem krümeligen Tabak eine Zigarette drehte, wie ich neben dem leblosen Canossi hockte. Ich sprang auf und merkte bei dieser Gelegenheit, daß meine Knie weich waren wie stehengelassene Pommes.

»Los, wir müssen was unternehmen. Einen Arzt holen oder sowas.«

Henk warf Canossi einen traurigen Blick zu, so als bringe er es nicht über sich, ihm zu sagen, daß Mittwoch nachmittag war und alle Ärzte geschlossen hatten. Dann zuckte er mit den Schultern.

»Der dürfte wohl zu spät kommen.«

»Ich kann mir das überhaupt nicht erklären. Er hat hier gesessen und war gerade dabei, mir seinen Fall zu schildern. Tja, und dann hat er einen Schluck von dem Kaffee getrunken. Einen Schluck …«

Henk feixte. »Und du kannst dir das überhaupt nicht erklären, was? Kittel, dein Kaffee … Für den solltest du dir mal einen Waffenschein geben lassen. Ich hab immer gewußt: Wenn du mal einen umbringst, dann brauchst du keine Kanone dafür.«

»Ich hab ihn nicht umgebracht! Hör auf mit dem Quatsch! Wir müssen uns was einfallen lassen.«

Henk schüttelte den Kopf und durchsuchte das Chaos auf dem Schreibtisch nach einem Feuerzeug, wobei er die mit Kaffee gesprenkelten Blätter mit zwei Fingern beiseite räumte.

»Wer ist das überhaupt?«

»Canossi. Alberto Canossi. Mehr weiß ich nicht. Alles andere wollte er ja erst noch sagen.«

»Das ist nicht gerade eine Menge. Vielleicht hat er ja Papiere dabei.« Henk fischte eine Brieftasche aus dem dunkelgrauen Jackett des Toten. »Na also, wer sagt's denn! Sein Führerschein. Alberto Canossi.«

»Hab ich doch gesagt.«

»*Kruyssenfeld-Institut*.«

»Was?«

»Eine Visitenkarte – hier.« Henk las mühsam vor, als wäre es eine fremde Sprache. »Therapeutisches Zentrum für meditative Massagen, geistkörperliche Gesundheit und Inspirationing. Was ist denn um Himmels willen das jetzt wieder ...«

»Tja, scheint jedenfalls so, als wär's ihm vor seinem Ableben auch nicht besonders gut gegangen.«

»Und dieser Koffer? Was ist da drin?«

»Woher soll ich das wissen?«

Wie ein böses schwarzes Tier hockte die monströse Reisetasche neben dem Stuhl, auf dem Canossi gesessen hatte. Ein Tier mit kleinen, unauffälligen roten Karos und zwei überdimensional großen Schnallen. Henk packte es an den Griffen und hob es ein paar Zentimeter vom Boden hoch.

»Klamotten sind da wohl nicht drin. Dafür ist er zu schwer.«

»Er hat irgendwas von einer Luisa gesagt. Daß ich auf sie aufpassen soll.«

Der Koffer war nicht so einfach aufzubekommen. Henk suchte in der Miniküche nach einem Messer oder Flaschenöffner für die Schlösser.

»Ja, und dann war da noch was.«

In Canossis Hosentasche fand sich ein Schlüsselbund. Triumphierend hielt Henk ihn hoch und klingelte damit. »Warum er den wohl abgeschlossen hat ...«

»Weißt du, was er noch gesagt hat? Bis dann.«

»Bis dann?«

»Ja. Das waren seine letzten Worte. Komisch, was?«

Henk war beschäftigt. »Was soll daran komisch sein?«

»Ich meine, wenn man stirbt. Eine komische Art, sich zu verabschieden, findest du nicht? Als hätte er vor, morgen wieder zu kommen.«

»Vielleicht glaubte er ja daran. Sowas gibt's ...«

»Ich weiß nicht.« Ich blieb skeptisch. »Selbst wenn einer an Wiedergeburt glaubt, dann sagt er doch nicht ›bis dann‹, wenn er stirbt.«

»Das gibt's nicht.« Henks Stimme klang etwas heiser, so daß ich mich nach ihm umschaute.

»Genau das wollte ich sagen.«

»Ach was, doch nicht das, du Trottel! Ich meine das hier.«

Ich trat neben meinen Freund und stieß unwillkürlich einen leisen Pfiff aus. In der Reisetasche war Geld. Viel Geld. Hätte man gesagt: ein Haufen Geld, so wäre das eine glatte Untertreibung gewesen. Die Tasche war prall gefüllt mit Geldscheinen, Hundertern und Fünfzigern, aber alles andere als vollgestopft: Alle Scheine waren säuberlich banderolisiert und mit viel Mühe so in den Koffer gepackt, daß es keinen Millimeter gab, der nicht ausgenutzt war. Selbst wenn es sich nur um Zeitungspapier gehandelt hätte, die Packtechnik für sich wäre schon eine beachtliche Leistung gewesen.

Ich grinste, aber meine Stimme war fast andächtig. »Jetzt weiß ich«, sagte ich, »was damit gemeint ist: Ordnung ist das halbe Leben.«

»Also, ich fasse noch mal zusammen.«

Hauptkommissar Schäubel warf einen kritischen Blick auf seine Fingerspitzen, als hätten sie sich eine unpassende Zwischenbemerkung erlaubt, und sperrte sie dann zur Strafe in seine Faust. »Dieser bedauernswerte Mensch ist hier völlig arglos hereinspaziert, in die Agentur *Kittel & Voss*. Und anstatt die Hilfe zu erfahren, die sich der naive Zeitgenosse, der es eben nicht besser weiß, immer noch von einem Schnüffler erwartet, hat er hier seine Seele ausgehaucht. Einfach so. Das wollen Sie mir doch erzählen?«

Ich stand am Fenster und kratzte mich am Kopf. »Einfach so? Nein, einfach so kann man nicht sagen, ich meine -«

»Doch«, unterbrach mich Henk. Er drückte seine Zigarette aus, dann verschränkte er die Arme vor dem Bauch und fixierte den Kommissar herausfordernd. »Genauso war es. Simpel ausgedrückt, natürlich. Für die Polizei.«

Ulf Schäubel war ein Mann Anfang Vierzig, den man nach seiner eigenen Einschätzung unbedingt als gutaussehend bezeichnen mußte. Glattrasiertes Gesicht, scharfgeschnittene Gesichtszüge, ein dezenter, unauffällig brauner Teint, der nichts mit dem protzigen Urlaubsbraun oder der besorgniserregenden Bräune der Sonnenbank-Süchtigen zu tun hatte. Leider wurde diese Harmonie, die ihn immer wieder als Model für Polizei-Werbeprospekte in Frage kommen ließ, zerstört durch seine ausgeprägte Vorliebe für saftig grüne Jacketts. So saftig, daß jeder, der ihm zum ersten Mal begegnete, für einen winzigen Augenblick glauben mußte, es mit einem Gummibaum zu tun zu haben anstatt mit einem Kommissar. Ich fragte mich, ob es neuerdings bei der Polizei eine botanische Spezialabteilung gab, die sich die Bekämpfung pflanzlicher Kriminalität zum Ziel gesetzt hatte.

»Also, ich habe ja schon eine Menge von euch Privatschnüfflern kennengelernt, und allen war gemeinsam, daß sie sich selbst für superschlau hielten und die Polizei allesamt für komplette Idioten.« Der Kommissar setzte ein freundliches Lächeln auf. »Aber niemand, der sich das so wenig erlauben konnte wie Sie.«

Schäubel sprach nicht, er drückte sich aus: Jedes Wort, das aus seinem Mund kam, wurde mit der Zunge leicht angestoßen, wie eine Praline, die man aus der Packung drückt.

»Wie mir zu Ohren kam, gehen die Geschäfte nicht gerade überwältigend gut.«

Ich zuckte die Achseln. »Wir fangen erst an.«

»Oh, ja, natürlich!« ereiferte sich der Kommissar, und seine Stimme rutschte dabei leicht nach oben ab. »Und so eine Sache hier, das ist wohl auch nicht so recht Ihr Spezialgebiet, was? Sie verstehen sich eher darauf, entlaufene Hauskatzen zu suchen oder Rassehündinnen zu beschatten, die was mit einem Straßenköter haben.«

»Sehr witzig«, sagte ich. Ich sah aus dem Fenster. Für diesen Nachmittag hatte die Sonne wohl den Kampf gegen die Wolken verloren, vielleicht würde es sogar noch regnen. Auf der Straße unten gab es wütendes Gehupe wegen eines Wagens, der in zweiter Reihe parkte.

»Nein, das ist absolut nicht witzig.«

Das einnehmende, falsche Lächeln war von Schäubels Gesicht verschwunden und sollte wohl einem bedrohlichen Ernst Platz machen, aber das mißlang auf der ganzen Linie. Sein Gesicht war dafür einfach zu schön. »Es geht hier nämlich um Mord, und das auch nicht an einem Haustier. Ein Mann ist vergiftet worden, und zwar in Ihrer – Räumlichkeit hier. In dem, was Sie Ihr Büro nennen. Und Sie stehen dabei und zucken mit den Schultern. Meint ihr, das geht so einfach? Wir werden herausfinden, welches Gift diesen Mann getötet hat und was in Ihrem Kaffee gewesen ist -«

»Aber das ist doch Blödsinn!« wehrte ich mich. »Warum sollte ich jemandem, den ich zum ersten Mal sehe, irgendwas in den Kaffee tun!«

Henk Voss verdrehte die Augen zur Decke.

»Blödsinn! Natürlich.« Der Kommissar erhob sich und strich sorgfältig sein Jackett glatt. »Wie Sie meinen. Ein Schnüffler weiß ja bekanntlich immer alles besser. Aber ich rate euch: Versucht nicht, mich an der Nase herumzuführen. Das haben schon welche probiert, die schlauer waren als ihr, und die haben es auch bereut. Was übrigens dich betrifft, Voss«, er stand schon an der Tür, mit der Klinke in der Hand, als er sich umdrehte und auf Henk deutete, »glaub ja nicht, daß du sowas wie einen Kollegenbonus bei mir hast. Was war, ist gewesen, die Schonzeit ist vorbei. Hättest dir eben besser einen anständigen Job gesucht. Bis bald.«

Noch während sich die Tür schloß, schmiß Henk seine Packung Tabak dem Kommissar hinterher. Sie entfaltete sich allerdings unterwegs, und eine Wolke feinster Tabakkrümel zog durch den Raum wie ein Schwarm winziger Insekten.

»Verdammt noch mal, warum hast du *ihm* nichts von deinem Kaffee vorgesetzt?«

»Ach, hör doch auf.« Ich machte mich ohne viel Lust daran, ein wenig aufzuräumen. Meine heimliche Hoffnung, für Ordnung sorgen zu können, indem ich die Polizei in einem Büro empfing, das bereits auf den Kopf gestellt war, so daß sie es mit ihrer Durchsuchung dann wieder auf die Füße stellte, hatte sich als falsch erwiesen. Das Chaos war entmutigend. »Was meinte er da eigentlich mit dem Kollegenbonus?«

»Ich hab dir doch gesagt, daß ich ihn von früher kenne.«

»Tja, aber irgendwie scheint mir das ein Problem zu sein.«

»Ach, wieso?« Henk ließ sich ächzend auf einem der Sessel nieder. »Er mag mich eben nicht besonders. Und ich ihn ja auch nicht. Und er will mich auslöschen.«

»Auslöschen?«

»Vernichten, ja. Sag mal, was machen wir jetzt eigentlich?«

»Den Fall übernehmen, was sonst?«

»Ach ja. Schließlich ist es unser Job, die schmutzige Wäsche anderer Leute -«

»Wo wir das Honorar doch schon kassiert haben.«

Henk, der sich gerade genüßlich streckte, hielt mitten in der Bewegung inne. »Honorar? – Sag mal, du meinst doch nicht ...« Er sah wieder zur Decke hoch, als habe Gott ihm von oben Zeichen gemacht, daß ich sie nicht mehr alle hätte.

»Das meinst du doch nicht im Ernst.«

»Was?«

»Dieser Koffer voll Geld. Den willst du doch nicht einfach so behalten.«

»Will ich auch nicht. Aber ich arbeite auch nicht umsonst.«

»So, machst du nicht.«

»Nein. Jedenfalls ab heute nicht mehr.«

»Und Schäubel?«

»Was soll mit ihm sein. Er weiß nichts von dem Geld. Der tappt erst mal im dunkeln. Und wenn er sich darauf versteift, daß wir diesen Canossi auf dem Gewissen haben – soll er doch. Was kann er uns schon?«

Einen Moment lang starrte Henk mich an wie ein Wesen von einem fremden Planeten. »Ja. Was kann er uns schon?«

Mit einem Kehrblech in der Linken durchsuchte ich das Chaos nach einem Handfeger. »Schließlich kann er uns nicht hinter Gitter bringen, auch wenn er noch so gern will.«

»Also, Kittel, manchmal frag ich mich, was dich in diesen Job verschlagen hat. Natürlich kriegt der uns nicht wegen Mord dran, aber das braucht er auch gar nicht! Verstehst du, der braucht uns nur lächerlich zu machen. Er wartet nur darauf, glaub mir! Eine einzige, winzige falsche Bewegung, und wir können einpacken. Und dann sind wir endgültig pleite.«

»Aber Henk!« Ich hatte mittlerweile den Handfeger gefunden. Ich trat zu Henk und stand vor ihm, ganz milder Tadel angesichts seiner Begriffsstutzigkeit, wobei ich Handfeger und Kehrblech zueinander führte, wie zwei zum Gebet gefaltete Hände. »Das ist es ja gerade. Daß wir alles andere als pleite sind.«

3

Das *Kruyssenfeld-Institut* lag ziemlich weit außerhalb und war gar nicht so einfach zu finden. Ich war mit dem Auto herausgefahren, nachdem ich vergeblich eine Verbindung mit der S-Bahn gesucht hatte. Das hätte die Sache wesentlich einfacher gemacht, nicht nur weil die alte Kiste neuerdings schlecht ansprang, sondern auch wegen der unnötigen Zeit, die jedes Mal für die Parkplatzsuche draufging. Aber da war nichts zu wollen gewesen, und jetzt, wo ich die Adresse ausfindig gemacht hatte, begriff ich auch wieso: Wer hier wohnte, der hatte es nicht nötig, mit der S-Bahn zu fahren. Und er legte Wert darauf, daß man ihm das ansah. Eine Verkehrsanbindung hätte bei den ehrenwerten Bewohnern wohl nicht mehr Applaus gefunden als ein Markstück, das man einem Großindustriellen zusteckt, weil man ihn mit dem Türsteher verwechselt.

So schien es auch die prächtige, grünumrankte Jugendstilvilla zu sehen, in der das *Kruyssenfeld-Institut* untergebracht war. Sie lag etwas abseits von der Straße, als wäre sie einen Schritt zurückgetreten, weil es unter ihrer Würde war, sich wie die anderen dicht am Straßenrand zu drängeln. Alles war schön und wohlgeordnet, der Geruch nach frischgemähtem Gras, das faulende Laub unter den Bäumen, darüber die friedliche Herbstsonne, die sich heute noch mal so richtig ins Zeug legte. Ein Ort der Entspannung, mochte sie nun wohlverdient sein oder nicht, das war hier nicht die Frage. Schon eher, ob man sie sich leisten konnte. Selbst einer wie ich, der sich mit dem Treiben auf dem weltanschaulichen Markt so gut auskannte wie ein Ministrant mit den verschiedenen Stilrichtungen der Aktmalerei, sah auf den ersten Blick, daß dies kein üblicher Tummelplatz des Selbstverwirklichungs-Tourismus war, mit Müslikrümeln in der Ecke und regelmäßig stattfindendem Dritte-Welt-Flohmarkt. Mit so etwas hatte das Institut weniger gemein als ein orientalischer Bazar mit der Wall Street. Das hier erinnerte schon eher an eine jener sauberen Privatkliniken für gutbetuchte Ehefrauen, deren Lebensinhalt dem des Mondes insofern glich, als er in einem ständigen Wechsel von Zu- und Abnehmen bestand.

Auf der gläsernen Eingangstür stand in verschlungenen Buchstaben: *Therapeutisches Zentrum für meditative Massagen, geistkörperliche Gesundheit und Inspirationing.* Ich trat ins Foyer und blinzelte ins Halbdunkel. Zur Rechten, direkt neben einem breiten Treppenaufgang, stand eine überlebensgroße Bronzeskulptur, wohl eine nackte Frau darstellend, deren Form sich nach oben hin immer mehr der eines Vogels anglich, um sich dann endgültig in irgendwelchen Abstraktionen zu verlieren. Am Ende war es die Geistkörperlichkeit selbst. Jeder meiner Schritte hallte auf dem teuren Parkett, als ich mich nach links wandte zu einer Art Theke, über der in unauffälligen, aber künstlerisch wertvollen Buchstaben geschrieben stand: *Anmeldung*.

»Ja, bitte?«

Die Frau unter den Buchstaben, deren Kopf hinter der Kante des Tresens fast verschwand, hörte sich nach dem klassischen Empfangsdamen-Typ an. Temperamentlos, unscheinbar und dauernd in irgendwelche langweiligen Illustrierten vertieft.

»Ich, ehm ...« Ich kam näher und bemerkte jetzt, daß ich mich getäuscht hatte: Ihr Gesicht war ausgesprochen hübsch, es waren nur das Haar, das sie zu einem Knoten zusammengebunden hatte, als wolle sie aus irgendeinem Grund älter wirken als sie war, und eine riesige, dickrandige Brille, die ihr ein wenig das Aussehen einer frustrierten Linksintellektuellen gaben. Auch die langweilige Illustrierte entpuppte sich bei näherem Hinsehen als Fix und Foxi-Heft.

»Ich, ehm, hätte gerne gewußt, was man sich unter Inspirationing vorzustellen hat.«

»Nun ...« Neugierig beäugte sie mich durch ihre monströsen Brillengläser hindurch wie aus den Fenstern eines Flugzeugs heraus. Offenbar war sie dankbar für Abwechslung. »Also, Inspirationing, das ist – ja, wie soll ich das sagen ...? Jeder Mensch hat Inspirationen, wissen Sie, und die nutzen wir für einen – therapeutischen Prozeß. Unbewußte Kräfte, loslassen, sich selbst finden. All diese Dinge, verstehen Sie ...«

»Kennen Sie vielleicht eine gewisse Luisa?« Ich fragte das so beiläufig wie möglich.

Sie legte den Kopf schief. Es sah so aus, als flöge das Flugzeug jetzt eine Kurve. »Luisa? Lassen Sie mich überlegen ... Meinen Sie Luisa Lukas?«

Woher sollte ich das wissen? »Genau die«, sagte ich. »Ich hätte sie gerne gesprochen. Es ist wichtig.«

Sie lächelte bedauernd. »Geht leider nicht.«

»Und warum nicht?« Auch ich lächelte bedauernd.

»Sie arbeitet nicht mehr hier. Schon eine ganze Weile. Ein paar Jahre ist es her.«

»Tja, dann …« Ich wußte nicht so recht weiter. Daß eine Spur ins Leere führte, damit mußte man immer rechnen, das war nichts Ungewöhnliches. In diesem Fall aber hatte ich leider nur diese eine …

»Wollen Sie sich vielleicht für einen Kurs anmelden?« Auf der Schalttafel der Telefonanlage blinkte es, und sie nahm den Hörer ab. »Gundula, Zentrale?«

»Nein, danke«, sagte ich.

Draußen beschloß ich, nicht sofort ins Auto zu steigen, sondern mir noch ein wenig die Beine zu vertreten. Während ich die kalte Herbstluft einsog und durch das fast knöcheltiefe Laub watete, wurde mir klar, daß ich keinen Schritt weiter war. Ganz umsonst hatte ich mich einen halben Vormittag im Stau aus der Stadt herausgequält, um in dieser sauberen Gegend herumzuschnüffeln. Ausgerechnet hier, wo jeder Fleck sofort beseitigt, jeder Geruch neutralisiert und jede Spur verwischt wurde. Weil das eine andere Welt war, eine, wo noch Ruhe und Ordnung herrschten, wo die Leute noch die Muße hatten, sich mit dem Sinn ihres Daseins zu beschäftigen.

Die Verbindung Kruyssenfeld-Luisa gab es nicht. Nicht mehr jedenfalls. Eine Spur, die längst kalt war.

Ich stand jetzt wieder vor dem Auto und kramte nach dem Schlüssel. Da war noch eine andere Verbindung. Canossi, von dem Henk annahm, daß er meinem Kaffee zum Opfer gefallen war. Canossi, in dessen Jackentasche sich die Visitenkarte des *Kruyssenfeld-Instituts* gefunden hatte. Ich ließ den Schlüssel in die Tasche zurückrutschen.

Als das kalte Glas der Eingangstüre hinter mir zurückschwang und ich wieder in das friedlich durchgeistigte Halbdunkel des Foyers eintauchte, machte ich mir zwei Dinge klar: der Erfolg einer Ermittlung hing in direktem Maß von der Unauffälligkeit des Auftretens ab. Kein Zweifel, daß ich jetzt, wo ich mich schon einmal hatte abwimmeln lassen, so unauffällig sein würde wie ein Afrika-Reisender, der sich mit einem Zebra-Kostüm tarnt, um unbemerkt Löwen zu filmen.

Außerdem hätte ich draußen nicht so ausgiebig durch das herbstliche Laub stapfen sollen. Jedenfalls nicht denselben Weg, den kurze Zeit vorher noch ein Hund genommen haben mußte. Das war das Tückische an dieser fauligen braunen Masse, daß sie alles enthalten konnte. Ich bemerkte es erst, als ich schon vier Schritte auf dem blitzsauberen Parkett gemacht hatte. Die Unauffälligkeit war also restlos dahin, und zuallererst die des Auftretens.

»Ich hab's mir überlegt«, sagte ich. »Ich möchte doch einen Kurs mitmachen. Inspirationing. Sie haben mich neugierig gemacht.«

Gundula lächelte mir zu, aber es war jetzt ein bemühtes Lächeln. Mir war klar, daß sie versuchte, den Geruch zu ignorieren.

»Ja, gern. Aber -« Vorsichtshalber steckte ich mir ein *Fresh'n'Fruit* in den Mund. Mein Zaubermittel für frischen Atem. Gegen Henks allgegenwärtigen Qualm allerdings relativ machtlos. »Was aber?«

»Das ist leider völlig ausgebucht. Nichts zu machen.«

»Wirklich nicht?« Ich bediente mich bei einem Stapel von bunten Faltblättern und Prospekten, auf der Suche nach einer Alternative.

»Tut mir leid.«

Ich blätterte herum. *Auch Auferstehung will gelernt sein,* stand da. *Besuchen Sie unser Blockseminar ›Resurrections-Training‹ mit Pater Benjamin Strawberry S. J. aus Hartford/Connecticut. Zweites und drittes Wochenende im Advent. Bequeme Kleidung erforderlich.*

»Was findet denn jetzt statt?« fragte ich so bittend, als stünde ich kurz vor meinem Abtritt ins Jenseits, und als sei das Institut die einzige Möglichkeit, meine Seele zu retten. »Ich meine: jetzt gleich.«

»Also jetzt gleich ...« Sie konnte es nicht mehr erwarten, mich loszuwerden. »Ja, da wäre heute nur das Repressing. Aber nur das für Fortgeschrittene.«

»Klar, warum nicht? Dann nehm ich das.«

Gundula sperrte sich nicht lange. Sie reichte mir den Anmeldungsbogen zum Ausfüllen, dann machte sie einen kurzen Anruf.

»Alles klar. Die erste Sitzung ist unverbindlich für beide Seiten. So eine Art Vorgespräch.«

Sie führte mich in einen kleinen Raum und bat mich, da auf den Trainer zu warten.

Ich sah mich um. Alles war hier aus Holz: Eine kleine Bank, eine Art Spind. Ein Umkleideraum. Gegenüber eine zweite Tür. Ich öffnete sie vorsichtig und warf einen Blick hinaus.

Leise, mit einem skeptischen Unterton, pfiff ich durch die Zähne. Ich schaute in einen Kraftraum. So mußte man sich wohl eine moderne Folterkammer vorstellen, in der es keine blanken Holzbänke mehr, sondern nur schwarz glänzendes Kunstleder gab und anstelle von rostigem Eisen blitzblankes Chrom, wohin man auch blickte. Bizarr verrenkte Bänke und Sitzgelegenheiten, in abenteuerlicher Nähe zu monströsen Gewichten, die wie Zahnfüllungen für Riesenechsen aussahen. Fahrräder, die auf dem Boden fest montiert waren, als gälte es, nicht nur den Körper, sondern auch den Geist abzuhärten, indem man ihm auf drastische Weise die Vergeblichkeit allen menschlichen Mühens vor Augen führte.

Ein lautes Geräusch ließ mich zusammenfahren. Es war eine Art Prusten, unterlegt mit einem aggressiven Stöhnen. So ähnlich konnte sich ein Flußpferd anhören, das sich in die Enge getrieben fühlt. Ich entdeckte einen Mann – oder besser: einen Jüngling –, der sich mit beiden Armen an eine der silbernen, mit Tellergewichten bewehrten Stangen klammerte. Aber nein, er hing nicht daran, vielmehr stemmte er die Dinger hoch, und seine Oberarme sahen dabei aus wie genetisch veränderte Bockwürste. Der Mann hatte mich jetzt auch bemerkt und starrte mich an, mit jenem blöden, nichtssagenden Gesichtsausdruck, den höchste physische Anstrengung nun einmal hervorruft. In diesem Moment hörte ich hinter mir ein Geräusch und drehte mich um.

»Arnold Finkel mein Name, guten Tag.«

Ein älterer Herr stand da, in der offenen Tür der Umkleidekammer, und streckte mir die Hand hin. Er mochte um die Sechzig sein, hatte einen freundlichen, geradezu milden Gesichtsausdruck, für den der buschige, weiße

Bart sowie das Haar, das er lang trug, eine geeignete Umgebung darstellte. Aber vor allem war Finkel rund. Alles an ihm war rund: das Gesicht, die Backen, seine Hände. Und der Körper, der in einer grünlich leuchtenden Seidenkombination steckte, die irgendwo in der Mitte zwischen Sari und Jogginganzug lag. Neben ihm, mit einem Gesichtsausdruck, der so unbeteiligt war, als seien die Augen kleine Fenster aus milchigem Kunststoff und sein Kopf ein Automat zur Kaugummizerkleinerung, hatte sich ein Muskelprotz aufgebaut, mit verschränkten Armen, die wie eine schlafende Python aussahen. Für einen Therapeuten schien er mir eine ungewöhnliche Erscheinung zu sein.

»Ja ...« sagte ich nur, im ersten Moment ratlos.

»Repressing«, sagte Finkel mit einer hohen, leicht gedehnten Stimme, die irgendwie zu seinem Äußeren paßte, zog sich einen Schemel heran und ließ sich darauf nieder. »Dann zeigen Sie uns doch mal, wie weit Sie schon sind.«

Mich innerlich verfluchend, den Kurs für Fortgeschrittene genommen zu haben, war ich dennoch entschlossen, mir nichts anmerken zu lassen. Ich folgte Finkels Blick und landete auf einem der Stemm-Geräte – also hatte Repressing etwas damit zu tun. Kurzentschlossen legte ich mich auf die schwarzgepolsterte Bank und faßte mit beiden Händen um die silberne Stange direkt über mir. Glücklicherweise hatte das Ding nur halb so viele Räder wie das von dem prustenden Sportsfreund, der sich inzwischen verdrückt hatte. Ich nahm alle Kraft zusammen.

Zwar hatte das Gerät weit weniger Gewichte, dafür hatte die aber jemand an der Rückwand festgeschraubt, so daß es völlig unmöglich war, sie zu bewegen. Ich stöhnte und schnaubte wie ein Ackergaul, mein Kopf lief an wie eine Blutorange, Äderchen traten hervor – aber nichts regte sich. Wieder und wieder versuchte ich es, dann gab ich mich geschlagen, setzte mich mühsam auf und überzeugte mich davon, daß die Gewichte keineswegs festgeschraubt waren. Sie waren einfach nur zu schwer.

Finkel hatte meine vergebliche Mühen mit kühlem Interesse verfolgt. Jetzt grinste er, aber sein Blick war immer noch kühl.

»So, mein Guter. Nun verraten Sie mir doch einfach mal, wer Sie sind und was Sie hier suchen.«

4

»Wieso?« fragte ich.

Der alte Mann lächelte nachsichtig. »Nehmen wir mal an, Sie wollen mir das Autofahren beibringen und bitten mich, Ihnen zu zeigen, was ich schon kann. Da setze ich mich an den Tisch und schäle vor Ihren Augen ein Pfund Kartoffeln. Würde Sie das nicht stutzig machen?«

»Wieso Kartoffeln?« beharrte ich, um abzulenken.

»Repressing. Das heißt Verdrängen. Für die Schulpsychologie war das immer ein Makel. Eine Schwäche, die auszumerzen ist. Aber von den Schwächen können wir eine Menge lernen. Der Mensch hat so vieles verlernt heutzutage, und er muß es sich mühsam wieder aneignen, Schritt für Schritt. Nun, dies und nichts anderes üben wir in unseren Kursen.« Wieder dieses Lächeln, das er von Buddha abgeguckt hatte. »Sie sehen also, das hat nichts mit diesen … Fitneß-Geräten zu tun.«

»Ach so.« Ich kam wieder ein wenig zu Kräften. Im Grunde war ich erleichtert, daß ich mich nicht weiter auf dem Folterinstrument verausgaben mußte. Die wandelnde Tanksäule, die offenbar Finkels Leibwächter war, trat zu dem Gerät, an dem ich mich abgemüht hatte, und stemmte die Stange mit den Gewichten einen halben Meter höher, wo sie in eine Halterung einrasteten – mit einer Hand. Wirklich beeindruckend, nicht nur seine Bärenkräfte, sondern auch, daß er so etwas ohne ausdrücklichen Befehl seines Herrchens zustande brachte.

»Tja, wenn das so ist …« Ich zuckte mit den Achseln und grinste Finkel an. »Ich heiße Bernhard Kittel und bin Privatdetektiv. Dieser Kurs war nur ein Vorwand.«

»Oh! Sie sind … Ja, richtig: *Kittel & Voss*, stand da nicht etwas in der Zeitung? Irgendwas von einem bedauerlichen – Unfall?«

»Ja, so etwas ähnliches.« Ich erhob mich abrupt und schritt entschlossen auf und ab, wobei ich eine kleine Schaukel, die von der Decke genau auf Augenhöhe hing, zu spät bemerkte. Diese Fitneß-Fanatiker mit ihren tausend Spielereien! Mein Auge reibend, ging ich dennoch weiter, denn ich hatte nicht vor, mich von diesem Therapeuten einwickeln zu lassen. Therapeuten sind mir immer schon suspekt gewesen.

»Aber ich sah keine andere Möglichkeit, hier ungestört ein paar Nachforschungen anzu-«

»Aber nein, mein Guter. Nicht hier!« Finkel, ein freundlicher, grüner Ball, federte auf mich zu und wies mit dem Arm zur Tür. »In meinem Arbeitszimmer können wir uns besser unterhalten. Kommen Sie.«

Wir verließen den Fitneß-Bereich – nachdem ich mit Hilfe einer braunen, grobgenoppten Gymnastik-Matte endlich den unangenehm riechenden Belag unter meinem linken Schuh losgeworden war – und standen wieder in der alten Villa, so, als wären wir von einer Turnhalle in eine Kirche gewechselt. Mit einer Handbewegung entledigte der Dicke sich der Gesellschaft seines Gorillas, und wir gingen die breite Treppe hinauf, vorbei an großformatigen Fotos in schweren Glasrahmen, allesamt mit meditativen Motiven: weites Land vor unergründlichem Himmel, Berggipfel unter düsteren Wolken, knorriger Ast mit Regentropfen in Nahaufnahme, durch den das Sonnenlicht schien, Morgenstimmung im Wald, Gesichter, die einander anschauten, und solche, die durch einander hindurch zu schauen schienen. Eine beeindruckende Zusammenballung besinnlicher Momente im Alltag, und ich, der für so etwas nicht unempfänglich war, ertappte mich spätestens am oberen Treppenabsatz dabei, die Teilnahme am Blockseminar *Auferstehungs-Training* in Erwägung zu ziehen.

»Ich hoffe, Sie nehmen uns unseren kleinen Test nicht übel«, kam es jetzt von Finkel, der vor mir herlief. »Er war nicht persönlich gemeint.«

Ich holte auf. »Sie haben mir also wirklich eine Falle gestellt.«

»Aber nicht doch, keine Falle! Sehen Sie, Sie machen sich eben keinerlei Vorstellung davon, wie groß die Konkurrenz in dieser Branche ist. Immer wenn es eine ganz neue Therapieform gibt wie in diesem Fall Repressing, dann ruft das auch eine Menge Neider auf den Plan, glauben Sie mir.«

»Die Sie dann ausspionieren wollen.«

»Das oder vielleicht anderes. Jedenfalls wollen Sie keine Therapie.«

»Und wie kamen Sie darauf, daß ich -«

Wenn er lächelte, war Finkel noch runder als eine Kugel. »Nun, wir kennen unsere Zielgruppe sehr gut. Und Sie – gehören nun mal nicht dazu. Also hielten wir es für ratsam, auf Nummer sicher zu gehen. Das war -«

Ein spitzer Schrei ließ uns beide zusammenfahren. Er mußte aus einem Raum kommen, den wir gerade erst passiert hatten. Auf der Tür hatte ich eine Aufschrift gelesen: *Aggressionstherapie (messianische Meditation).* Der Schrei wiederholte sich, es war eindeutig der Schrei einer Frau, und diesmal klang er lang und gedehnt, fast qualvoll. Ich blieb unwillkürlich stehen, und Bilder von schrecklichen Verbrechen drängten sich vor meinem inneren Auge, von armen, wehrlosen Geschöpfen, die in dunklen Verliesen von fanatischen Sekten gefangengehalten und so lange bearbeitet wurden, bis sie völlig willenlos waren und ihr erleuchtetes Gehirn einem leeren, muffigen Kellerraum glich, in dem eine defekte Neonröhre zuckte. Langsam ballte sich eine Faust in meiner Tasche, als die Stimme plötzlich vornüber kippte, um in eine bodenlose Tiefe zu stürzen. Aus dieser dunklen, dumpfen Höhle kroch sie ganz langsam wieder herauf, sie kam höher und höher, ganz langsam gewann sie an Kraft, jeden Moment würde sie die Bergspitze umklammern, von der sie eben erst gestürzt war. Aber noch war es nicht so weit, noch arbeitete sie sich hoch, immer kraftvoller, lauter, mächtiger, sie ließ sich alle Zeit der Welt – Zeit genug, daß selbst mir allmählich klar wurde, daß der Anlaß dieses Geschreis alles andere war als rohe

Gewalt. Und im selben Moment verzog sich der Schauer von meinem Rücken, den er schon herunter laufen wollte, und suchte sich eine ganz andere Stelle an meinem Körper aus.

»Aggressionstherapie, was?« feixte ich zu Finkel hinüber.

Die Miene des Therapeuten zeigte, daß er nicht die Absicht hatte, meine Belustigung zu teilen. »Keineswegs. Aber da die aggressionstherapeutischen Gruppen sehr gewachsen sind, tagen sie unten, in der Orgasmotherapie. Und die ist so lange hierher umgezogen.«

»Wieso heißt es eigentlich *Kruyssenfeld-Institut*?« fragte ich.

»Nun, Sie haben sicher schon einmal von der Kruyssenfeld-Methode gehört.«

»Nein, nie gehört. Sollte man denn?«

Irgendetwas in Finkels Schweigen gab mir das Gefühl, daß diese Äußerung nicht gerade auf Beifall stieß. Eine vage Ahnung, die sich erst verdichtete, als wir vor einer Tür mit der Aufschrift *Arnold W. Kruyssenfeld* standen.

»Da sind wir«, sagte mein Gastgeber. »Treten Sie ein.«

»Also *Sie* sind Kruyssenfeld?«

»Allerdings, voll und ganz.«

Ein großer, mit Regalen geradezu vollgestopfter Raum, regiert von einem Schreibtisch, dessen merkwürdige Form jeden ersten Blick auf sich zog. Er erinnerte an eine grotesk gespreizte Hand oder ein krakenartiges Lebewesen, das sich ausschließlich von Büchern ernährte. Häßlich zwar, aber nicht zu beneiden, denn offenbar hatten sich seine Opfer zusammengerottet und es hier, in seinem letzten Versteck, aufgespürt. Jetzt waren sie da, die Bücher, und es waren beängstigend viele. Sie überfüllten die Regale bis zum Bersten, drängelten sich einzeln oder in losen Stapeln unter den Stühlen und neben dem Heizkörper, hockten auf der Couch, lümmelten sich auf dem Boden herum, zerdrückten die wenigen Pflanzen und verunstalteten die Fensterbänke. Das Ganze hatte etwas Bedrohliches, und es war höchste

Zeit, daß irgend jemand sie dringend nach Geschlecht sortierte und getrennt wegschloß, um der ungehemmten Vermehrung dieser Dinger endlich Einhalt zu gebieten.

Ich nahm ein Buch von einem Stapel und erwischte zufällig eins von Kruyssenfeld: *Unwissenheit aus Überzeugung. Eine Anleitung zur Vergeßlichkeit.*

»Sie sind also Kruyssenfeld und Finkel in einer Person«, sagte ich. »Wobei Finkel Ihr richtiger Name ist und Kruyssenfeld ein angenommener.«

Kruyssenfeld lächelte mild. »Und wie haben Sie das jetzt wieder herausbekommen, Herr Detektiv?«

»Nun, ich denke mir einfach, daß Kruyssenfeld etwas hermacht. Während sich ja wohl niemand freiwillig für einen Namen wie …« Ich hielt inne. Das war etwas unklug formuliert.

»Was ist denn an Finkel so schlimm?«

Schon das zweite Mal innerhalb von Minuten, daß ich genau den falschen Ton erwischte. Kruyssenfeld schien verstimmt zu sein, und in meiner Verlegenheit angelte ich mir ein weiteres Buch. *A. W. Kruyssenfeld: Zurück zur Unschuld – Entschuldigung nach der Kruyssenfeld-Methode.* In mir keimte der Verdacht, daß diese heillose, chaotische Unordnung nichts anderes war als ein minutiös von Kruyssenfeld ausgeklügeltes System, um einem Gast wie zufällig immer die eigenen Bücher zu präsentieren.

»Wenn es Sie interessiert, überlasse ich Ihnen gerne ein Exemplar.« Die kleine Hand des Therapeuten schwenkte in eine Umlaufbahn um die grüne Kugel ein und winkte mit einer Geste der Freigiebigkeit zu mir herüber. Dankbar ergriff ich die Möglichkeit, aus dem Fettnäpfchen herauszutreten, und steckte das Buch ein. Dann fand ich es an der Zeit, endlich zur Sache zu kommen.

»Also, eigentlich wüßte ich von Ihnen gerne etwas über einen gewissen Canossi, der in Ihrem Institut wohl eine Therapie -«

»Canossi! Oh ja! Der Fall Canossi!« Wie eine Klage rief Kruyssenfeld das aus, und seine Miene verfinsterte sich, ohne die Milde einzubüßen. Ein dunkel grollender Berg vor dem Hintergrund eines sonnengeröteten Himmels – wie ich es auf einem der Bilder im Treppenhaus gesehen hatte.

»Oh ja, er war mein Patient. Und nicht irgendeiner! Es ist schrecklich, daß er auf diese Weise …« Kruyssenfelds Satz endete in fassungslosem Kopfschütteln.

»Sie meinen, er war so etwas wie ein guter Kunde? Einer, der regelmäßig kam?«

Kruyssenfeld beendete sein Kopfschütteln so abrupt, daß seine linke Backe, noch richtig in Fahrt, ihm wie ein Lappen auf den Mund schlug. Sein Blick ging jetzt in die Ferne. »Er hat hier etwas … gesucht. Er war – wie soll ich es ausdrücken – immer auf der Suche. Wenn Sie verstehen, was ich meine.«

Draußen begann es zu regnen. Ich hoffte, daß es ein kurzer Schauer war, denn die Heck-Klappe des alten Ford schloß nicht mehr richtig.

»… und er hat sich hier eingebracht, ernsthaft und aufrichtig. Aber ich fürchte, er hat es nie ganz fertiggebracht, unschuldig zu werden.«

»Unschuldig?«

»Die Kruyssenfeld-Methode. Sie führt den Menschen zur Unschuld. Durch Vergessen.«

Ich machte ein verständnisloses Gesicht. »Was sollte er vergessen?«

Der Möchtegern-Buddha lächelte. »Vergessen. Das hört sich leicht an, nicht wahr? Aber wir können es nicht. Verstehen Sie? Es *können*! Es passiert uns gewissermaßen, ohne daß wir darauf einen Einfluß hätten. Und gerade dann, wenn wir es nötig haben, wenn wir ganz dringend wünschen, etwas zu vergessen, dann geht es erst recht nicht mehr, *weil* wir uns darauf konzentrieren. Ich habe herausgefunden, daß nur, wer bewußt vergißt -«

»So wie die Leute, die bewußt ihre Herzfrequenz beeinflussen oder ihren Schließmuskel trainieren lernen.«

Diese Beispiele paßten Finkel nicht, weshalb er wieder den Kopf schüttelte, allerdings behutsamer. »Wer bewußt vergißt, kann sein Wissen bewußt reduzieren. Und dadurch frei werden. Von Schuld. Denn Wissen heißt Verantwortung. Und Verantwortung heißt Schuld.«

»Und Canossi ...«

»Konnte seinen Weg leider nicht zu Ende gehen. Weshalb ich möchte, mein lieber Kittel, daß Sie für mich arbeiten.«

»*Ich* soll für *Sie* arbeiten?« Ich hielt das für einen Scherz. Im Geist sah ich mich durch das Haus eilen, gekleidet in ein grünliches Gewand, dafür zuständig, daß der Weihrauch nicht ausging und regelmäßig zu den Mahlzeiten gegongt wurde.

»Sie sind Privatdetektiv«, sagte Kruyssenfeld ernst. »Die Polizei wird den Fall bald zu den Akten legen, davon bin ich überzeugt. Und wenn nicht, dann wird sie, wie üblich, die falsche Richtung verfolgen. Aber ich möchte herausfinden, was hinter Canossis Tod stand, und deshalb brauche ich Sie.«

»Also ich ...« Darauf war ich einfach nicht vorbereitet. Ich blickte zum Fenster, wo im Moment die Regentropfen mit Wucht gegen die Scheibe klatschten wie ausgelassene, unbeaufsichtigte Kinder, bis der Wind sich das nicht mehr länger mit ansah und sie wütend in eine andere Richtung scheuchte. »Ich bin nicht gerade billig.«

Ich hoffte nur, daß das halbwegs überzeugend geklungen hatte.

»Und ich bin nicht arm.«

Das jedenfalls klang überzeugend. Zahlen wären noch überzeugender gewesen, aber Kruyssenfeld sah nicht aus wie einer, der jeden Hunderter umdrehte. Er trat jetzt nah an mich heran und berührte meinen Arm. »Sehen Sie, mir liegt viel daran. Ich will die Wahrheit erfahren. Sagen Sie mir, ob Sie den Fall übernehmen wollen.«

Was gab es da zu überlegen? Bis gestern hätte ich noch jeden Auftrag angenommen, wenn nur irgendjemand dafür gezahlt hätte. Heute konnte ich mir aussuchen, ob ich für ein und denselben Fall ein oder zwei Auftraggeber haben wollte.

»Kennen Sie zufällig eine gewisse Luisa? Luisa Lukas?«

Kruyssenfeld legte den Kopf schief, so als horchte er, ob es auch in seinem Inneren regnete. »Lassen Sie mich überlegen ... Oh ja! Ja. Vor ein paar Jahren. Ich erinnere mich. Sie hat hier gearbeitet, therapeutisch. Aber das ist lange her.«

»Canossi hat nämlich ihren Namen erwähnt. Und da dachte ich, Sie könnten mir vielleicht etwas darüber -«

»Warum wollte er Ihre Dienste in Anspruch nehmen? Canossi, meine ich.«

Ich zuckte mit den Schultern. »Keine Ahnung. Leider ist er nicht dazu gekommen, es mir zu sagen.«

»Vielleicht hängt es ja mit dem Geld zusammen.«

»Mit dem Geld?«

Der Blick, der sich auf mich richtete, war jetzt noch therapeutischer als vorher. Zum milden Grundton trat eine Besorgnis, die so intensiv war, als habe Kruyssenfeld gerade erst entdeckt, daß ich anstelle einer Nase ein schwarzes, krabbelndes Insekt im Gesicht hätte, und ehrliches, selbstzermürbendes Mitleid, als sei ihm höchstpersönlich dieser peinliche Kunstfehler unterlaufen.

»Wissen Sie, wir beide hatten nicht nur ein therapeutisches Verhältnis. Da war mehr. Ja, ich darf sagen, wir waren wohl so etwas wie Freunde. Und er vertraute mir an – ich erinnere mich genau, es war eines der letzten Male, daß ich ihn sah – daß er eine beachtliche Summe Geld erhalten habe, derentwegen er sich Sorgen machte.«

»Eine beachtliche Summe? Wieviel? Und von wem?«

»Er hat Ihnen gegenüber also nichts davon erwähnt?«

»Wie ich schon sagte. Dazu kam er nicht mehr.«

Ein Hauch von Enttäuschung huschte federleicht über Kruyssenfelds Gesicht. »Vielleicht suchte er Sie ja deswegen auf.«

»Möglich. Vielleicht mußte er deswegen sterben.«

Ich erhob mich. Der Regen hatte aufgehört, und eine grelle Sonne kämpfte sich immer wieder unter den rasenden Wolken hindurch, um für ein paar Sekunden einen fassungslosen Blick auf die Landschaft voller Pfützen und tröpfelnder Dachrinnen zu werfen.

»Also gut.« Ich beschloß, hoch zu pokern. »Ich nehme fünfhundert am Tag. Die Spesen kommen dazu.«

Kruyssenfeld gab mir seine runde, weiche Hand und zog mich damit zur Tür, die er mit der anderen aufhielt.

»Ich bin Ihnen sehr dankbar. Informieren Sie mich, sobald Sie etwas herausgefunden haben.«

Unten in der Halle war Gundula damit beschäftigt, den Boden zu schrubben, genauer gesagt: den Weg vom Eingang zum Anmelde-Schalter. Ich rechnete also nicht damit, daß sie gut auf mich zu sprechen war, und versuchte, mich an ihr vorbei zu drängen, während sie sich in die andere Richtung bückte. Doch sie kreuzte mit dem Schrubber meinen Weg, wie ein mittelalterlicher Ritter mit der Lanze, und lächelte mich an.

»Mir ist noch etwas eingefallen«, sagte sie. Die riesige Brille war ein wenig heruntergerutscht, und sie sah zu mir auf wie über die Windschutzscheibe eines offenen Sportwagens. »Wegen Frau Lukas. Vor ein paar Monaten habe ich sie zufällig getroffen. Sie arbeitet in einem Cabaret.«

»In einem Cabaret?«

»Ja. Es heißt *Balu* oder so ähnlich.«

»Hm.« Ich kratzte mich am Kopf. »Und was macht sie da?«

»Das hat sie nicht genau gesagt. Nur daß sie in ihrem neuen Job viel von dem alten verwerten kann.«

Ich stieß die Tür auf. »Als Therapeutin? Das ist allerdings interessant. – Trotzdem vielen Dank. Sie sind ein Schatz.«

5

Daß die Bezeichnung *Cabaret-Theater* geschmeichelt war, hatte ich mir schon gedacht, schließlich hatte ich auch nicht erwartet, daß es am Meer lag, nur weil es *Malibu* hieß. Direkt hinter dem Bahnhof gelegen, in der besten Gegend also, was niveaufreie Unterhaltung betraf, fiel das Haus schnell ins Auge, rot-weiß getüncht in einem Muster, das an ein schmutziges Kopfkissen erinnerte, und mit einer ganzen Batterie bunter Birnen über dem Eingang. In grellem Rot formten sie ein auf dem Kopf stehendes Herz, das aber durch zwei dunkelblaue Birnen, die jeweils in einer der unteren Kurven angebracht waren, gleichzeitig zwei Brüste darstellte.

Innendrin drängte sich der Kissen-Eindruck weiter auf: Rotgrün gemusterte Decke, rot-braunes Mobiliar, auf den Tischen schmucke Kerzen mit elektrisch zuckenden Plastikflammen. Dazu Musik, die offenbar nur deshalb zum Jazz erklärt wurde, weil sie aus verstimmten Instrumenten kam und mit ihrer Lautstärke die schweren Rauchschwaden von einer Ecke in die andere trieb. Die Kundschaft bestand aus dem für diese Gegend üblichen Gemisch aus halbseidenen Typen, Großstadttouristen aus dem Umland sowie Männergesangvereinen und Skatbruderschaften, die ihrer hoffnungslos verspießerten Phantasie einen verrufenen Abend gönnen wollten.

Sie habe einiges von dem, was sie vorher gemacht hätte, in ihrem neuen Job verwerten können, hatte Luisa Gundula gegenüber behauptet. Ich fragte mich, was sie damit wohl gemeint hatte, während ich an dem einzigen freien Tisch in der Nähe der Bühne bei einem warmen Bier saß und nachzählte, was mir nach dem sündhaft teuren Eintrittsgeld mit Getränkezwang noch geblieben war.

Ein Tusch fegte fast das Glas vom Tisch und ließ mich mein gesamtes Kleingeld auf dem Boden verstreuen. Er kam aus unmittelbarer Nähe, so als hätte sich das gesamte schräge Orchester von hinten angeschlichen, nur um mich zu erschrecken. Ich begriff leider zu spät, warum dieser Platz als einziger frei geblieben war.

Die Show begann. *Zoff im Paradies. Mit LuLu in der Rolle des Erzengels Gabrielle.* Ein geistloses Spektakel mit bemüht zotigen Höhepunkten und voll peinlicher, unfreiwilliger Komik. Es war klar, das Bier mußte handwarm sein. Am Ende hatte man es sogar künstlich angewärmt, denn ein kühles Getränk hätte zu dieser Darbietung gepaßt wie eine Hamlet-Aufführung zum bunten Abend eines Kegelclubs.

Adam und Eva, bekleidet mit knappen, aber wenig aufreizenden Feigenblatt-Tangas, hüpften über die Bühne. Was die Frau betraf, so schien sie ein wenig zu alt für diesen Job zu sein, aber es war schließlich lange her, seit die ersten Menschen gelebt hatten. Während Adam ein Dutzendschönling von der Art war, wie sie offenbar in Fitneßclubs hergestellt wurden und die man nach Fotos in den Modemagazinen per Fax unter Angabe der Typnummer bestellen konnte. Alles in allem ein lebender Beweis dafür, daß Gott den ersten Menschen eigentlich als Prototyp für eine Massenproduktion vorgesehen hatte.

Mit all ihren erotischen Mitteln versuchte Eva, den Jüngling auf sich aufmerksam zu machen, aber alles Balzen blieb erfolglos, weil der sich in den Erzengel Gabrielle verguckt hatte. Gabrielle, das war LuLu, der Star der Show. Und LuLu war niemand andere als Luisa Lukas.

Für eine Milieufremde machte sie sich erstaunlich gut auf der Bühne. Ihre Bewegungen waren nicht so holprig wie die der beiden anderen, die im Vergleich zu ihr wirkten wie Volksschauspieler, die einen Bauernschwank in einer textilfreien Bearbeitung spielten. LuLu war der Erzengel, aber sie bewegte sich wie die Schlange aus dem Paradies. Ich konnte nicht anders, als sie mir bei ihren orgasmo-therapeutischen Sitzungen vorzustellen, und wußte jetzt, was sie unter ›verwertbaren Fähigkeiten‹ verstand. Auch LuLus Kostüm war eigentlich lächerlich, eine enganliegende, bis hinauf zur Achselhöhle geschlitzte, goldglitzernde Engel-Verkleidung mit Stummelflügeln, die sie natürlich Stück für Stück ablegte. Die Flügel, das Kleid, die goldschimmernden Nylons an den goldenen Strapsen, die goldene Unterwäsche. Eine lachhafte Situation, denn warum sollte der Engel sich ausziehen, während Adam, der ihr dabei zusah, von der vor Eifersucht hysterischen Eva mit Äpfeln vom Baum der Erkenntnis beschmissen wurde. Ich grinste spöttisch, während ich gleichzeitig auf Luisa starren mußte, auf ihre weißen Schultern und ihre perfekten Brüste, die sanft hin- und herschwangen, auf das volle Haar, das immer wieder über das ganz und gar nicht engelhaft geschminkte Gesicht fiel.

Dann, urplötzlich, fiel das mörderische Orchester wieder über den Saal her, und LuLu begann zu singen. Es war, soweit ich das erkennen konnte, eine mit einem neuen Text versehene Fassung von *That's why this lady is a tramp,* halsbrecherisch für alle Dilettanten, wie der Mount Everest halsbrecherisch ist für alle Hobbyclimber, die ihn in Filzpantoffeln bezwingen wollen. Aber LuLu stürzte nicht ab. Mit Brillanz meisterte sie all die tückischen Klippen, die Haarnadelkurven und lebensgefährlichen Gratwanderungen, sie schaffte es sogar gegen den Widerstand der Combo, die sich wie eine wütende Meute von Kläffern an den Pantoffeln festbiß, um sie in den Abgrund zu zerren. LuLu hatte eine klare, ganz leicht angerauhte Altstimme, und sie sang mit einem nur angedeuteten, fast versteckten Swing. Eine echte Begabung, soweit ich das beurteilen konnte, völlig untypisch für eine Therapeutin und eindeutig zu gut für diese Show, die jetzt in einem Bombardement von Paradiesäpfeln endete, bis der Conférencier auf die Bühne trat und die Leute ermunterte, weitere Getränke zu ordern, denn das sei erst der Anfang gewesen.

Trotz der Lärmbelästigung wartete ich noch eine Weile, bis das Bier vor mir auf dem Tisch aussah wie ein Recyclingprodukt aus verschiedenen Urinsorten und ich keine Lust mehr verspürte, diesen Eindruck zu bestätigen, indem ich davon kostete. Ich beschloß, mir die nächste Nummer zu sparen – *Klosterschülerinnen-Report, mit LuLu als unkeuscher Kati, anschließend große Slipversteigerung* - und machte mich auf die Suche nach Luisa. Rechts neben der Bühne war mir ein enger Gang aufgefallen, der so aussah, als ob er in die Garderobe führte. Ein kleiner Pfeil an der Wand trug die Unterschrift: *Toiletten – privat.* Auf das erste wäre ich auch so gekommen, davon zeugten mehrere Männer im feinen Anzug, die mir entgegenkamen, umständlich an ihrem Hosenschlitz nestelnd. Ich drängte mich an ihnen vorbei. Schummeriges Dämmerlicht tat sein Bestes, die überall abblätternden Tapeten diskret zu verhüllen sowie den zahlreichen Kakerlaken darunter ein streßfreies Leben zu ermöglichen. Nach ein paar Metern teilte sich der Korridor in zwei Richtungen: *Toiletten* links und *Zutritt nur für Personal* rechts.

Also rechts. Ich blieb stehen, als ich Stimmen hörte. Zwei Stimmen, ein Mann und eine Frau. Die Frau konnte Luisa sein. Hinter einer Tür mit der Aufschrift *Maske* waren die Stimmen am lautesten. Aber immer noch war kein Wort zu verstehen. Ich sah mich um. Der Flur war zwar leer, aber jeden Moment konnte jemand kommen. Ein paar Schritte weiter fand ich eine angelehnte Tür – vielleicht war es ja von hier aus möglich, ungestört zu lauschen. Ich trat in eine kleine Kammer, die mit allen möglichen Requisiten der Show vollgestopft war: Engelskostüme, Ersatzflügel, rote und schwarze Dessous, Pappwände, grellbunte Federboas. In der Ecke reflektierte ein abgehalftertes Saxophon das Licht, das durch eine getönte Scheibe in die Kammer fiel.

Ich pfiff leise durch die Zähne. Die Scheibe war ein Fenster, durch das man das Nebenzimmer einsehen konnte! Vorsichtig wagte ich einen Blick und schreckte im selben Moment zurück.

Unmittelbar vor dem Fenster erschien das Gesicht eines Mannes, ein gepflegtes, junges Gesicht mit braunem Teint, so nah, daß ich die Poren der Haut zählen konnte. Zu spät, sich zu verstecken, also grinste ich verlegen. Das Gesicht grinste nicht zurück, aber es verzerrte sich auch nicht in Wut über diese dreiste Bespitzelung. Vielmehr blickte es mich interessiert an, ja, es war Interesse in dem Blick und eine Spur echter Sympathie – dann kam eine Hand ins Bild und strich dem Kopf sanft über das Haar, um den Seitenscheitel zu richten. Und ich begriff plötzlich, daß weder Sympathie noch Interesse mir galt. Der Mann betrachtete sich selbst, sein eigenes Gesicht im Spiegel, und offenbar war er zufrieden mit dem, was er sah. Ein falscher Spiegel – was hatte der in dieser Spelunke zu suchen! Wenn der Besitzer ein Spanner war, brauchte er sich doch nur unter das Publikum zu mischen.

Irgendeine wütende Bemerkung von Luisa riß den Burschen aus seiner zärtlichen Selbstbetrachtung. Er räumte das Fenster, und jetzt sah man Luisa, die, in einen silbern schimmernden Bademantel gehüllt, auf einem Plüschsofa hockte und ungeduldig und genervt an einem ihrer Pumps zerrte. Sie war dabei, sich für ihre nächste Nummer, die unkeusche Klosterschülerin, umzukleiden, aber der Schönling hielt sie auf. Er hatte die Figur eines Ringers, und was die Proportionen anging, so konnte man sie nur in einer radikalen Umverteilung von unten nach oben beschreiben. Ein breitschultriger Oberkörper, der sich nicht schämte, sich von dem klein und zerbrechlich wirkenden Unterkörper durch die Gegend tragen zu lassen. Irgendwie kam der Mann mir bekannt vor, aber mir wollte einfach nicht einfallen, woher.

Immer noch konnte ich nur sehen, aber nichts verstehen von dem, was sie sich an den Kopf warfen. Und das, obwohl ich mich fast mit allem, was ich hatte, gegen den Spiegel stemmte, um den kleinen Spalt zwischen Rahmen und Wand zu vergrößern. Alles, was gelegentlich durchkam, war ein lautes *so what!*, für das der Muskelprotz wohl eine Vorliebe hatte, denn er benutzte es in fast jedem Satz.

Vielleicht wollte Luisa ihre Schuhe ja gar nicht wechseln, sondern den einen nur ausziehen, um ihren Kontrahenten damit zu bewerfen; gegönnt hätte ich es diesem Kerl. Aber es kam nicht mehr dazu. Auf eine Bemerkung Luisas hin kehrte ihr der Ringer seinen schrankförmigen Rücken zu und stampfte, pathetisch gestikulierend, in Richtung Tür, wo er sich noch einmal umdrehte. Für sein letztes, abschließendes *so what!* blies er die Backen auf, und in diesem Moment erkannte ich ihn: Es war der Mann, den ich in Kruyssenfelds Fitneß-Keller gesehen hatte, kurz nachdem ich mich für den Repressing-Kurs eingeschrieben hatte. Schon war er aus der Tür hinaus und schlug sie hinter sich zu, mit einer Wucht, die nicht nur die Grundmauern des Hauses erzittern ließ, sondern dem Spiegel, an dem ich lehnte, für den Bruchteil eines Augenblicks jenen winzigen Spielraum verschaffte, den er brauchte, um sich von meinem Druck zu befreien. Kopfüber sprang er in Luisas Umkleideraum und zerschellte dort in tausend Stücke.

»Was, zum Teufel, machen Sie da in meinem Spiegel?«

Luisa wirkte überhaupt nicht fassungslos, nicht schokkiert. Sie schien nur wütend zu sein, aber das schob ich auf den Burschen, der gerade das Zimmer verlassen hatte. Sie stand einfach da und starrte dorthin, wo gerade noch das Glas gewesen war. Leider konnte ich diesmal weder Interesse noch Sympathie in diesem Blick erkennen.

»Also, ich, eh – wollte mit Ihnen reden.«

»Wer sind Sie?«

Ich fand es albern, weiter von der anderen Seite des Lochs zu ihr zu sprechen, so als spielten wir Fernsehen. Also kletterte ich in den Umkleideraum.

»Bernhard Kittel«, sagte ich. »Ich bin Privatdetektiv. Eben habe ich Ihre Show gesehen.«

»Ach ja.«

»Ich finde, Sie singen nicht schlecht.«

Für einen winzigen Moment hellte sich ihre spöttische Miene auf. Oder bildete ich mir nur das ein?

»Was verstehen Sie denn davon? Als Detektiv?«

»Ein bißchen. Ich mache selbst Musik, wissen Sie.«

Luisa kam näher. Ihre Lippen waren von einem grellen Rot, wie ich es sonst nur auf der Autobahn gesehen hatte zur Kennzeichnung von Baustellen oder drastischen Geschwindigkeitsbegrenzungen, die auch nachts beachtet werden wollten. Ihre Haut war auch ohne die Bühnenscheinwerfer makellos und weiß.

»Und um mir das zu sagen, haben Sie sich hinter dem Spiegel versteckt?«

»Nein. Ich wollte mit Ihnen über Canossi reden. Alberto Canossi.« Ich nannte den Namen, und sie verzog keine Miene. Ich hätte auch sagen können: Albert Einstein. Oder Ludwig der Vierzehnte.

»Alberto?« fragte sie. »Was ist mit ihm?«

»Oh«, sagte ich. Deshalb also zeigte sie kein Gefühl. »Es tut mir leid. Ich dachte, Sie wüßten es schon.«

»Was denn?«

»Er ist tot. Wahrscheinlich ermordet.«

Aber sie brach nicht zusammen. Statt dessen trat sie an ein Schminktischchen und sah in den kleinen Spiegel darüber, der von Glühbirnen umrahmt wurde. »Ja, das wußte ich schon. Aber was wollen *Sie* von mir wissen?« Mit einer Pinzette zupfte sie sich ein unsichtbares Härchen von der Wange.

»Canossi hat Sie erwähnt. So wie er es tat, schien mir, daß Sie sich nahegestanden haben.« Ich räusperte mich. »Er jedenfalls Ihnen.«

Eine nicht viel tiefer vorbeidonnernde U-Bahn ließ die Utensilien auf dem Schminktisch klirren wie eine Windharfe. Luisa Lukas alias LuLu zündete sich eine Zigarette an und machte einen Schritt auf mich zu. Für einen Moment gab der Bademantel dabei den Blick frei auf ihre schlanken Beine in schwarzen, grob gemusterten Strümpfen.

Nahegestanden. Was meinte ich eigentlich damit? Sie war eine von den Frauen, denen alle nahestehen wollen. Konnte sie etwas dafür? Alle waren hinter ihr her, und das hatte auch für Canossi gegolten. Canossi oder irgendein anderer – so what? Schließlich war der Ringer ja auch noch da.

»Aber trotz allem«, sie drückte ihre Zigarette aus, die mit dem roten Lippenstift aussah, als sei sie nicht geraucht, sondern totgebissen worden, »wüßte ich nicht, was Sie das alles angeht.«

»Er ist mein Klient«, antwortete ich. »Außerdem ist er bei mir gestorben. In meinem Büro.«

Luisa lächelte mich an. »In Ihrem Büro, wie interessant. Aber leider geht meine Pause zu Ende. Und mein Tag ist noch lang.«

»Er wollte, daß ich etwas für ihn herausfinde.«

»Ach ja. Und was?«

»Nun, das versuche ich ja herauszufinden.«

»Was Sie herausfinden sollten, wollen Sie erst herausfinden?« Sie legte belustigt den Kopf schief. »Um das Betreffende dann herauszufinden?«

»Was er wollte, das ich herausfinde. Er ist ja nicht mehr dazu gekommen, es zu sagen.«

»Wie kompliziert doch die Arbeit eines Detektivs sein kann«, spottete sie. »Aber ich fürchte, da kann ich Ihnen auch nicht helfen ...«

Von einem Kleiderbügel nahm sie ein Oberteil, das auf den ersten Blick wie ein schlecht geratener Kompromiß zwischen Schuluniform und Reizwäsche aussah. LuLu, die unkeusche Klosterschülerin. Sie legte das Ding über eine Stuhllehne und dann, ohne Vorwarnung, streifte sie den Bademantel ab. Jene schwarzen Strümpfe, die ich schon bewundert hatte, waren das einzige, das sie jetzt noch anhatte.

Nicht daß mir nicht gefallen hätte, was ich sah. Aber ich hatte einen Fall zu lösen, und dafür brauchte ich einen kühlen Kopf. Und wenn ich den behalten wollte, dann mußte ich jetzt gehen.

»Eine Frage noch«, sagte ich, mit der Hand schon auf der Klinke und ohne mich noch einmal umzudrehen. »Haben Sie vielleicht eine Idee, warum er sterben mußte?«

»Eine Idee? Da könnte ich Sie doch genauso fragen.« Ich hörte das Fahrgeräusch eines Reißverschlusses. »Wer weiß, vielleicht haben Sie ihm ja was in den Kaffee getan.«

6

Als ich mir vorstellte, daß ich für den Weg vom *Malibu* nach Hause zu Fuß höchstens eine knappe Viertelstunde gebraucht hätte, ärgerte ich mich zum zweiten Mal darüber, daß ich diese alte Kiste am Hals hatte. Durch die Innenstadt war um diese Zeit mit dem Auto nämlich nicht durchzukommen, alles war blockiert von einem riesigen Blechmonstrum, das brummend, stinkend und hupend in den Straßen herumlungerte und Tausende von duftenden und lärmenden Touristen in teuren Klamotten aus dem Umland in Kinos, Kneipen und Pizzerias ausspuckte. Es war Wochenende, und der Kampf um die wöchentliche Freizeit tobte.

Also blieb mir nichts anderes übrig, als den äußeren Ring zu nehmen, der um diese Zeit relativ leer war, um dann von Süden her wieder ins Zentrum vorzustoßen und den Rest des Abends damit zuzubringen, nach einem Parkplatz zu suchen. Während ich eine Cassette mit Charlie Parkers *Night in Tunesia* einlegte – ich hatte vor, das demnächst mit Henk einmal zu proben – kam mir der Gedanke, daß es bis jetzt nur einen Verdächtigen im Fall Canossi gab, und das war niemand anderer als Bernie Kittel.

Ich hatte Canossis Geld, einen ganzen Koffer davon. Wenn einer von seinem Tod profitierte, dann war ich es. Wahrscheinlich hatte ich ihm etwas in den Kaffee getan – darüber machte Henk ja seine Witze, und Luisa war auch sofort darauf gekommen. So lächerlich das auch war, es war im großen und ganzen das, worauf Schäubel, der Kriminalkommissar in Grün, seine Ermittlungen aufbaute. Aber was war mit den anderen? Da war mein Auftraggeber, ein eitler Therapie-Guru, der die Vergeßlichkeit zum welterrettenden Prinzip machen wollte. Ihm war der arme Canossi als Patient so ans Herz gewachsen, daß er einen Privatdetektiv engagierte, um die näheren Umstände seines Ablebens zu erfahren. Eigentlich ungewöhnlich, so eine innige Beziehung zwischen Therapeut und Klient. Was steckte wirklich dahinter? War vielleicht das Geld im Spiel, auf das er so betont am Rande zu sprechen gekommen war?

Dann Luisa, auch eine Therapeutin, die brillant *That's why this lady is a tramp* zu singen verstand und dabei noch Brillanteres enthüllte. Sie wiederum war Canossi ans Herz gewachsen, so sehr, daß er mich ausdrücklich angefleht hatte, auf sie aufzupassen, mit versagender Stimme, als ihm klar geworden war, daß er soeben den letzten Kaffee seines Lebens getrunken hatte. Kein Zweifel, er hatte sie ins Herz geschlossen, sie ihn dafür allerdings um so weniger. Wahrscheinlich hätte es sie eher aus der Fassung gebracht, wenn ich ihr erzählt hätte, daß man einen namenlosen Köter auf der Straße überfahren hatte. Ja, daß sich im nachhinein herausgestellt hatte, daß es nichts weiter als ein alter Lumpen war, den man im Dunkeln nur mit einem Hund *verwechselt* hatte.

Und das paßte nicht. Schön und gut, ich hatte ihr nichts Neues berichtet, aber diese Gleichgültigkeit schien mir doch eine Spur zu dick aufgetragen, so wie das Rot auf ihren Lippen eine Spur zu grell gewesen war. Spielte sie mir nur etwas vor? Brauchte sie diese kaltschnäuzige Fassade, um sich vor den Abgründen zu schützen, die dahinter lagen? Bei allen vagen Vermutungen, auf die ich bis jetzt angewiesen war, so stand doch eines fest: mit Luisa würde ich mich noch beschäftigen müssen ...

Ein grelles Licht riß mich jäh aus meinen Betrachtungen. Da war ein Wagen hinter mir, direkt hinter mir, und er hatte aufgeblendet. Einer von diesen Angebern, die sich das Auto nicht zugelegt hatten, um eine Entfernung zurückzulegen, sondern um zu überholen. Sie brauchten das, weil überholen das Lebensgefühl ihrer Generation war, nur machten sie sich wohl nie klar, daß selbst der schnellste Wagen dabei auf einen angewiesen war, den er überholen konnte. Diesem Umstand mußte ich den Burschen zu verdanken haben, der jetzt an meiner Stoßstange klebte, denn die Straße war dreispurig und außerdem leer. Warum fuhr der Kerl also nicht an mir vorbei? Ich nahm den Fuß vom Gas, und – endlich – jetzt verschwanden die stechenden Augen aus meinem Rückspiegel so schnell, als hätte jemand hinter mir ein Licht ausgeknipst. Der Kerl war rasant auf die mittlere Spur gewechselt. Er kam längsseits. Jetzt war er direkt neben mir. Aber ich sah nur zwei monströse Reifen, die sich rasend schnell drehten und nur noch wenige Handbreit von meinem Seitenspiegel entfernt waren. Sie gehörten zu einer Kiste, die aussah wie das Produkt einer stürmischen Liaison zwischen einer Volvolimousine und einem Bulldozer: ein Range Rover. Zu monströs für die Stadt, zu schön für den Dschungel – ideal für den komplexgeladenen Kleinstädter, der sich Chancen ausrechnete, die Kirche in seinem Dorf mit diesem Ding vielleicht zu überragen.

Ich verlangsamte weiter, der Kerl verlangsamte auch. Meine Hände am Lenkrad begannen zu schwitzen. Das war nicht so ein Überholer. Da hatte jemand etwas ganz anderes vor. Der Abstand zwischen den Autos verringerte sich weiter. Wenn diese Reifen den Ford berührten, dann würde er zerfetzt werden wie ein Papierflugzeug, das jemand in einen Ventilator hält.

Ich wich nach rechts aus. Der Rover kam hinterher. Ich hatte keine Chance. Die Reifen waren jetzt genau in meiner Gesichtshöhe, ein mahlendes, schwarzes Räderwerk mit einem silbern blitzenden Kern. In hilfloser Panik drückte ich auf den Verriegelungsknopf der Fahrertür. Dann zischte und klirrte es, und vom Heck her kam ein Knall, als sei eine Kugel eingeschlagen. Der Seitenspiegel. Der Kerl hatte meinen Seitenspiegel abrasiert.

Ich trat, nein, stampfte auf die Bremse, und das chromblitzende Ding, das aussah wie ein schwuler Traktor, schoß an mir vorbei. Eine knappe Sekunde, dann reagierte er. Meine Reifen quietschten, seine Reifen quietschten. Doch hatte ich mich mit meinen abgefahrenen Reifen schon dreimal um mich selbst gedreht und erwischte zufällig genau die richtige Position, um in eine Seitenstraße abzubiegen. Der Rover dagegen mußte erst wenden, und das war meine Chance.

Eine leere Straße. Industriegebiet. Lagerhallen, verlassene Großparkplätze, mit Schlagbaum gesicherte Betriebsgelände. Kaum Möglichkeiten, sich zu verstecken, geschweige denn zu entkommen. Wer immer das war, der hinter mir her war, er hatte sich die richtige Gegend und die richtige Zeit ausgesucht. Ich fluchte auf das Wochenende. Jetzt hätte ich sie so dringend gebraucht, diese amorphe Masse aus Fahrzeugen, die im Moment die Innenstadt wie Lava heimsuchte. Ein warmes Gefühl der Geborgenheit durchflutete mich bei dem Gedanken an einen schönen, vertrackten Stau. Hier aber gab es nur diesen Wahnsinnigen und mich. Im Rückspiegel stachen wieder die bekannten Scheinwerfer. Meine Hände zitterten. Lange hatte das Monstrum nicht gebraucht, um mich einzuholen.

Es kam näher, war hinter mir. Wohin? Ich überlegte fieberhaft. Rechts ab. Soviel ich wußte, war da ein großer Schrottplatz. Ich hatte dort schon einmal Ersatzteile für den Ford besorgt. Aber nein – der Wagen war zwar alt, aber bevor er sich im Schrott verstecken konnte, brauchte es doch noch etwas. Vielleicht aber weniger lang, als ich dachte.

Links. Ich wußte nicht, wohin die Straße führte. Wieder auf eine breitere, und das war ein Fehler. Der Rover setzte erneut zum Überholen an. Er war wieder neben mir, und jetzt fackelte er nicht lange. Als er mich rammte, knirschte und brüllte das Blech wie im Schmerz, und Funken sprühten. Ich riß das Steuerrad herum, landete auf dem Bürgersteig. Nur wenige Millimeter raste rechts die Hauswand vorbei, links Steinpfähle, die Parkraum markierten. Der breite Rover konnte mir nicht folgen und wartete auf der Straße auf seine Chance.

An der nächsten Straßeneinmündung endete der Bürgersteig, und ich war mit meinem Latein am Ende. Aber auf einmal wußte ich wieder, wo ich war, und im selben Moment fiel mir die Disco ein. Eine Dröhnfabrik in Großmarktformat, draußen im Nichts gelegen, wo sie Fuchs und Hase, die sich hier früher wohl mal Gute Nacht gesagt hatten, den Schlaf raubte. Treffpunkt der Teenies aus der ganzen Region. Sie war förmlich um die Ecke. Ein riesiger Parkplatz, um diese Zeit rappelvoll. Wir fuhren praktisch direkt darauf zu, nur die nächste mußte man links …

Ich bog so abrupt ab, daß ich um ein Haar statt der Straße eine Hausfassade erwischt hätte. Aber nur so konnte ich den Rover austricksen. Er raste über die Einmündung hinaus, bremste und mußte wenden. Ich quälte den Motor, holte alles aus ihm heraus. Wenige Sekunden später bog ich auf den Parkplatz der Disco ein.

Wie ich erwartet hatte, war hier um diese späte Stunde jede Menge los. Eine Autoschlange kreiste geduldig auf der Suche nach freiwerdenden Parklücken. Ich reihte mich ein. Schon nach der zweiten Runde hatte ich einen gefunden. Er war ganz in der Nähe der Ausfahrt, von wo ich eine gute Sicht nach draußen hatte. Ich wollte einscheren und bremste scharf. Zu spät. Ein entgegenkommender Wagen, auf dem Weg nach draußen, rammte meine Stoßstange. Ich hatte noch nicht den Mund aufgemacht, als er scharf abbremste. Ein Jüngling im Disco-Alter lehnte sich aus dem Fenster.

»Heh, du Penner! Has' wohl Knöpfe auf 'n Augen, was! Paß auf, wo de hinfährs'!«

Ich glotzte ihn an. Von der Beifahrerseite stierte ein Mädchen herüber, der offenbare Grund für das Männchen, am Steuer so aufzutrumpfen. Ihr Gesichtsausdruck schwankte zwischen Ekel und Mitleid, so als sei ich ein Elch, den sie auf der Autobahn angefahren hatten.

Der Junge zeigte mir den gestreckten Mittelfinger und fuhr mit durchdrehenden Rädern an. So, wie er den Parkplatz verließ, schien er zu glauben, in einem Düsenjet zu sitzen, dabei war es nur ein biederer, roter Ford.

Genau wie meiner. Diese Erkenntnis kam zeitgleich mit einem vertrauten Reifenquietschen, das von jenseits des Parkplatzes kam. Der Rover. Er hatte draußen gewartet. War nicht so dumm gewesen, sich auf den Parkplatz locken zu lassen und dann die Übersicht zu verlieren. Und jetzt heftete er sich mit unverbrauchter Wut an die Fersen des kleinen Fords. Und der kleine, ahnungslose Ford nahm die Herausforderung an.

Mit einem Anflug von schlechtem Gewissen sah ich den Rücklichtern nach, bis sie in der Nacht verschwunden waren. Dann atmete ich auf, denn für heute war ich mein Problem los.

7

Auch das, was von der Nacht noch übrigblieb, verbrachte ich hauptsächlich mit Fahren. Sobald ich die Augen schloß, sah ich die Straße vor mir und neben mir die monströsen Reifen. So nahe an meinem Gesicht, daß ich am Ohr schon den Luftzug spürte. Unterwegs traf ich Luisa, sie stand an der Straße und trampte, und als sie zu mir in den Wagen stieg, fiel mir auf, daß sie wie eine Therapeutin gekleidet war. Flauschiger Rollkragenpulli und ein langer, karierter Rock, unter dem graue, blickdichte Strümpfe jeden neugierigen Blick nachdrücklich enttäuschten. Ich finde es schade, daß das Auto so gut wie Schrott ist. Trotzdem verstehe ich nicht, was Sie von mir wollen, sagte sie lächelnd. Sie haben doch Geld genug, also kaufen Sie sich einfach einen neuen. Dann stieg sie um in ihr eigenes Auto, und es war der chromblitzende Geländewagen.

Am Sonntag hatte ich mich mit Henk zur Probe verabredet, aber er tauchte, wie in letzter Zeit üblich, erst spät auf. Wir gingen ins *La Mancha*, unsere Stammkneipe, wo wir mit Jiorgos, dem Wirt, über unseren Auftritt reden wollten. Wir hatten vor, eine Jazzcombo aufzubauen und ein kleines, aber ausgewähltes Repertoire einzustudieren. Bis zum Abend aber waren wir schon ziemlich versumpft, so daß aus der Musik leider nichts mehr wurde.

Als ich dann am Montag morgen, so gegen halb zwölf, in unser Büro kam, war von Henk natürlich noch keine Spur zu sehen. Auch ich fühlte mich vom letzten Abend noch recht angeschlagen, also machte ich mir erst einmal einen starken Kaffee. Dann lief ich nach unten in den Keller, wo ich in unserer kleinen, muffigen Parzelle die Tasche mit dem Geld den neugierigen Augen der Polizei erst einmal vorenthalten hatte. Der Keller war zwar feucht, aber Canossi hatte eine glückliche Hand bei der Wahl seines Koffers gehabt. Ich brauchte mir also keine Sorgen zu machen, daß jene bekannte Grundregel, nach der Geld nicht stinkt, hier widerlegt werden könnte. Um meine Spesen zu decken, entnahm ich zwei Bündel Hunderter und beschloß, am Abend noch einmal zum *Malibu* zu fahren, um mich, diesmal etwas ausführlicher, mit Luisa zu unterhalten. Vielleicht konnte sie mir ja einen kleinen Tip geben, wem ich diese eigenwillige Art von Nervenkitzel auf dem Nachhauseweg zu verdanken hatte. Mit einem gleichgültigen Schulterzucken jedenfalls kam sie mir diesmal nicht mehr davon.

Inzwischen wartete Besuch vor der Tür des Büros auf mich. Ein junger Mann stand da, Anfang Dreißig vielleicht, in einem hochoffiziellen hellgrauen, taillenbetonten Jackett und mit einer Krawatte in einem Lila-Ton, der mich sofort an Würgemale am Hals denken ließ. Vom Gesicht her ein Halbjugendlicher, der wahrscheinlich noch zu Hause wohnte und die Fahne seiner Studentenverbindung über dem Bett hängen hatte, neben einem Poster mit Boris Becker drauf.

»Guten Tag.« Er streckte mir in korrekter Weise die Hand hin. »Mein Name ist Dr. Naujox. Ich hätte Sie gerne gesprochen.«

Gut, vielleicht war er ja doch etwas älter. Sein Alter war schwer zu schätzen, sagen wir: in Unterhosen hätte er wahrscheinlich wie ein Schüler ausgesehen. Am Ende war er ja eins von diesen Wunderkindern, die mit fünf in der Met auftraten und mit siebeneinhalb schon Großvater waren.

»Gut, kommen Sie kurz rein, aber ich habe nicht aufgeräumt …«

Auf einen Wink von mir nahm er auf dem Stuhl Platz, der an meinem Schreibtisch stand, während ich mich in den Sessel dahinter fallen ließ. Das Büro sah im großen und ganzen immer noch so aus, wie die Polizei es hinterlassen hatte. Das Gröbste war zwar aus dem Weg geschaufelt, aber einer wie Naujox wußte das wohl kaum zu schätzen.

»Wie ich sehe, sind Sie dabei, sich zu verändern? Räumlich, meine ich.« Er lächelte.

Ich überhörte diese Spitze, schließlich schien er es ernst zu meinen, und lächelte zurück. »Also: Was kann ich für Sie tun?«

Naujox musterte mich mit freundlichen, erwartungsvollen Augen, so, als hätte ich ihn danach gefragt, ob er seinen Kuchen mit oder ohne Sahne haben wolle.

»Nun, ich bin Anwalt, und mein Mandant ist – das heißt: war – Alberto Canossi.«

»Interessant.«

»Ja. Also – vielleicht überrascht es Sie nicht zu erfahren, daß mein Mandant, sagen wir, relativ wohlhabend war.«

»Relativ wohlhabend?« Warum sollte mich das nicht überraschen?

Naujox legte die Fingerspitzen aneinander. Er sah jetzt aus wie ein Geistlicher, der nach Worten zum Sonntag ringt.

»Aus einer Erbschaft war ihm eine recht große Summe Geldes zugekommen. Man kann wohl sagen: eine beachtliche Summe.«

»Er hatte eine Erbschaft gemacht? Sie meinen -«

»Ein entfernter Verwandter, der in Kanada gelebt hat. Mein Mandant hatte nun vor, damit ein Geschäft zu tätigen. In größerem Umfang, versteht sich. Nun ja, dazu ist es ja nicht mehr gekommen.«

Kleine Pause. Im nahegelegenen Bahnhof fuhr ein Zug ein. Die Ansage leierte die Anschlußzüge herunter.

»Nein«, sagte ich. »Leider.«

»Tja, und jetzt«, der Anwalt holte tief Luft, »hat mich ein Verwandter Canossis damit beauftragt, dieses Geld, das auf mysteriöse Weise verschwunden ist, wieder zu beschaffen.«

»Sie wollen damit sagen, Sie haben einen neuen Mandanten.«

»Ja. Sein Neffe Leo. Er ist Vikar in einer kleinen Gemeinde in Oberfranken und kann das Geld gut gebrauchen. Für caritative Zwecke. Und ich habe versprochen, seine Interessen wahrzunehmen, was das Geld angeht.«

»Sie als sein Anwalt.«

»Richtig.«

Naujox lächelte mich an, aber sein Lächeln hatte jetzt etwas Verschlagenes. So wie das eines Pokerspielers, der den Mitspieler über seinen Royal Flash hinweg ermutigend anlächelt: Keine Angst, mein Guter, ich bluffe nur. Es war klar. Naujox wollte, daß ich das Geld herausrückte. Und er dachte offenbar, er könne hier einfach hereinspazieren und es in Empfang nehmen. Er war eben doch noch ein wenig grün hinter den Ohren, der neunmalkluge Anwalt.

»Tja, also ...«

Ich setzte mich gerade hin und gab mir Mühe, ihn an Höflichkeit noch zu übertreffen.

»Vielen Dank, daß Sie mich so ausführlich über Ihre beruflichen Projekte informiert haben, wozu Sie ja wohl nicht verpflichtet sind. Schon gar nicht mir gegenüber, einem völlig Außenstehenden, der mit derartigen Informationen auch nur bedingt etwas anzufangen weiß, um es einmal vorsichtig zu formulieren.

Aber ich fürchte, Sie müssen mich jetzt entschuldigen ...«

Die Miene des Anwalts bewölkte sich. Nicht daß er finster dreingeblickt hätte – sie war immer noch die Freundlichkeit selbst, eine friedliche, idyllische Waldlichtung mit Klatschmohn und saftigem Klee darauf. Nur hatte sich gerade, kaum merklich, ein Wattebausch vor die Sonne geschoben. Kein Grund, schon den Pullover überzuziehen.

»Nun, Außenstehender ... Ich fürchte, das sind Sie nicht so ganz.«

»Was wollen Sie damit sagen?«

»Sofern meine Informationen stimmen, suchte Herr Canossi Sie doch auf und starb hier.«

Ich nickte ernst. »Leider. Ja.«

»*Mit* dem Geld.«

»Mit ...?«

»Ja.«

Zweifellos dachte er, er hatte mich. Aber da freute er sich zu früh. »Nein.«

Zum ersten Mal zuckte leichte Ungeduld in seinen Bewegungen auf. »Ich denke, so kommen wir nicht recht weiter ...«

»Mag sein. Aber ich weiß leider nicht, worauf Sie hinauswollen.«

Der Anwalt hob das Köfferchen auf seine Knie und faltete geduldig seine Hände darauf. »... Sparen wir uns das doch einfach.«

»Was?«

Ein Lächeln, es war mehr als freundlich. Fast schon intim. »Jetzt spielen Sie nicht weiter den Trottel und rücken Sie endlich die Kiste mit dem Geld rüber.«

Ich traute meinen Ohren nicht. Jetzt wollte der Kerl unangenehm werden. Soweit das einem wie ihm, dem die Lächelei offenbar als eine Art Geburtsfehler anhaftete, überhaupt möglich war.

Ich lehnte mich zurück. »Hören Sie, haben Sie überhaupt noch soviel Zeit? Wartet Ihre Mutter nicht zu Hause mit dem Essen auf Sie?«

Das hätte ich nicht sagen sollen. Sein Mund begann jetzt leicht zu zucken, und die Advokaten-Höflichkeit nahm er wie eine Brille vom Gesicht und steckte sie in die Innentasche seines umwerfend modischen Jacketts. Ohne sie sah er für einen Moment aus wie ein Schuljunge, dem plötzlich eingefallen war, daß er heute nachmittag noch zwei Stunden Sport und seine Turnschuhe vergessen hatte. Aber nur für einen Moment. Dann öffnete er sein Köfferchen und nahm in aller Ruhe eine Pistole heraus. Schraubte einen Schalldämpfer darauf, sehr sorgfältig machte er das. Zum Schluß richtete er das Teil auf mich.

Ein richtiges Wunderkind. Ungefähr so stellte ich mir Mozart vor, wenn sich in seinem zarten Alter von fünf Jahren herausgestellt hätte, daß ihm der Umgang mit Schußwaffen viel mehr lag als das Klavierspielen.

»Und jetzt?« fragte ich, nachdem ich eine Ewigkeit die winzige Mündung angestarrt hatte.

Die Waffe senkte sich. Er legte sie vor sich, auf das Köfferchen.

»Sie haben recht. Damit haben wir ja noch Zeit.«

Urgemütlich saß er mir gegenüber, auf der anderen Seite des Schreibtischs, und zündete sich eine Zigarette an. In seinem Baby-Gesicht schien wieder die Sonne, aber eine Spur zu ungetrübt. Es war eine bösartige Sonne, die es genoß, zu verbrennen, was sie erleuchtete.

Überall verstreute Naujox seine Glut. Die Zigarette kreiste wie ein Salzstreuer in kurzer Höhe über dem Schreibtisch und entzündete kleine Feuer im Dschungel aus bekritzelten Blättern, Papierflugzeugen und zu Bällchen zerknüllten Rechnungen. Hier und da half Naujox nach, indem er seinen Glimmstengel direkt an das Papier hielt. Qualm stieg in meine Nase. Ich mußte husten.

»Soll ich Ihnen nicht doch einen Aschenbecher bringen?« fragte ich.

Als Antwort hielt er seine Kippe hoch und schloß eine Faust um sie. Es sah aus, als habe er einen kleinen Vogel gefangen und erwürge ihn jetzt. Was er dann auf den Schreibtisch warf, war allerdings kein toter Vogel, sondern eine kalte Zigarettenkippe.

Das Grinsen, das für einen winzigen Augenblick angestrengt gewirkt hatte, entspannte sich.«Alles eine Frage der Konzentration. Der Körperbeherrschung, wissen Sie?«

Was war das, das da vor mir saß? War das ein Wunderkind oder ein Monstrum? Ich fühlte, wie mir heiß wurde. Er kam mir vor wie ein Wesen aus einem schlechten Horrorfilm, wo Kleinkinder durch Genmanipulation zu seelenlosen Killern umgebaut werden. »Wie steht's mit Ihnen?« fragte er mild. »Wollen Sie mir das Geld jetzt geben? Oder wollen Sie vielleicht erst mal Bekanntschaft mit meiner Zigarette machen? Na? Ich warte auf Ihre Antwort, kleiner Schnüffler.«

Ich sprang auf. Schnüffler genannt zu werden, bin ich gewohnt, aber *kleiner* Schnüffler, und das von so einem Jüngling, einem Möchtegern-Schweren-Jungen, der sich im Fernsehen noch Tierserien anschaut und rot wird, wenn er von Knutschereien auf dem Schulhof träumt – ich sprang auf.

»Setzen Sie sich«, sagte Naujox, zeigte mir kurz die Kanone und gab meinem Drehstuhl unter dem Schreibtisch einen Tritt. Ich setzte mich ins Nichts und knallte mit dem Hintern auf den Boden.

Als ich wieder hochkam, schien sein Gesicht, diese gräßliche Sonne, grinsend und selbstzufrieden kauend zu mir herunter.

»Selbstbeherrschung, habe ich doch gesagt. Sieht einfach aus, aber so einfach ist es dann doch -«

Mitten im Satz brach er ab. Ganz plötzlich hörte die Sonne auf zu scheinen, sie zerknitterte wie eine dieser Papierfackeln, die man oft zu Sankt Martin sieht. Jeden Moment, so erwartete ich, würden die Augen herausfallen oder die Nase herunterklappen, und eine grauenvolle Mechanik dahinter diesen Mann als tötungswütigen Androiden entlarven. Naujox sprang auf, nach Luft ringend, und zerrte an seiner Krawatte, als sei sie schuld daran, daß sein Gesicht jetzt dunkellila anlief. Dabei war es wahrscheinlich das erste Mal, daß sie vom Farbton her mit seiner äußeren Erscheinung harmonierte.

Mit einem kehligen Grunzen fiel der Anwalt vornüber auf meinen Schreibtisch, wo er mehrmals mit den Armen ruderte wie eine Wasserschildkröte auf dem Trockenen und auf diese Weise den Papierwust im ganzen Raum verstreute. Dann hörte er auf damit und regte sich nicht mehr.

Ich stand mit offenem Mund da, starrte auf den Toten auf dem Schreibtisch und wußte, daß ich ein paar Minuten brauchen würde, um zu begreifen, was sich soeben hier abgespielt hatte. Doch soviel Zeit hatte ich nicht. Von der Tür her kam ein Geräusch, und ich schielte nach der Pistole, die direkt neben dem linken Fuß des Verstorbenen lag.

Es war nur Henk.

»Hi!« sagte er und schälte sich mühsam aus einem tropfnassen, grellgelben Plastik-Cape. »Bei dem Wetter macht es keinen Spaß, Fahrrad zu fahren. Vielleicht sollten wir uns demnächst mit dem Wagen abwechseln, dann kannst du auch mal -«

Jetzt war er es, der mitten im Satz innehielt. Er hatte Naujox entdeckt.

»Kittel ...« murmelte er, gefährlich leise, und schlich sich an den Toten heran, als könnte er ihn aufwecken. »Das ist doch wohl nicht wahr ...«

Einen ganzen Bogen machte er um den Schreibtisch herum, dann hielt er bei der Tasse, die ich mir – vor einer Ewigkeit – mit heißem Kaffee gefüllt hatte. Natürlich war er längst kalt. Aber Henk schnüffelte daran und sah finster zu mir herüber.

»Er hat ihn nicht angerührt«, sagte ich. »Ich schwör's.«

»So. Hat er nicht.«

»Nein. Ich hab ihn für mich selbst gemacht, das war, bevor Naujox – so heißt er – also bevor er -«

»Verdammt, Kittel!« unterbrach er mich rüde. »Was hast du vor? Willst du uns ruinieren?«

8

Das Wetter hatte sich wieder beruhigt. Offenbar begnügte es sich damit, Henk in seinem gelben und viel zu knappen Cape auf dem Fahrrad erwischt zu haben und ihn aussehen zu lassen wie eine Hochwasserboje in Seenot. Jetzt jedenfalls schien es auf einmal ganz darauf aus zu sein, sich einzuschmeicheln, indem es alle Welt glauben machte, auch Schmuddelwetter wünsche sich wie alle anderen nur ein wenig Anerkennung und Liebe. Auf dem Grunde seines Herzens wohne niemand anders als der Frühling selbst: Sonne, dazu Temperaturen um zwanzig Grad, eine milde Brise, die schamlos die Fassaden der Häuser tätschelte und zärtlich durch die Kronen der Bäume wuschelte, als bedauere es die voreilige Entlaubung. Natürlich gab es kaum jemanden, der auf diesen Schwindel hereinfiel. Immerhin war es November, und jeden Tag konnte der erste Schnee fallen. Balkons waren leergeräumt, Gartenteiche evakuiert und Eiscafés geschlossen. Das Wetter schmeichelte vergeblich.

Auch in den Räumlichkeiten der Agentur *Kittel & Voss* gab es etwas, das an Frühling erinnerte. Das war Schäubel, der immergrüne Kommissar, und in der Sonne leuchtete er noch grüner als sonst. Er kniete auf dem Boden, halb unter meinem Schreibtisch verborgen, und kratzte mit einer kleinen Pinzette auf dem Holzboden herum. Ein Polizist bei der Arbeit. Kurz davor, die schon verloren geglaubte Kugel aus dem Gebälk zu ziehen, um damit den Mörder zu überführen.

»Na also, wer sagt's denn!«

Schäubel schien plötzlich zu erblühen. Etwas Rotes leuchtete am Ende seines grünen Arms auf, blitzte in der Sonne wie ein Kleinod, allerdings ein Kleinod, das rundherum mit dicken Staubflusen bewachsen war.

»Ein altes Fruchtbonbon«, sagte Henk achselzukkend. »Und du glaubst im Ernst, der arme Canossi wurde damit erschossen?«

Der Kommissar, so zufrieden, daß er die Spitze vollkommen überhörte, hielt ein Plastiktütchen unter das rote Ding und ließ es vorsichtig hineinplumpsen.

»Fruchtbonbon? Oh, nein, das ist kein Fruchtbonbon! Hier, sieh es dir genau an.« Er erhob sich und kam, mit dem Beutel wedelnd, auf uns zu. »Das ist ein Weingummi.«

Henk heuchelte Verblüffung. »Ach ja«, sagte er. »Aber ich gebe offen zu, daß ich kein Experte bin, was Süßwaren angeht. Und ganz besonders im Bereich der Lutschwaren -«

»Oh, der Unterschied ist aber ganz einfach«, unterbrach ihn Schäubel hämisch. »Ein Bonbon ist eben nur ein Bonbon. Ein Weingummi dagegen – das ist die Tatwaffe!«

Er stand jetzt vor mir und hielt mir den Beutel mit ausgestrecktem Arm vor die Nase, als erwartete er, daß ich auf die Knie fiel und ihn anbetete.

»Das hier war das letzte, was Canossi zu sich genommen hat. Und genau so ein Ding hatte auch Naujox im Magen – merkwürdig, was? Beim ersten Mal haben wir die Tüte glatt übersehen, so genial versteckt war sie in der allgemeinen Unordnung. Und hätte der bedauernswerte Canossi nur sein Leben und nicht auch noch dieses Weingummi ausgehaucht, dann wären wir euch schon viel früher auf die Spur gekommen!« Im Eifer ein wenig laut geworden, senkte Schäubel jetzt die Stimme und gab sich Mühe, wie die Ruhe selbst zu klingen. »Hätte ich das Ding hier nicht gefunden, wer weiß, dann hätte es vielleicht noch ein drittes Mal gegeben. Oder ein viertes. Wann, sagten Sie, erwarten Sie Ihren nächsten Klienten..?«

»Vergiftete Weingummis ...« dachte ich laut.

»Vergiftet ist gut!« rief der Kommissar begeistert. »Wir haben das im Labor untersucht. Eins von diesen Dingern enthält genug Strychnin, um damit einen erwachsenen Bullen umzuhauen.«

»Aber dazu ist es bis jetzt ja leider noch nicht gekommen«, sagte ich. Sein Blick sagte mir, daß er das weder komisch noch originell fand.

»Na und?« ließ sich Henk vernehmen. Er saß auf der Fensterbank und drehte sich eine Zigarette. »Was folgt denn jetzt daraus?«

»Was denn wohl? Der Fall mag damit noch nicht geklärt sein, aber eins wissen wir mit Sicherheit: sowohl Canossi als auch Naujox wurden mit Weingummis ermordet, die aus dieser Agentur stammen!«

»Aber wir wußten nichts davon, daß hier welche waren.«

Schäubel grinste böse. »Natürlich nicht.«

»Außerdem«, kam ich Henk zur Hilfe, »essen wir niemals Weingummis. Höchstens dann und wann saure Drops.«

»Und das hier?« Der Kommissar schwenkte eine zerknitterte Tüte. Er hielt sie mit zwei Fingern fest, so daß sich die kleinen grünen Pillen über meinen Schreibtisch ergossen.

»*Fresh'n'Fruit*. Das gehört mir. Für besseren Atem«, sagte ich und schnappte ihm die Tüte aus der Hand.

»Haben Sie wohl auch nötig, was?«

»Im Gegenteil. Aber ich bin abhängig davon. Wie der da von seinen Zigaretten. Komme einfach nicht davon los.«

Schäubel wandte sich wieder Henk zu.

»Und Sie sind auch nur zufällig hier vorbeigekommen, obwohl draußen auf der Tür Ihr Name steht, was?«

Henks Zigarettenqualm, von der Sonne angestrahlt, hüllte mühelos das ganze Büro in dichten Nebel.

»Nein«, kam es aus seiner Richtung. »Aber das heißt, daß irgend jemand die Dinger hier eingeschleppt hat. Ich schlage einen der beiden Ermordeten vor.«

»Wirklich praktisch«, bemerkte der Kommissar. »Die können sich ja nicht mehr wehren, nicht wahr? Aber vergessen Sie nicht: auf jede Selbstmord-Hypothese folgt automatisch der Verdacht, daß es möglicherweise nur wie Selbstmord *aussehen* sollte. Das ist eine der Grundregeln der Kriminalistik.«

Ich beharrte: »Aber von uns waren die Gummis nun einmal nicht.«

»Wie einfach!« Schäubel machte eine ungeduldige Handbewegung. »Sie essen keine Weingummis, und damit ist der Fall für Sie erledigt! Wenn die Opfer erschossen worden wären, glauben Sie, es hätte Ihnen etwas genutzt zu behaupten: Wir schießen uns selbst niemals in den Kopf?«

Henk hatte neulich erwähnt, daß Kommissar Schäubel eine ganz eigene Art hatte zu ermitteln, die darauf beruhte, auf seltsame Weise Schlußfolgerungen zu ziehen oder Indizien zu deuten, die für sich schon eigenartig waren. Aber man dürfe dennoch nicht den Fehler machen, ihn zu unterschätzen.

Im Moment wagte ich stark zu bezweifeln, daß dies jemals einem gelungen war.

»Aber es deutet doch alles darauf hin«, versuchte ich mit neuer Geduld, »daß Naujox' Tod ein Unfall war! Er hat sich eins von diesen Bonbons genommen, die hier noch von Canossis Besuch lagen. Schließlich ist der nicht mehr dazu gekommen, sie wieder einzupacken. Naujox hat mich bedroht, und zwischendurch hat er sich so ein Ding in den Mund gesteckt. Und das war's dann.«

Schäubel fixierte mich wie eine argwöhnische Zimmerpalme. »Vielleicht war es aber auch genau umgekehrt.«

»Umgekehrt?« fragte Henk ungläubig. »Du meinst, das Ding hat sich Naujox in den Mund gesteckt?«

»Nehmen wir doch einfach mal an, daß nicht der, sondern Canossis Tod ein Unfall war. Ich denke, die Frage, die wir uns dann stellen müssen, lautet: Warum mußte der andere sterben?«

»Der Anwalt?« fragte ich.

»Das haben Sie gesagt, daß er Anwalt war. Unsere Nachforschungen haben etwas ganz anderes ergeben. Er arbeitete in einem Verlag. Dem *Wizzt Kon* Verlag.«

»Komischer Name«, meinte Henk.

»Einer von diesen übersinnlichen. Neues Wissen, Erleuchtung und der ganze Kram. Naujox war als Vertreter unterwegs.«

Daß der Kommissar uns die Hölle heiß machen wollte, lag wohl an seinem ganz besonderen Verhältnis zu Henk Voss. Was sollte ich mich da einmischen? Daß er jetzt aber zu diesem Zweck jenes babygesichtige Monstrum, das mir einfach den Stuhl unter dem Hintern weggetreten hatte, in einen biederen Verlagsvertreter verwandelte, der einem heimtückischen Mord zum Opfer gefallen war, das ging mir nun doch gegen den Strich.

»Ob er jetzt Anwalt war oder Vertreter«, sagte ich, »Tatsache ist doch, daß er mich bedroht hat.«

»Ja.« Schäubel hob den gestreckten Zeigefinger in meine Richtung, als sei das ein Trick, mit dem er mich beeindrucken wollte. »Aber warum hat er das wohl getan?«

»Um mich davon abzubringen, weiterhin im Fall Canossi zu ermitteln.«

Unwillig packte der Kommissar seinen Finger wieder weg. »Ich erzähle Ihnen jetzt mal, wie die Sache für mich aussieht. Canossi, das wissen wir inzwischen, war ein kleiner Fisch. Hier und da hat er ein paar krumme Dinger gemacht, aber nichts besonderes. Nehmen wir mal an, daß er eines Tages an einer Sache dran ist, an der er sich die Finger verbrennt. Irgendwer hat es auf ihn abgesehen. Was macht er? Er schaltet einen Detektiv ein – mag sein, daß das keine sehr gute Idee war, aber Canossi war ja auch nicht gerade clever.«

Ein kurzer Seitenblick auf Henk, in der Hoffnung, daß ihn die Bemerkung ärgern würde. Leicht enttäuscht fuhr Schäubel fort: »Außerdem wissen wir ja auch noch nicht, was das für ein Ding war. Nun ja, jedenfalls kommt Canossi hierher, wo er Opfer des Weingummi-Anschlags wird. So weit, so gut. Doch jetzt wird es erst interessant.«

»Dann gibt es doch nur eins!« warf ich genervt ein. »Den zu finden, der es auf ihn abgesehen hatte. Und genau daran habe ich in den letzten Tagen gearbeitet.«

»Moment, nicht so eilig! Bis hierher sind wir uns ja einig. Aber es ist dieser zweite Tote, der mich stutzig macht. Deshalb frage ich: Wer hat Naujox auf dem Gewissen? Stellen wir uns vor, daß der Vertreter hier zufällig hereinplatzte, gerade in dem Moment, als Canossi sein Bonbon unter den Tisch spuckte. Naujox war etwas cleverer als Canossi und sagte sich, daß da vielleicht ein kleines Sümmchen für ihn drin wäre. Er hat Sie also erpreßt.«

»Aber -«

»So. Und jetzt stellt sich heraus, daß auch er nicht clever genug war. Denn in dem ungezwungenen Gespräch, das Sie vorgeben, mit ihm zu führen, tappt auch er in die Weingummi-Falle.«

»Indem er ihn gezwungen hat, das Ding zu schlukken«, ergänzte Henk.

»Das habe ich nicht gesagt. Es kann sich auch anders abgespielt haben.«

»Eine heimtückische Art, jemand umzubringen«, meinte ich mit geheucheltem Erschaudern. »Ich brauche nichts zu sagen als ›bitte, nehmen Sie doch von den vorzüglichen Fruchtgummis‹, und der Ahnungslose schiebt sich sein letztes Bonbon mit Himbeergeschmack in den Mund ...«

Für einen Moment verschwand die Sonne, und der Kommissar hielt mitten in der Bewegung inne. Beides war zeitgleich, so daß es aussah, als hätte ihn jemand zusammen mit dem Licht ausgeknipst. Aber dann regte er sich doch wieder.

»Darf ich fragen«, wie in Zeitlupe drehte sich sein Kopf in meine Richtung, »woher Sie das wußten?«

»Was?«

»Nun, das mit dem Himbeergeschmack. Es war tatsächlich Himbeergeschmack. Nur wußte das bisher niemand außer den Jungs vom Labor.« Seine Blicke durchbohrten mich.

»Es war ein rotes«, sagte ich. »Sie haben es eben hochgehalten.«

»Das, was ich hochgehalten habe, war nicht dasjenige, durch das Naujox zu Tode kam, sondern Canossi.«

Ich kratzte mich am Kopf. »Ja, aber Sie erwähnten, daß es bei Naujox das gleiche Bonbon, eben ein rotes -«

»Rot. Verstehe. Wissen Sie, wieviele Geschmacksrichtungen es gibt, die rot sind? Erdbeer, Kirsch, Johannisbeer, Blutorange, Rhabarber, Tomaten, Preiselbeer ...«

»Rote Beete!« warf Henk ein.

»Und Sie kommen ausgerechnet auf Himbeer. Ist doch merkwürdig, finden Sie nicht?«

Vor Eifer hatte sich Schäubels Gesicht gerötet, so als sei es sein Ehrgeiz, irgendeiner der soeben erwähnten Fruchtsorten zu ähneln. Aber es war nur der Ehrgeiz des Bullen, der eine Spur wittert. Dazu kam, daß es um Pflanzen ging, und da schien Schäubel in seinem Element zu sein.

»Findest du nicht, daß dieser Hut inzwischen alt genug ist, daß selbst die Polizei ihn nicht mehr aufsetzen sollte?« Henk verließ seinen Platz am Fenster und trat zwischen Schäubel und mich. So wie er roch, rauchte er nicht nur. Er mußte sich von Zigarettenkippen *ernähren*. »Gnädige Frau, Ihr Mann wurde erstochen. – Herr Inspektor, ich bin unschuldig. Ich habe gar keine Busfahrkarte. – Ah! woher wissen Sie denn, daß der Mörder mit dem Bus kam? Außer den anderen Fahrgästen konnte das nur der Mörder selbst wissen …«

Ich grinste, aber der Kommissar war wenig beeindruckt von der kleinen Darbietung. Er rückte seine Krawatte zurecht.

»Vielleicht haben Sie recht«, sagte er mit eisiger Stimme. »Wenn für mich die Zeit für Witze bald vorbei wäre, würde ich auch jetzt noch alle machen, die mir einfallen.«

»Wir sind unschuldig, Kommissar, und das wissen Sie«, sagte ich, um ebensoviel Eis in meinem Ton bemüht.

»Unschuldig oder nicht – als ob es darum ginge!« Jetzt grinste er wieder. Mit zurückgebeugtem Oberkörper breitete er die Arme aus, und ich machte mich auf einen letzten, leidenschaftlichen Appell für die Sache der Zimmerpflanzen gefaßt.

»Zwei Leichen in Ihrem Büro, und das kurz hintereinander. Zwei Detektive, die dabeistehen und pfeifen, als warteten sie nur auf den Bus. Unschuldig oder nicht – ich kann Ihnen Ärger machen, und das ist alles, was zählt!«

Ich lachte, aber es war ein hohles Lachen, und er genoß es. »Sie tappen doch nur im dunkeln«, sagte ich, »und wollen es auf uns schieben.«

Schäubel sah mich verächtlich an. »Sie Privatdetektiv!« Er sprach es wie ein Schimpfwort aus. »Ich habe es doch erklärt: Naujox hielt sich für cleverer als Canossi, und Sie, Kittel, halten sich für cleverer als Naujox. Aber inzwischen glaube ich, es wäre besser gewesen, Sie hätten sich erst mal ganz unten angestellt.«

Mit dieser Bemerkung machte er kehrt und schnappte sich seinen dunkelgrünen Trenchcoat, den er über die Lehne des Stuhls geworfen hatte, auf dem Naujox und Canossi so qualvoll gestorben waren. Eine Zeitung rutschte dabei aus seiner Tasche und fiel auf den Boden.

»Tja, alter Junge«, wandte er sich im Gehen noch an Henk, »da zeigt sich doch wieder einmal: Besser zu früh kommen als sich zu früh freuen, was?«

Als die Tür hinter ihm ins Schloß fiel, zuckte ich etwas zusammen.

Dann bückte ich mich nach der Zeitung.

ERSTKLASSIGER SERVICE!

stand da. Mit Buchstaben, die wie fette, schwarze Geier auf einem dicken roten Balken hockten. Und darunter:

DETEKTIVE KITTEL & VOSS ERLEDIGEN NICHT NUR IHRE FÄLLE, SONDERN AUCH IHRE KLIENTEN. NÄHERES AUF SEITE 4.

Ich mußte husten. Henk war neben mich getreten und schaute mir über die Schulter. Er hatte sich wieder eine angesteckt.

»Wer glaubt schon, was in der Zeitung steht?« brummte er. »Nicht mal 'n toter Fisch, der da drin eingewickelt ist, würde das lesen.«

Ich durchkramte die Schreibtischplatte nach meinen Bonbons. Dann zwängte ich mich in die Kochecke, um mir einen neuen Kaffee zu machen.

»Aber die anderen«, sagte ich.

9

Am nächsten Morgen wurde ein Paket in der Agentur abgegeben, das ich erwartungsvoll öffnete, denn ich wartete schon seit einiger Zeit auf eine größere Sendung CDs. Aber ich stieß nur auf jede Menge Torf und eine Handvoll Tulpenzwiebeln. Als ich sie Henk zeigte, warf er einen kurzen Blick darauf und grinste dann säuerlich.

»Das ist Schäubels ganz eigene Art von Humor«, sagte er.

Schäubel. Dieser Mann ging mir allmählich auf die Nerven. »Ich hatte keine Ahnung, daß es so schlimm steht mit seinem Blumentick.«

»Ziemlich schlimm. Er mag einfach keine Privatdetektive.« Henk hob seine Stimme. »Sie sind die Kleingärtner der Kriminalistik. Wenn's mal ein Fall wirklich in sich hat, dann kommen die mit ihren Tulpenzwiebeln und halten sie für das Ei des Kolumbus.« Angewidert packte er die Dinger und warf sie, eines nach dem anderen, in den Müll.

»Das hat er gesagt?« fragte ich.

»Ja. Aber er hat es von mir.«

»Von dir?«

»Kittel, du darfst eines nicht vergessen: Ich stand damals noch auf der anderen Seite.«

Ein kalter, unangenehmer Nieselregen rieselte vom Himmel, als ich mich gegen Nachmittag zu Luisa aufmachte. Es war kein Regen, der wirklich regnete, sondern ein ungesundes Gemisch aus schmutziger Luft und Feuchtigkeit, das sich auf alles und jedes legte wie Schimmel auf altes Gemüse, um es fleckig zu machen und ungenießbar. Auch die Bewohner der Stadt wurden ungenießbar. Sie schubsten und rempelten, statt sich wie gewohnt aus dem Weg zu gehen, und die sonst allgemein herrschende Gleichgültigkeit füreinander wich einer streitsüchtigen Reizbarkeit. Weihnachten stand schließlich vor der Tür, die Wunschzettel waren lang, und Geschenke kauften sich nicht von selbst.

Auch meine Stimmung war nicht gerade die beste, als ich nach langem Suchen endlich einen Parkplatz gefunden hatte und dann noch einen guten Kilometer zu Fuß laufen mußte.

Die Adresse herauszufinden war nicht schwer gewesen. Wer wie ich wußte, welcher Name sich hinter dem geheimnisvollen Kürzel *LuLu* verbarg, brauchte nur das Telefonbuch aufzuschlagen. Die Wohnung lag in einem ruhigen Viertel in der Nähe des Bahnhofs, eigentlich eine schlechte Gegend, deren ehemalige Verrufenheit allerdings längst studentischer Gemütlichkeit mit dem Sinn für eine saubere Umwelt gewichen war. Fahrradinitiative und Frauenzentrum lagen solidarisch Tür an Tür, so dicht, daß sie jeden Tag eine Initiative Fahrrad fahrender Frauen zeugen konnten. Um die Ecke der Bioladen, der mit seiner in frommer Schlichtheit gebastelten Auslage die Passanten zu mehr Ernährungsbewußtsein ermahnte und sich überzeugend dafür verbürgte, daß Nahrungsaufnahme nicht unbedingt etwas mit Genuß zu tun haben mußte. Saubere Altbauwohnungen, deren Fenster oft ausgiebig mit kinderfreundlichen Fingerfarben bemalt waren, bewohnt von früheren Wohngemeinschaften, die inzwischen zu rührigen Kleinfamilien mutiert waren und den Kampf für die Unterdrückten in aller Welt eingetauscht hatten gegen das Bemühen, finanziell mit den Konsumwünschen ihres nimmersatten Zöglings Schritt zu halten. Aus dem Kiez war eine kleine, privilegierte Welt geworden, nicht reich, aber dafür mit reichlich gutem Gewissen.

Ich betrat einen Altbau und atmete durch die Feuchtigkeit hindurch eine häusliche Atmosphäre linker Rechtschaffenheit. Als Grundstoff diente der allen alten Häusern eigene Muff, und er wurde gewürzt mit einem Schuß Früchtetee und einer guten Prise Knoblauch. Von irgendwoher kam Bob Marleys *Buffalo Soldier*. Fast jede Wohnungstür trug einen Aufkleber – Frauenzeichen, dritte Welt oder Solidaritätsbekundungen mit diversen Minderheiten – wie Gebetsformeln, die jemand dort angebracht hatte zur Abwehr böser Geister. Während ich die knarrenden Holzstufen in den vierten Stock hinaufstampfte, fragte ich mich, wen ich hier antreffen würde: LuLu, die Königin des hüllenlosen Entertainments, oder Luisa Lukas, Therapeutin für die Sache des etwas anderen Urschreis.

Ich traf keine von beiden an. Fünfmal preßte ich meinen Daumen auf die Klingel. Dann pochte ich zweimal an die Tür und rief »Hallo, ist jemand zu Hause?« Vergeblich. Also machte ich mich wieder auf den Rückweg. Zwar war die Tür nur angelehnt, aber ich widerstand der Versuchung, einfach hineinzugehen und mich ein wenig umzuschauen. Ich bin Detektiv, kein Schnüffler, und lege Wert auf diesen Unterschied. Immerhin sah es ja danach aus, als ob sie nur kurz weg war.

Und richtig: zwischem dem ersten und zweiten Stockwerk kam sie mir entgegen. Hochgestecktes Haar und ein formloser blauer Wollmantel. Von Kopf bis Fuß Luisa Lukas, die Therapeutin. Morgens Aushilfe an der Theke im Bioladen, nachmittags Yoga für Fortgeschrittene. Alternative Energiequelle statt Sex-Appeal. Oder doch nicht …

»Ach, Sie schon wieder«, sagte sie, während sie ihren Regenschirm ausschüttelte. Ich bestätigte es mit einem Kopfnicken.

»Könnte ich Sie vielleicht sprechen? Immer noch der Fall Canossi.«

»Klar, warum nicht?« Sie sah mich an, ohne zu lächeln. Dann ging sie an mir vorbei, die Treppe hinauf. Und ich schloß mich ihr an, träumte dabei von dem Augenblick, wo sich der Knoten auf ihrem Hinterkopf lösen und ihr langes, goldbraunes Haar über ihre bloßen Schultern wallen würde wie ein kastanienfarbener, betörend duftender Wasserfall.

Sie mußte diesen Traum gehört haben. »Aber nicht jetzt!« rief sie, ohne stehenzubleiben. »Ich kriege gleich Besuch.«

Das hatte ich nun von meiner Höflichkeit. Du wartest darauf, daß sie dir einen Stuhl anbietet, und dann setzt sie ihn dir vor die Tür.

Nicht jetzt. So einfach war das.

Nur ein paar Sekunden später – ich wollte mich gerade auf das Geländer schwingen, um dem letzten Treppenabschnitt entgegenzusegeln – hörte ich sie oben schreien. Sie mußte es sein, und gerade mußte sie ihre Wohnung erreicht haben. Ich hastete nach oben, nahm drei Stufen auf einmal.

Die Wohnungstür stand weit offen. Es mochte einmal eine hübsche Behausung gewesen zu sein, aber jetzt sah es so aus, als habe man versucht, dort einen Elefantenbullen gegen seinen Willen gefangenzuhalten. Die Möbel hatten den Kampf allemal verloren und lehnten an den Wänden wie Boxer, die in den Seilen hingen. Aus ihren halboffenen Schubladen quoll bunte Wäsche, als würden sie sich übergeben.

Kaum hatte ich einen Blick auf das Chaos geworfen, da traf mich eine Art Geschirr – ein Topf oder eine Tasse, ich weiß es nicht mehr genau –, und ich ging fast zu Boden.

»Sie verdammter Schnüffler! Was haben Sie mit meiner Wohnung gemacht!«

Luisa war völlig außer sich, und es war gar nicht so einfach, sie zu beruhigen. Zwei gut plazierte Weingläser schlugen direkt neben mir in der Wand ein. Ich duckte mich hinter einem umgestürzten Plüschsessel und fing an, von da aus auf sie einzureden. Klar, ich sei ihr auf der Treppe entgegengekommen. Aus der Richtung ihrer Wohnung. Sie *müsse* denken, daß ich ihr Zuhause einmal kurz in Augenschein genommen hätte. Dabei könne ich ihr helfen. Ich sei derjenige, den sie brauche, wenn sie an die Leute heranwolle, die das hier angerichtet hatten.

»Welches Interesse sollte ich denn daran haben, Ihre Wohnung so zuzurichten?« schrie ich ihr aus meiner Deckung zu.

»Weil Sie ein perverses Schwein sind!« kreischte sie und warf einen schweren Aschenbecher. Der Sessel war danach als Deckung nicht mehr zu gebrauchen. Was sollte ich machen? Mir blieb nichts anderes übrig, als das Feuer zu erwidern. Mit allem, was ich greifen konnte – Bücher, ein paar Zeitschriften, den Resten eines Frühstücks.

»Aber lassen Sie uns doch wenigstens verhandeln!«

»Perverses Schwein!«

Unser Streitgespräch dauerte noch ein paar Minuten an, und das Schlachtenglück wechselte hin und her. Endlich bekam ich einen Topf mit einer Yuccapalme in die Hand, ein schweres Ding. Während ich es in der Hand wog, wurde mir zum ersten Mal klar, was für eine schreckliche Waffe diese harmlose Pflanze sein konnte. Wenn man sie am Blätterwust packte, besaß sie die Wucht einer Keule und die Zielgenauigkeit einer Schleuder. Wie ein mittelalterlicher Morgenstern. Luisa sah sie kommen, aber sie duckte sich zu spät. Als es sie erwischte, ging sie ohne einen Mucks zu Boden.

Ich hatte es nicht gern getan, aber manche Situationen lassen nur ungewöhnliche Lösungen zu. Glücklicherweise kam Luisa nicht sofort auf die Beine; so konnte ich die Zeit, die sie benommen neben ihrem umgekippten Schreibtisch hockte, dazu nutzen, ihr klarzumachen, daß sie meine Hilfe unbedingt brauchte, genauso dringend wie ich Informationen von ihr. Allmählich wurde sie tatsächlich etwas zugänglicher.

»Haben Sie eine Idee«, fragte ich, während ich hier und da ein paar Möbelstücke aufrichtete, um meinen guten Willen zu zeigen, »wer hinter der Sache steckt?«

»Keine Ahnung«, sagte sie. »Ich dachte, Sie würden mir das verraten.«

»Eins ist sicher: hier hat jemand was gesucht. Und es wäre ganz interessant zu wissen, was das war. Denn niemand veranstaltet wohl so einen Wirbel, weil er seinen Kugelschreiber verlegt hat, finden Sie nicht auch?«

Sie antwortete nicht.

»Also was war es?«

»Vielleicht war es ein sehr teurer Kugelschreiber.«

»Und – hat er ihn gefunden?«

Sie zuckte mit den Schultern. »Woher soll ich das wissen?« Sie machte eine Geste, als wollte sie ihre Hände einfach hinter sich in das Chaos werfen. »Dazu müßte ich erst mal ein bißchen aufräumen.«

Ich fand, daß es angebracht war, ein wenig den Experten-Tonfall anzuschlagen. »Also in der Regel ist es so, daß einer, der so was zurückläßt, nicht einfach eine, sagen wir: nachlässige Art hat, mit Möbeln umzugehen. Vielmehr möchte er zwei Dinge: seinem Ärger Luft machen, weil er nicht findet, was er dringend sucht, und eine Warnung aussprechen, von der er hofft, daß sie nicht mißachtet wird.«

»Eine Warnung?«

»Genau. Daß eben diese nachlässige Art gegebenenfalls nicht nur den Möbeln zuteil werden könnte.«

Luisa rappelte sich hoch, um sich von irgendwoher aus dem Chaos eine halbvolle Weinflasche zu angeln. Ihr Wollmantel öffnete sich dabei, und für einen Moment sah es so aus, als ob sie nichts darunter anhatte. Aber es war eine von diesen kurzen Sachen, die sie in der Show trug – bevor sie sie ablegte. Ein schwerer, herber Duft wehte mir entgegen, eine Mischung aus Schlafzimmer und orientalischem Bazaar. *Night in Tunesia*. LuLu, die Verführerische, wie eine Perle schlummernd in der unbürgerlichen, aber dennoch biederen Schale der alternativen Heilerin.

»Wie kommt es, daß Sie Ihren Job im *Kruyssenfeld-Institut* aufgegeben haben?« wollte ich wissen.

Sie reichte mir die Flasche herüber. Mein Blick war ihr nicht entgangen.

»Was wollen Sie von mir hören: Daß er mich nicht ausgefüllt hat?«

»Sie meinen: finanziell gesehen.«

»Vielleicht ist mir auch irgendwann die Idee gekommen, daß Sex mehr ist als nur Tantra, als kosmisches, allumfassendes Erlebnis von Einssein und Ursprung und mehr als nur karmisches Verfließen mit dem Allsinn des Lebens.«

Ich pfiff durch die Zähne. »Und das wäre?«

Herausfordernd lächelte sie mir direkt ins Gesicht. »Na, eben Sex.«

Sie stand auf und hüllte sich jetzt fast schamhaft in ihren Mantel, so daß sie darin aussah wie eine Litfaßsäule mit Stoffbezug.

»Für mich ist es nicht mehr als eine Art Sprungbrett.«

»Was? Das *Malibu*?«

»Ja.« Sie war jetzt im Schlafzimmer und zog sich offenbar um. »Ich will ins Geschäft kommen. Ins Filmgeschäft. Udo kennt ein paar Leute in Hollywood und -«

»Udo?«

»Er will mich reinbringen. Das ist ein knallhartes Busineß, sagt er. Und wenn man es wirklich ernst meint, dann muß man sich am Anfang eben auch schon mal ausziehen.«

Da war sie wieder, ganz in Weiß gekleidet, in einen wehenden, leichten Stoff. Überhaupt nicht durchsichtig, und trotzdem machte er bei jeder ihrer Bewegungen auf die Formen ihres Körpers aufmerksam. Und diese Formen hatten es in sich.

»Haben Sie vielleicht eine Zigarette?«

»Leider nicht«, hörte ich mich sagen, während ich sie anstarrte. »Ich rauche nie. Das erledigt mein Partner.«

»Schade. Udo kann jeden Moment kommen, und er mag es nicht, wenn ich rauche.«

»Er hat recht«, stimmte ich zu. »Es ist nicht gerade gesund.«

»Kaffee übrigens auch nicht. Und Milch aus dem Supermarkt und Brot aus der Fabrik. Saft aus dem Getränkemarkt. Alles ungesund. Wußten Sie, daß Kartoffelchips zu scheußlichen Ekzemen führen können?«

»Sagt Udo.«

»Genau.«

»Er scheint ja eine Menge zu wissen. Vielleicht auch, wer Ihre Wohnung umgebaut hat?«

Ohne etwas Bestimmtes zu suchen, stapfte ich inzwischen in der Wohnung umher, soweit sie überhaupt gangbar war. Luisa trat hinter mich, stolperte aber über den CD-Player. Ich konnte sie gerade noch auffangen.

»Verzeihung«, sagte sie.

Ihr Haar duftete, und sie fühlte sich weich an. Paß auf sie auf, hatte Canossi gesagt. Versprich mir, daß ihr nichts zustößt ...

»Keine Ursache«, antwortete ich.

Sie löste sich von mir und berührte dabei ganz leicht eine Kommode, deren linkes Vorderfüßchen durch den Anschlag in Mitleidenschaft gezogen worden war.

Das Füßchen knickte ein, die Kommode landete auf meinem Fuß. Ich stöhnte auf.

»Tut mir leid.«

Es war gar nicht so leicht, gleichgültig dreinzuschauen, während man vor Schmerz kaum ein Wort herausbekam.

»Nicht ... so schlimm.« Sie bückte sich, um nach meinem Fuß zu sehen.

»Lassen Sie!« wehrte ich mich. »Es ist nichts, wirklich ... Beantworten Sie lieber meine Fragen.«

Ihre Stimme war jetzt noch zugänglicher geworden.

»Beim letzten Mal, da ... ich fürchte, ich habe Ihnen nicht ganz die Wahrheit gesagt. Alberto – also Canossi – war nicht irgendein Freund. In Wirklichkeit hab ich ihn sehr gemocht. Ja, das habe ich. Aber jetzt – ist es aus und vorbei ...«

»Ach ja, ist es das!« Über uns war plötzlich ein Schatten gefallen. Ein Schatten ohne Sonne dahinter.

»Udo!« rief Luisa und sprang auf.

Natürlich war es der Kerl aus der Umkleidekabine, dieser menschliche Android. Er schien leicht ungehalten, und das war kein Wunder, denn er schätzte die Situation völlig falsch ein. Von Luisas Worten hatte er wohl nur die Hälfte mitbekommen und bezog das ›aus und vorbei‹ auf sich, weshalb sein Gesicht ein wenig rot anglaufen war. Immer noch schien er die Backen aufzublasen, aber mir wurde klar, daß er das wahrscheinlich nie getan hatte: Sein Gesicht hatte einfach diese Form.

»Was will dieser Kerl hier?«

Die Frage ging an Luisa, aber vor mir nahm er drohend Aufstellung – als Muskelberg, der versuchte, unangenehm zu werden. Eine Mühe, die etwa so überflüssig war wie wie der Versuch eines Stinktiers, übel zu riechen.

»Ich war dabei zu gehen«, sagte ich freundlich. »Komme ein anderes Mal wieder. Wenn's etwas gemütlicher ist.«

»Hat *er* das gemacht?« Das Chaos war ihm nicht entgangen. Unfair, mich zu verdächtigen – bei seinen feinmotorischen Fähigkeiten. Hätte man ihn damit betraut, einer Wohnung sozusagen den letzten Schliff zu geben, dann stellte ich mir das Ergebnis ungefähr so vor.

»Jemand hat ihre Wohnung durchsucht«, versuchte ich zu erklären. »Mein Name ist Kittel. Ich bin Privatdetektiv.«

»Kittel?« Er legte die Hand an den Kopf und strich sich dann sanft über das Haar wie zur Belohnung dafür, daß ihm etwas eingefallen war. »Stand da nicht etwas über Sie in der Zeitung? Ein Mord, mitten in Ihrem Büro?«

»So ähnlich. Der Fall Canossi. Deshalb bin ich jetzt auch hier.«

»Und der andere?«

»Welcher andere?«

Er grinste mich an. »Da gab es doch noch einen. Einen Toten, meine ich.«

Dieses unverschämte Grinsen. Er glaubte wohl, mich vorführen zu können. Immerhin, ich durfte ihn nicht unterschätzen.

»Ja«, sagte ich mit einem Seitenblick zu Luisa und ihrem spöttischen Blick. Aber sie hatte sich wieder verwandelt. Sie stand jetzt neben Udo und sah zu ihm auf, als ob sie schon seit Jahrzehnten verheiratet wären. Die gute Ehefrau, die immer stolz auf ihn ist, egal was er tut oder läßt. »Aber da gibt es höchstwahrscheinlich eine Verbindung. Genauso wie zu den Leuten, die diese Wohnung durchsucht haben.«

»Wonach haben sie gesucht? Nach Geld?«

Ich lächelte nachsichtig. »Wenn Sie damit meinen, daß es sich möglicherweise um einfache Einbrecher gehandelt hat, so halte ich das für sehr unwahrscheinlich.«

»Er will herausfinden«, erklärte ihm Luisa, »wer das hier durchwühlt hat.«

»Tja«, sagte Udo nach einem langen, bedächtigen Blick auf den Zustand der Räumlichkeiten, »dann wollen wir mal Ordnung schaffen.« Und tatsächlich fing er an, hier und da eine umgeworfene Tasse aufzurichten, verstreute Kleidungsstücke aufzusammeln und sorgfältig zusammenzulegen oder den Staub von der Unterseite eines umgeworfenen Sessels zu pusten.

»Wissen Sie noch, wir haben uns neulich im *Kruyssenfeld-Institut* gesehen«, fuhr ich fort.

»Kann schon sein. Ich arbeite dort. Als Masseur. So what?«

So wie ich ihn einschätzte, war er für Schmeicheleien empfänglich. »Ein aufregender Job«, sagte ich anerkennend. »Sie lernen bestimmt eine Menge Menschen kennen.«

Zunächst war er noch zugeknöpft, aber allmählich verlor er sein Mißtrauen mir gegenüber. Dabei schien er gar nicht der Meinung zu sein, daß sein Job so besonders interessant war. Schließlich war es sein erklärtes Ziel, nach Hollywood zu gehen, wahrscheinlich als eine Art Arnold Schwarzenegger der Zweite. Zusammen mit Luisa. Und deswegen war die gesunde Ernährung für ihn das, was für einen gläubigen Katholiken die Heilige Schrift ist.

»Wenn du dich gesund ernährst, dann kannst du trainieren. Und wenn du trainierst, siehst du gut aus. Und wenn du gut aussiehst, dann kommst du an.« Er grinste. »Dein Body ist entscheidend. So einfach ist das.«

Einfach, ja, das war es. Zu dem bekannten Grundsatz vom gesunden Geist in einem gesunden Körper hätte Udo wahrscheinlich nur gesagt, daß er für Spuk und Gespensterkram noch nie etwas übrig gehabt hatte.

Ich fand, daß es an der Zeit war, mich zu verabschieden.

»Denken Sie noch mal drüber nach«, sagte ich zu Luisa, »ob Ihnen nicht doch was einfällt. Was können die gesucht haben?«

Sie brachte mich zur Tür, während Udo im Schlafzimmer ächzend einen großen Kleiderschrank hochstemmte.

»Er war in letzter Zeit so merkwürdig. Canossi, meine ich. Irgendwie glaubte er, daß jemand hinter ihm her war.«

»Hat er gesagt, warum?«

»Nein. Aber er hatte eine Menge Geld übrig.«

»Geld, woher?«

Sie schüttelte den Kopf. »Keine Ahnung, wirklich. Ab und zu war er auf der Rennbahn. Vielleicht hat er da gewonnen.«

Für meine Begriffe war das ein zu stolzes Sümmchen, um es beim Pferderennen zu gewinnen. Aber stolz genug, um zu beantworten, wonach die Typen gesucht hatten. Nur, wieso kam jemand auf die Idee, daß Luisa das Geld haben könnte? Canossis Geld?

Sie drückte mir die Hand. »Passen Sie auf sich auf.«

Ich sah ihr an, daß sie sich Sorgen machte. Allmählich schien sie zu begreifen, daß das hier kein schlechter Partyscherz war.

»Das werde ich«, sagte ich.

Das würde ich. Allerdings auf sie. Ich würde auf sie aufpassen. Soviel war ich dem armen Canossi schuldig.

10

Auf dem Rückweg zum Wagen fielen mir zwei Typen auf, die beim Frauentreff herumlungerten und das staubblinde Schaufenster der Fahrradinitiative so intensiv betrachteten, daß sie mich gar nicht bemerkten. Sie fielen mir auf, weil sie nicht wie die aussahen, die sich normalerweise für Fahrradinitiativen interessierten, und ihre betont schicken Klamotten harmonierten mit dem Hintergrund des Bioladens etwa so gut wie zwei ausgebuffte Westernhelden mit dem Hintergrund des Petersdoms. Offenbar hatten sie sich peinlich genau an Schäubels Anweisung gehalten, nicht wie Polizeibeamte auszusehen. Das war ihnen gelungen, was aber nicht hieß, daß man das, was sie im Moment taten, als unauffällige Observierung bezeichnen konnte.

Ich fuhr erst einmal nach Hause, um mir ein wohlverdientes Abendessen zu gönnen. Im Kühlschrank war gähnende Leere, also mußte ich notgedrungen auf die Pommesbude um die Ecke zurückgreifen. Als ich das fettige Papier zurückschlug, fragte ich mich wieder einmal, warum ausgerechnet vor meiner Tür eine Imbißbude stand, die sich offenbar auf Gebrauchtwaren spezialisiert hatte. Ein Häuflein schlaffer, im heißen Fett ertrunkener Pommes frites, wie ein fossiler Scheiterhaufen sah es aus, auf dem ein Dinosaurier seine riesige, weiße Notdurft verrichtet hatte. Genau das richtige für Gesundheitstypen wie Udo und Luisa. So etwa mußte der Stoff sein, aus dem ihre Alpträume waren.

Luisa. Während ich auf dem Saxophon improvisierte, versuchte ich, aus ihr schlau zu werden. Stellte sie mir mit Canossi vor, dem Krähengesicht. Doch es gelang mir nicht richtig. Immer wieder drängelte sich dieser Udo davor, zwischen sie und mich, mit wütend aufgeblasenen Backen. Er erinnerte mich an ein Nashorn, das eigentlich ein friedliebendes, grasfressendes Tier ist, vor dem man sich aber in acht nehmen muß, wenn es sich durch etwas bedroht fühlt. Da es nicht danach aussah, als würde das Nashorn aus dem Weg gehen, packte ich das Saxophon schließlich wieder ein. Ich gab es auf, aus dieser Seite von Luisa schlau zu werden. Am Ende versteckte sich eine ausgewachsene Paläontologin in ihr, und ihre Vorliebe für Liebhaber wie Udo war nichts weiter als die Suche nach dem legendären *Missing Link* zwischen Mensch und Affe – so what?

Abends hatte ich mich mit Henk verabredet. Als ich das *La Mancha* betrat, sah ich an der Bar die beiden geschniegelten Typen von heute nachmittag sitzen. Das gleiche Outfit, genauso auffällig unauffällig. Diesmal sahen sie wie zwei Ministranten aus, die sich schwarze Sonnenbrillen aufgesetzt hatten, um eine Tour duch das Rotlichtviertel zu unternehmen.

»Hallo, Kollege«, grinste Henk. »Läßt du dich auch schon sehen.«

Die paar Minuten, die ich zu spät war, hatte er nicht verbummelt. Jetzt war er schon beim dritten Bier.

»Die beiden Kerle an der Bar«, fragte ich ihn, während ich mich zu ihm setzte. »Hast du die schon mal gesehen?«

Er blinzelte kurz hinüber und zuckte dann die Schultern. »Klar. Bei C&A. Miami Vice Abteilung. Warum fragst du?«

»Weil sie offenbar die gleiche Stadtrundfahrt gebucht haben wie ich.«

»Nie gesehen, ehrlich. Aber wenn du sie loswerden willst, hol sie doch einfach an den Tisch und biete ihnen einen Kaffee an.«

»Sehr witzig.« Ich hob mein Bierglas, um mein Gesicht vor der Qualmwolke zu schützen, die er in meine Richtung blies. »Also: Was haben wir bis jetzt?«

Henk lächelte verschwörerisch. »Du wirst es nicht glauben: Wir haben ein Schlagzeug.«

»Ein Schlagzeug?«

»Und rat mal, wer es spielt!« Er deutete mit dem Daumen in Richtung Tresen. »Der da drüben.«

»Jiorgos? Ich wußte gar nicht, daß er Schlagzeuger ist.«

»Ist er auch nicht. Aber ihm gehört das Lokal hier. Das Lokal, wo wir auftreten wollen. Prost.«

Ich setzte eine geschäftsmäßige Miene auf. »Du redest jetzt über das bevorstehende Scheitern unseres Auftritts. Aber eigentlich meinte ich unseren Fall. Was wir da bis jetzt haben.«

Henk lehnte sich zurück und gähnte. »Also erst mal den Verblichenen selbst. Alberto Canossi. Journalist mit einer steilen Karriere. Nur daß sie in die falsche Richtung verlaufen ist.«

»Das heißt?«

»Früher mal war er 'ne große Nummer. Hat sogar fürs Fernsehen gearbeitet. Was genau, hab ich nicht rauskriegen können, weil es zur Zeit der Dinosaurier gewesen sein muß. Seit ein paar Jahren dann nur noch die üblichen Berichte über Vereinsjubiläen und Jahrestreffen der Kleingärtner.«

»Hm«, machte ich. »Weiter.«

»Der Canossi-Fall. Zwei Verdächtige. Einer mit einem Koffer voll Geld. Der andere, der hinter dem Geld her war. Leider hast du beide abgemurkst, so daß wir unter dem Strich bis jetzt nichts haben. Außer Ärger.«

»Soweit die Version unseres grünen Kommissars. Hast du was rausgekriegt über den Verlag, von dem er gesprochen hat?«

»Den *Wizzt Kon* Verlag?«

»Genau den.«

Henk beugte sich vor, und seine Stimme wurde feierlich, mit einem intimen Unterton darin. »Ich werde dich erleuchten.«

»Nicht jetzt«, sagte ich unwillig. »Nicht hier.«

»Die Übersetzung, du Idiot. Wizzt Kon heißt ›ich werde dich erleuchten‹.«

»In welcher Sprache?«

Henk reckte sich in Richtung Jiorgos, hob sein leeres Glas hoch und deutete darauf wie auf einen Beweis für etwas, als hätten die beiden vorhin gewettet, ob diese Dinger nun ausgestorben seien oder nicht. Dann zeigte er ihm zwei Finger. »Weiß ich nicht genau. Altassyrisch, glaube ich. Oder esoterisch.«

»Esoterisch ist keine Sprache, Henk.«

»Ist ja auch egal. Hauptsache, daß es so heißt, oder nicht? Ich weiß es auch nur von Gina.«

»Deine Verflossene?«

»Sie arbeitet doch beim Rundfunk. Und wie es der Zufall so will, haben die da schon mal eine Sendung über diesen *Kon-Verlag* gemacht. Nicht gerade eine Werbesendung übrigens.«

Jiorgos brachte das Bier und ersetzte den überquellenden Aschenbecher durch einen leeren.

»Ist eigentlich noch was von deinem berühmten Kalimnos-Cocktail da?« fragte ich den Wirt.

Er verzog das Gesicht wie im Schmerz. Aber es war nur die Erinnerung an unseren vorletzten Besuch. »Tut mir leid, Bernie«, sagte er. »Er ist mißlungen, ich weiß auch nicht wieso. Du hast noch was gut bei mir.«

»Gut. Dann gebe ich eine Runde Kalimnos Spezial. Für die beiden Herren da am Tresen.«

Henk grinste erwartungsvoll. »Und wenn sie hier alles vollkotzen?«

»Werden sie schon nicht«, sagte ich. »Sie sehen aus, als ob sie was wegstecken können. Außerdem sind die Toiletten hier wirklich sehenswert.«

»Noch zwei Bier«, bestellte Henk, und Jiorgos verzog sich.

»Also, was hat deine Gina jetzt erzählt?«

»Tja, auf den ersten Blick ist dieser *Kon-Verlag* ein Verlag wie jeder andere. Allerdings hat er so einen mystischen Touch. Neues Bewußtsein, Pyramiden, Wünschelruten – der ganze Kram. Verkauft seine Produkte angeblich überall auf der Welt. Übrigens ist die Zentrale hier um die Ecke, zwei Straßen weiter. Verlagsleiterin ist eine gewisse Claire Bruckmann, die Chefin des verblichenen Naujox.«

Ich sah enttäuscht drein. »Das war's schon?«

»Fast. Bis auf die Tatsache, daß der Verlag in dem Ruf steht, eine Tarnfirma zu sein für Drogengeschäfte.«

Ich pfiff durch die Zähne. »So ist das also mit der Erleuchtung gemeint.«

»Wie schon gesagt: er steht in dem Ruf. Bisher ist es nicht mehr als ein Verdacht. Für die Sendung wurde zwar eine Menge Material gesammelt, aber die Bruckmann kam schließlich mit einer gerichtlichen Verfügung. Beweisen kann man nichts.«

Ich starrte in das halbleere Glas vor mir. Die goldgelbe Flüssigkeit darin wurde fast vollständig bedeckt von unzähligen kleinen, weißen Luftbläschen. Alle klebten aneinander, waren eine einzige, quirlige Masse, aber jedes war auch ein Bläschen für sich. Sie entstanden vor meinen Augen, vereinigten sich zu etwas Größerem, und viele zerplatzten gerade in diesem Moment. Hörten auf zu existieren. Machte sich je einer Gedanken über diesen faszinierenden Mikrokosmos, diese filigrane Welt von Tausenden und Abertausenden von Bläschen, die man gemeinhin einfach ›Schaum‹ nannte?

»Ja, das könnte zusammen passen«, sagte ich.

»Darf man vielleicht erfahren, wovon du redest?«

»Die Verbindung Canossi-Bruckmann. Obwohl sie sich wohl nicht kannten. Trotzdem könnte es eine Verbindung geben.«

Henk steckte sich eine an. »Versteh ich nicht«, sagte er.

»Also, wir gehen doch davon aus, daß Canossi des öfteren in Kruyssenfelds Psycho-Klinik war. Weshalb war er da? Wegen seiner frühkindlichen Ängste? Könnte sein, aber wenig wahrscheinlich. Denn dazu kommt ja noch, daß er einen Riesenhaufen Geld hatte. Fragen wir also erstens: Woher hatte Canossi das Geld? Zweitens: Was wollte er im Institut? Darauf könnte es nämlich die gleiche Antwort geben.«

»Er hat jemanden erpreßt.«

»Genau.«

Henks Mund formte ein O, und das war das letzte, was ich vorerst von ihm sah.

»Und was hat die Bruckmann jetzt damit zu tun?« kam seine Stimme aus der Qualmwolke.

»Moment! Kommt gleich. Erst fragen wir: Wen hat er erpreßt, und vor allem: Womit? Was hat er rausgekriegt? Irgendwas Häßliches, von dem man nicht unbedingt will, daß alle -«

»Das Drogengeschäft!« sagte die Wolke.

»Genau das«, nickte ich gnädig. »Fragen wir uns also drittens: Was hat -«

»Sag mal, Bernie, geht das nicht alles schneller ohne diese ganze Fragerei?«

Für einen Moment war ich aus dem Konzept. Offenbar dachte Henk, ich würde das alles zum Spaß machen oder zu seiner Unterhaltung. Ich hustete ein paar Mal, um ihn daran zu erinnern, daß kein Raucher ohne Schuld ist, der in einer Kneipe sitzt. In diesem Moment passierte einer meiner beiden Beschatter unseren Tisch, zweifellos auf dem Weg zu den Toiletten.

»Gut«, fuhr ich fort. »Kommen wir zu Claire Bruckmann. Sie hat einen esoterischen Verlag. Und Kruyssenfeld – er schreibt esoterische Bücher.«

Damit zog ich ein Buch hervor und legte es auf den Tisch. Neugierig streckte Henk die Hand danach aus.

»*Zurück zur Unschuld*«, las er vor. »*Entschuldigung nach der Kruyssenfeld-Methode*. Woher hast du denn das?«

»Vom Autor persönlich. Mit Sicherheit einer der Renner des *Wizzt Kon* Verlages. Im übrigen gehe ich jede Wette ein, daß so gut wie alles, was *Kon* verlegt, aus Kruyssenfelds begnadeter Feder stammt. Ich hab einen Blick auf die gesammelten Werke geworfen.«

»Und da geht es wirklich nur darum zu lernen, sich zu entschuldigen?«

»Ach was«, sagte ich und trank mit einem Schluck mein Bier aus. »Damit hat das nichts zu tun. Bei ihm geht es um die perfekte Absolution.«

Er blätterte in dem Buch herum. »Interessant ... hier: *Das Wissen um etwas ist jene dünne Nabelschnur, die unser Ich mit einer Tat verbindet. Wir müssen lernen, uns abzunabeln, wenn wir frei werden wollen.*«

»Genau wie ich sagte.«

»Die Welt will heutzutage alles wissen. Das Wissen ist eine heilige Kuh. Unsere Methode ist das Nichtwissen. Das bewußte Nichtwissen, die Technik des Nichtwissens. Die Lehre von der Leere.« Henk pfiff bewundernd durch die Zähne. »Der Mann spricht mir aus der Seele. Was meinst du, wie oft ich in der letzten Zeit Sachen vergesse? Ganz ohne Technik.«

Der zweite der geschniegelten Typen machte sich jetzt auf den Weg zu jener Tür, auf dem von außen ein großes, schwarzes *H* prangte. Nach dem besorgt alarmierten Gesichtsausdruck in seinem bleichen Gesicht zu urteilen, nicht nur, um nach seinem Kumpel zu sehen. Der geeignete Zeitpunkt für mich zu verschwinden.

»Nehmen wir also folgendes an: Kruyssenfeld ist nicht nur irgendeiner, der fromme Bücher schreibt. Er *ist* der *Wizzt Kon* Verlag. Und Canossi ist hinter die Drogensache gekommen.«

»Ja, ja«, murmelte Henk. Seine Aufmerksamkeit wurde ganz von dem Buch beansprucht.

»Warum aber engagiert Kruyssenfeld mich? Das ist doch die Frage. Es ergibt nur einen Sinn, wenn er nicht der Mörder ist. Vielleicht hat er das Geld gezahlt. Vielleicht zieht die Bruckmann ihre Nebenbeschäftigung in eigener Regie durch, und Canossi wußte das nicht ...«

Henk prustete los. »Jetzt hör dir das an -«

»Henk, ich bin jetzt weg. Ich wollte dir nur noch -«

»Nur das noch, das mußt du hören: *Ein Schüler besuchte Meister Nu.*

- Ich habe all mein Wissen vergessen, wie du gesagt hast. Ich bin völlig leer. Wie werde ich nun ein Geleerter?

- All dein Unwissen nützt dir nichts, antwortete der Meister. Wie willst du frei sein, wo du den Weg zu mir noch gefunden hast?

Der Schüler ging in die Welt und vergaß auch den Weg zum Meister. So trafen sie sich zufällig wieder.

- Nun mach mich zum Geleerten, o Meister.

- Dann vergiß auch noch, was du von mir verlangest.

- Wer? Fragte der Schüler. Von wem?

Da neigte Nu sein Haupt und leerte dem Schüler die Taschen zum Zeichen, daß er jetzt ein Geleerter sei.«

»Henk -«

»Also eins kann man diesem Guru nicht vorwerfen: Daß er seine Leute bescheißt. Er leerte ihm die Taschen ...«

»Okay«, sagte ich und stand auf. »Wir sehen uns morgen oder übermorgen. Morgen werde ich dem Verlag einen kleinen Besuch abstatten.«

Verblüffung zeichnete sich auf seinem Gesicht ab. »Warum das?«

Ich verdrehte die Augen. »Der einzige Weg, es rauszukriegen, Henk. Indem man sie ein wenig aufscheucht.«

11

Gut und schlecht sind relative Begriffe. Die Moralprediger und Philosophen haben sich jahrtausendelang den Kopf darüber zerbrochen, aber in meinem Job weiß man, daß beides ein und dasselbe Ding sein kann, wenn auch von verschiedenen Warten aus gesehen. So wie die Frage, ob ein Glas nun halb voll oder halb leer ist. Was für den einen gut ist, kann eben für den anderen schlecht sein. Es kommt sogar vor, daß es sich für den einen außerordentlich gut trifft, daß jemand anderem schlecht wird.

So wie bei mir und den Typen, die sich einen Kalimnos-Cocktail auf Rechnung des Hauses genehmigt hatten. Ich kannte dieses Gesöff, hatte schon einmal eine Nacht lang das Gefühl gehabt, einen Liter Bremsflüssigkeit intus zu haben, aber die beiden hatte der Drink, wie es aussah, regelrecht aus dem Verkehr gezogen. Am nächsten Morgen war weit und breit keine Spur von ihnen.

Bei Luisa erreichte ich niemanden, das heißt: Udo nahm ab, außer Atem, und den Schweiß konnte man förmlich durch das Telefon riechen. Er trainierte wohl gerade. Ich hatte keine Lust, mit ihm zu reden, also legte ich auf.

Auf dem Weg zum *Wizzt Kon* Verlag schaute ich kurz im Büro vorbei. Als ich noch im Treppenhaus war, hörte ich unseren Anrufbeantworter bei der Arbeit. Zum ersten Mal hörte ich ihn von hier draußen, und es bereitete mir kein sehr gutes Gefühl, daß man ihn so gut verstehen konnte.

»... im Moment leider nicht besetzt. Bitte sprechen Sie Ihre Nachricht auf das Band, wir garantieren Ihnen, daß Ihr Anliegen absolut diskret behandelt wird«, schallte es klar und deutlich durch das Treppenhaus. Ich nahm mir vor, entweder eine längere Schnur zu installieren oder das ›absolut‹ aus dem Text zu streichen.

Während des Pieptons nahm ich ab.

»Ja, Kittel hier?« meldete ich mich, jetzt auch atemlos, und schloß die Bürotür mit einem Fußtritt.

Am anderen Ende der Leitung räusperte sich jemand.

»Sie kennen mich nicht«, sagte eine ölige Männerstimme, als habe er eigens deshalb angerufen, um mich mit dieser Information zu beeindrucken. »Aber ich weiß, daß Sie rauskriegen wollen, wer Alberto Canossi auf dem Gewissen hat.«

»Könnte sein«, sagte ich. »Wollen Sie ein Quiz mit mir veranstalten?«

»Ich kann Ihnen vielleicht helfen.«

»Dann lassen Sie mal hören.«

»Nicht am Telefon.«

»Warum nicht? Das ginge am schnellsten.«

Der Stimme schien das nicht zu gefallen. Sie überlegte eine Weile. »Die Sache kostet 'ne Kleinigkeit.«

»Denken Sie, ich kaufe, ohne zu wissen, ob die Information was wert ist?«

»Morgen abend, halb neun«, sagte die Stimme. »Am Dom. Rückseite.«

»Aber wie Sie selbst sagten, kenne ich Sie nicht und weiß auch nicht wie -«

»Ich werde mich bemerkbar machen. Und kommen Sie allein.«

Wichtigtuer! »Und mit wem habe ich gesprochen?« versuchte ich ihn zu überrumpeln.

Ein humorloses Knacken. Er hatte aufgelegt.

Zum *Wizzt Kon* Verlag konnte es nicht weit sein, also beschloß ich, zu Fuß zu gehen. Die Sonne strahlte nur so vom Himmel, aber die Temperaturen waren inzwischen in den Keller gerutscht. Das ganze sah aus wie ein großangelegter Modellversuch, den Sommer mit einer neuartigen Tiefkühlmethode zu konservieren. Passanten dampften aus Mund und Nase wie wandelnde Wärmflaschen.

Ich dachte über den mysteriösen Informanten nach. Kommen Sie allein, hatte er gesagt. Was meinte er damit? War etwas in meiner Stimme, das ihn vermuten ließ, daß ich normalerweise in Gruppen auftrat? Ich kam zu dem Schluß, daß es sich um einen Dilettanten handeln mußte. Ein Anfänger, was seine Laufbahn als anonymer Anrufer betraf. Kommen Sie allein. Das hatte er sich abgeguckt aus einer drittklassigen Krimiserie und dabei nicht bedacht, daß es sich da meist um entflohene Straftäter handelte, die sich mit einem Bullen treffen wollten, um ihre Unschuld zu beteuern oder mildernde Umstände für heiße Informationen einzukaufen.

Der Verlag residierte in einem der protzigen Glaspaläste in der Innenstadt, die sich mit ihrer aufdringlichen Gesichtslosigkeit überall breitmachten als endgültiger Triumph der Quantität über die Qualität. Über dreißig Stockwerke, Hunderte von Fenstern, nebeneinander aufgereiht wie Kästchen in einem riesigen Kreuzworträtsel. Balkone davor, die so schmal waren, daß sie jeder mit einer Schuhgröße über Vierzig nur mit seitlich gestellten Füßen betreten konnte: Sie taugten allenfalls als Absprungstufe für Selbstmörder.

Im fünfzehnten Stock stand ich zunächst in einer Art Foyer, das den Charme eines Maklerbüros hatte. Nichtssagende, aber teure Kunst an nichtssagenden, aber teuren Wänden. Ein unaufdringlicher, phantasieloser Teppichboden, der so roch, als würde er dreimal am Tag desinfiziert. Blumen, die echt waren, aber so aussahen, als seien sie aus Plastik. Für einen Makler mochte das passend sein, schon um zu zeigen, daß hier nichts produziert, sondern nur abgesahnt wurde. Aber für einen Verlag?

Meine Chancen, hineingelassen zu werden, sahen nicht gut aus. In einer Pförtnerloge hockte ein böses, altes Reptil mit einer getönten Brille auf der Nase. Ihm entging nichts.

»Guten Tag. Mein Name ist Petra Stipf. *Frausein heute*. Ich hatte angerufen wegen eines Interviews.«

Eine Frau vom Typ ›starke Frau‹ – extrem kurzes Haar, extrem großgemusterte Nylons und mit dem extremen Aroma von *Schwarzer Krauser* – hatte sich an mir vorbeigedrängelt und sprach mit der Pförtnerin. Unfreiwillig wurde ich Zeuge des Wortwechsels.

»Wen wollen Sie sprechen?«

»Yan Sembing. Es geht um ihr neues Buch *Wünschelrute und Penisneid*.«

»Also es tut mir wirklich leid. Wirklich.«

Aber Petra Stipf ließ sich nicht so einfach abwimmeln. Nur unter der Bedingung einer Unterredung mit der Verlagsleiterin, die ihr die gewünschten Informationen über das Buch und die Autorin geben sollte.

Kurzentschlossen schnappte ich mir einen der Verlagsprospekte, die auf einem kleinen Tisch direkt neben dem Eingang gestapelt waren. Ich blätterte ein bißchen, dann hatte ich meinen Mann gefunden: Dr. Raoul Osmanski, Autor des Bestsellers *Interview mit dem Überich* und seines neuen bahnbrechenden Standardwerks *Creactivity*.

»Frank Büttel«, sagte ich zu der Empfangsdame, deren mißtrauische Reptilien-Äuglein mich festhielten und wie eine Beute taxierten, kalt und gierig zugleich. »Vom *Neuen Mann*. Es geht um die Adresse Ihres Autors Raoul Osmanski.«

Die Alte schüttelte den Kopf. »Adressen unserer Autoren geben wir grundsätzlich nicht heraus.«

»Ein Jammer. Dabei bin ich davon überzeugt, daß unsere Leser darauf brennen, etwas über sein neues Buch zu erfahren.«

Meine Enttäuschung schaffte es tatsächlich, sie in einen Mensch zu verwandeln. Ein paar Augenblicke später saß ich im Vorzimmer der Chefin und wartete auf eine Audienz. Die Korrespondentin von *Frausein heute* war vor mir dran, und sie hatte eine Menge Fragen.

Indirektes Licht erleuchtete den Raum, und anstelle eines Fensters zierte eine Skulptur die Wand, eine von denen, die man *ohne Titel* nennt und dabei immer noch das Gefühl hat, sie thematisch einzuengen. Im großen und ganzen konnte das das Wartezimmer eines Zahnarztes sein, wenn auch die Poster fehlten, die den Patient ermahnten, sich den Zahnstein regelmäßig entfernen zu lassen. Eine Vorstellung, die mir das Warten nicht gerade erleichterte. Weil ich nämlich sonst nichts zu tun hatte, bekam ich allmählich, aber unaufhaltsam Zahnschmerzen. Der linke untere Backenzahn. Vergeblich versuchte ich ihn zu überzeugen, daß er sich irrte, daß er sich in den Räumlichkeiten eines Verlages befand, der nichts, aber auch gar nichts mit der Zahnheilkunde zu schaffen hatte. Das interessierte ihn nicht, er pochte und pochte.

Endlich öffnete sich die Tür mir gegenüber. Ein kleiner, dünner Mann kam auf mich zu und reichte mir seine teigige Hand. Ganz vorsichtig legte er sie in meine Handfläche, als hätte er einen toten Fisch gefunden, den er mir unter dem Siegel der Verschwiegenheit anvertrauen wollte.

»Guten Tag. Mein Name ist Raoul Osmanski. Ich bin zufällig heute hier und höre, daß Sie sich für meine Bücher interessieren.«

»Ja. Ich und meine Leser«, sagte ich, breit lächelnd.

Osmanski führte mich in einen angrenzenden Raum, dessen Atmosphäre schon eher zu einem esoterischen Verlag paßte. Yin und Yang, warme Farbtöne, in der

Deckenmitte ineinander zerfließend, Bilder an der Wand mit weißbärtigen Greisen, freundlich lächelnde Verwandte und Doppelgänger Kruyssenfelds.

»Tee?« fragte der Autor und versuchte, unternehmungslustig in die Hände zu klatschen.

Osmanski war in der Tat eine schmächtige Person. Auf den ersten Blick wirkte er wie ein zarter Oberschüler, den man aus Gesundheitsgründen vom Sportunterricht befreit hatte. Sein dünner Hals ragte aus einem grobgestrickten Rollkragen hervor wie ein Regenwurm aus einer Tunnelröhre. In dem runden Gesicht hatte sein dünnes Haar mehrere Versuche unternommen, einen yogihaften Bart zu bilden, vergebliche Versuche, deren Scheitern allerdings niemals eingestanden worden war.

»Tja, also – zum Interview ...« begann ich, ratlos in das Glas mit der heißen gelblichen Flüssigkeit schauend, das er mir in die Hand gedrückt hatte.

»Das Interview mit dem Überich, oh ja.« Er verlor keine Zeit. Sein Gesicht wurde ernst. »Das Überich ist kein Phantom, wissen Sie. Es lebt. Ich habe mit ihm gesprochen.«

»Natürlich. Aber ich meinte jetzt Ihr neuestes Werk ...«

Ihn ernst zu nehmen fiel schwer. Und sein starker schwäbischer Akzent machte die Sache nicht gerade leichter.

»Creactivity«, sagte er feierlich. Seine Augen fixierten mich für einen Moment, und er nickte sanft. »Das ist die Energie, die in Hohlräumen steckt. Mit dieser Energie habe ich mich beschäftigt. Habe versucht, sie zu erspüren.«

»Hohlräume«, wiederholte ich.

»So ist es. Hohlräume. Man muß sie erspüren. Das ist gar nicht so einfach, wissen Sie. Aber es ist eine überschäumende Energie, deshalb sollten in der Welt so viel Hohlräume hergestellt werden wie nur möglich. Die Alten haben das gewußt. Denken Sie an die Cheopspyramide. Atlantis. Die Freiheitsstatue. All das.«

Das tat ich nicht. Meine Aufmerksamkeit galt dem Hohlraum hinter der Tür, wo die neue Frau mit ihren

Fragen meine kostbare Zeit stahl. Während sich der Autor immer mehr ins Feuer redete.

»Alles Hohlräume. Energetisch gesprochen. Und das ist ja noch lange nicht alles. Jeder Hohlraum besteht aus mehreren Hohlräumen, die wiederum in sich verschiedene kleine Hohlräume haben. Eine faszinierende Vorstellung, nicht wahr?«

Allmählich fühlte ich mich nicht mehr so recht wohl in meiner Haut. Die Augen dieses Menschen flackerten mich an, sie ließen nicht zu, daß ich ihm kommentarlos zuhörte.

»Allerdings«, gab ich zu.

»Sehen Sie, eigentlich steckt in jedem von uns so ein Hohlraum. In jedem Menschen. Und das ist doch etwas sehr Beruhigendes, finden Sie nicht? Denn in jedem Hohlraum steckt wiederum ein Mensch. Ein astralisches Wesen.«

»Energetisch gesprochen.«

»Natürlich. Und das will heraus. Es schläft und will geweckt werden ...«

Er redete und redete, und irgendwie schien er mir mitsamt seinem Sessel immer näher zu rücken. Lange konnte es nicht mehr dauern, bis ich seine Speichelspritzer auf meiner Backe fühlen würde. Hilflos nippte ich an meinem Tee und überlegte fieberhaft, wie ich ihn loswerden konnte. Dann hörte ich Stühlerücken im Nebenzimmer und schöpfte wieder Hoffnung. Jeden Moment war ich erlöst. Aber Osmanski war noch nicht zu Ende. Sein Redeschwall war beschwörend und eindringlich geworden. Wie eine übermächtige Streitmacht drängte er wieder und wieder gegen die armseligen Verteidigungsmauern meines Verstandes, bis er sie überrannt hatte.

»... da drüben wartet es. Wartet, daß der Hohlraum geöffnet wird, von irgendeinem Ahnungslosen. Und dann wird es herauskriechen, und es wird gräßlich aussehen, stinkend und schleimend ...«

Ganz offensichtlich war Osmanski übergeschnappt. Sein Gesicht war eine Fratze, die Fratze eines übergeschnappten Oberschülers, und seine Stimme überschlug sich. Es wurde Zeit, das Interview zu beenden.

Während ich ihn noch anstarrte, öffnete sich die Tür. Eine Frau in den Fünfzigern, deren Gesichtszüge trotz des großzügigen Makeups die Furchen nicht verleugnen konnten, die der Führungsstreß hinterließ. Unverkennbar Claire Bruckmann.

»Was ist denn hier los?« fragte sie mürrisch. Ihre Stimme klang heiser vom Kettenrauchen. Vielleicht wäre es besser gewesen, wenn ich diesen Job Henk überlassen hätte …

Ich setzte zu einer Erklärung an, während sich der Prediger des Hohlraums auf die Journalistin stürzte, die hinter die Bruckmann getreten war. Vielleicht hielt er sie ja für das schreckliche astralische Wesen, das er wortreich prophezeit hatte.

»Ich hätte Sie gerne kurz gesprochen«, sagte ich.

Claire Bruckmann musterte mich mißtrauisch.

»Wer sind Sie überhaupt?«

»Mein Name ist Kittel. Ich bin Privatdetektiv.«

Das Geschrei hatte sich jetzt in das Foyer verlagert, wo sich Petra Stipf und zwei Verlagsmitarbeiter des armen Osmanski annahmen.

Frau Bruckmann lächelte spöttisch.

»Dann muß ich Sie bitten zu gehen«, sagte sie. »Ich bin beschäftigt.«

»Es dauert auch nicht lange«, beharrte ich.

Sie schüttelte bestimmt den Kopf. »Nein. Zwingen Sie mich nicht, Ihnen behilflich zu sein.«

»Das wird kaum notwendig sein. Alles was ich von Ihnen verlange ist, daß Sie Ihre Schläger zurückpfeifen.«

Sie legte den Kopf ein wenig schief. »Schläger?«

»Sie wissen genau, wovon ich rede. Solche, die versuchen, harmlose Leute von der Straße zu drängen. Und die Luisa Lukas belästigen. Sie hat nämlich mit der Sache nichts zu tun.«

Der Blick, den sie mir zuwarf, war eine Mischung aus Mitleid und Belustigung. »Mit welcher Sache denn?«

Ich zuckte die Achseln. »Vielleicht interessiert es Sie, daß Kruyssenfeld mein Auftraggeber ist. Ich kann mir nicht denken, daß er sehr erbaut wäre, wenn er von Ihren krummen Geschäften Wind bekäme, nicht wahr?«

Claire Bruckmann war eine kräftige Person, und sie kam langsam auf mich zu. Mir war klar, daß ihr das, was ich ihr gesagt hatte, nicht gefiel, und ich fragte mich, was sie vorhatte. Von der Chefin eines Verlages, der vorwiegend in Drogengeschäften machte, konnte ich wohl kaum erwarten, daß sie das so einfach zugab.

»Ich habe nicht die leiseste Ahnung, wovon Sie reden«, sagte sie sanft.

»Aber Frau Bruckmann. Ich dachte, wir könnten uns das Versteckspiel sparen.«

Plötzlich lachte sie auf. Es war ein stoßartiges Lachen, das ihr entfuhr wie eine Blähung. »Versteckspiel? Aber wer hat denn damit angefangen? Sie kommen hier herein und geben sich als Pressemann aus. Und fallen als erstes auf den armen Hummelsheim herein ...«

»Hummelsheim?«

»Ja, was dachten Sie denn? Glaubten Sie wirklich, das war der berühmte Osmanski? Hummelsheim ist ein ehemaliger Mitarbeiter. Er ist ein wenig verwirrt und gibt sich für Osmanski aus. So wie Sie sich für einen Reporter ausgeben.«

»Oder dieser Verlag«, fügte ich hinzu.

»Was ist damit?«

»Oder sagen wir besser: dieses Unternehmen. Es gibt sich für einen Verlag aus, nicht wahr?«

Sie zündete sich eine Zigarette an. Dann deutete sie mit dem glühenden Ende auf mich. »Ich glaube, Sie sind noch schlimmer dran als Hummelsheim.«

»In Wirklichkeit ist es aber eine Art ... Versandgeschäft.«

Zwei Herren waren jetzt eingetreten und stellten sich rechts und links neben dem Türrahmen auf. Wollten sie mir den Rückweg blockieren? Sie waren zwar lange nicht so kräftig wie ihr Boss, aber möglicherweise verfügten sie ja über Messer oder Totschläger.

Es wurde Zeit, mich zu verabschieden. Das Ziel meines Besuches, nämlich Claire Bruckmann ein wenig nervös zu machen, hatte ich erreicht.

»Vielleicht ist der gute Hummelsheim ja nicht mehr ganz bei Trost«, sagte ich, während ich mich zum Gehen wandte, »aber recht hat er trotzdem. Es kommt immer auf die Hohlräume an, nicht wahr? Das wissen Sie bestimmt am besten.«

Ich ließ die drei einfach stehen und kam unbehelligt bis in das Zahnarztzimmer. Da traf ich auf einen der beiden glatten Typen, der dort schon auf ich wartete. Oder war es ein dritter?

»Moment, bitte«, sagte er. »Sie haben noch etwas vergessen.«

Er trat auf mich zu.

»Ich wüßte nicht ...« sagte ich. Weiter kam ich nicht. Jemand packte mich von hinten und hielt meine Arme umklammert.

»Frau Bruckmann meint«, sagte der Mann, während er mit dem Arm ausholte, »daß Sie trotzdem nicht so sehr auf die Hohlräume achten sollten. Damit Sie nicht eines Tages auch als Idiot herumlaufen. Wie der arme Hummelsheim.«

Seine Faust traf mich mitten ins Gesicht. Erst wurde es rot, dann schwarz.

Als es wieder hell wurde, roch es nach Treppenhaus. Ich lag direkt neben dem Aufzug, allerdings nicht in der gepflegten Etage, in der sich der Verlag befand. Um mich war Tageslicht, also hatten sie mich nicht in den Keller verfrachtet. Ansonsten konnte ich in jedem Geschoß dieses riesigen Gebäudes sein.

Schwerfällig rappelte ich mich hoch. Vor meinen Augen drehte sich alles, und an meiner Schläfe pochte etwas, das ich lieber nicht weiter befühlen wollte. Meine Brille lag in Reichweite und war so platt, als hätte sie eine Weile auf der Überholspur einer Autobahn gelegen. Aber das würde ich zurecht biegen. Hauptsache, die Gläser waren intakt. Ich fand den Drücker und holte den Aufzug heran.

Die Tür öffnete sich, und ich stolperte in den Lift. Im nächsten Augenblick traf mich ein Adrenalinstoß wie ein Messerstich, und ich klammerte mich mit aller Kraft an einen der Türflügel, der sich glücklicherweise nicht ganz geöffnet hatte. Da war kein Lift. Nur ein Liftschacht, und der ging verdammt tief runter. Einen Schritt weiter, und alles wäre vorbei gewesen. Keuchend rettete ich mich zurück auf die Etage und hörte das Geräusch des sich nähernden Aufzugs.

Wollten diese Typen allen Ernstes auf diese Weise einen Unfall vortäuschen? Und wenn ja, warum hatten sie mich dann eben noch gewarnt?

Mit weichen Knien betrat ich den Lift. Die Tür schloß sich, und langsam ging es nach unten. Jetzt erst bemerkte ich, daß ich nicht allein war: Stechende Augen in einem runden Gesicht. Bebende Lippen. Osmanski alias Hummelsheim. Der Durchgedrehte. Er hob seinen Zeigefinger und deutete nach oben.

»Hohlräume«, sagte er verschwörerisch. Dann neigte sich der Finger und wies nach unten.

»Ja ...« stotterte ich heiser. Ich fühlte, wie der Schweiß unter meinen Achselhöhlen zu rinnen begann.

Als sich die automatische Glastür zischend hinter mir schloß und ich wieder in der Kälte stand, wußte ich, daß ich mir erst einmal eine Parkbank suchen würde.

12

Für heute hatte ich genug. Während ich in meinen Taschen nach Kleingeld kramte, schlurfte ich zur nächsten Telefonzelle, um Henk anzurufen und das Proben für heute abend abzusagen. Henk war nicht da, also rief ich im Büro an. Auch dort: Fehlanzeige. Der Anrufbeantworter schaltete sich ein, und ich stellte mir vor, wie meine Stimme jetzt durch das Treppenhaus schallte wie eine öffentliche Bekanntmachung. Vorsichtshalber räusperte ich mich deshalb, bevor ich ansetzte zu sprechen: »Henk, aus heute abend wird leider nichts. Ich komme gerade aus diesem mysteriösen Verlag, du weißt schon. Habe eine Menge über Hohlräume erfahren. Tja. Bruckmann hat natürlich nichts zugegeben, das war ja klar. Aber ich glaube doch, ich habe sie ein bißchen aufgescheucht.«

Die Temperaturen waren wieder ein wenig geklettert, dafür hatte inzwischen Schneetreiben eingesetzt. Das war für den Verkehr in der Innenstadt wie üblich zu viel: Er tat so, als habe er von diesem nassen, weißen Gebrösel noch nie etwas gehört. Tausende von Autos waren herbeigeeilt und drängelten sich jetzt in den Straßen, um sich das einmalige Schauspiel anzusehen. Motoren brummten, Kohlenmonoxyd paffte aus Auspuffen, Nikotin aus Autofahrermündern. Ab und zu hupte es. Wenn diese Blechdinger Fortbewegungsmittel waren, dann war eine schwarze Augenbinde ein Sehkraftverstärker.

Es brauchte eine Zeit, sich durch das Chaos einen Weg zu bahnen, weshalb es schon gegen acht war, als ich meine Wohnungstür aufschloß. Zwei Schritte auf dem Flur, dann hielt ich plötzlich inne und lauschte angestrengt – ich konnte schwören, ich hätte das Fernsehen gehört. Nur für eine zehntel Sekunde. Aber es war wohl nur das Knarren der Dielen gewesen. Hatte ich jetzt auch schon Halluzinationen? Wie lange würde es dauern, bis ich anfing, über Hohlräume zu faseln?

Ich ging weiter, aber ein Gefühl in mir ließ mich die Hand vom Lichtschalter nehmen, noch bevor ich ihn gedrückt hatte. Warum nicht erst der Sache auf den Grund gehen, nur um sicher zu sein? Man konnte nicht vorsichtig genug sein, besonders nach meinem provozierenden Auftritt im *Wizzt Kon* Verlag.

Gerade als ich meine Zehenspitzen über die Schwelle ins Wohnzimmer hob, betätigte jemand anderer den Lichtschalter. Ich zuckte zusammen und verlor beinahe das Gleichgewicht.

»Heh, wen haben wir denn da?«

Die beiden Jungunternehmer-Typen aus dem *La Mancha.* Einer lümmelte sich in meinem Fernsehsessel, die Füße auf dem Glastisch, der andere lehnte lässig am Bücherregal. Er grinste breit.

»Wir dachten schon, du kommst gar nicht mehr, Freundchen.«

Und ich hatte schon gehofft, Henk hätte es sich vielleicht bei mir gemütlich gemacht.

»Was habt ihr hier zu suchen?«

»Willst du ihm nicht sagen, was wir hier zu suchen haben, Ingo?«

Der lässige, eine wirklich schmucke Erscheinung mit einer modischen Brille auf der Nase, die an ein kompliziertes medizinisches Gerät erinnerte, nahm sich eine meiner Zeitschriften und blätterte darin herum. »Vielleicht kann er uns ja einen Tip geben.«

Sie waren ein typisches Schläger-Duo: einer mit Manieren, der geistreiche Sprüche klopfte, und ein Ungehobelter zum Draufschlagen. Ingo, das Muskelpaket, der sich wie ein satter Bär im Sessel räkelte. Er hielt ein leeres Glas hoch.

»Noch nicht mal was zu trinken angeboten hat er uns. Ist das etwa höflich?«

»Also gut«, sagte ich. »Ich kann euch einen Kalimnos-Cocktail anbieten. Aber nur einen. Aufs Klo gehen müßt ihr dann woanders.«

Ingo setzte sich abrupt auf. »Hör mal, versuch ja nicht, komisch zu sein, ja? Das wird dir noch vergehen.«

»Sag uns doch einfach, Freundchen«, kam es vom Bücherregal, »wo du das Geld hast.«

»Welches Geld denn?«

Ingo gluckste. »Welches Geld, fragt er. Ist das nicht komisch?«

›Freundchen‹ warf mir einen nachsichtigen Blick zu. »Viel Geld«, sagte er sanft. »Eine Menge. Einen Koffer voll Geld, um genau zu sein. Wir wissen, daß du es hast. Dabei gehört es nun mal unserem Boß, und der will es zurückhaben. Ganz einfach.«

»Und wer ist euer Boß?«

»Er hat uns gebeten, dir ein wenig auf den Zahn zu fühlen. Natürlich nur, wenn du nicht nett zu uns bist.«

Ich zuckte mit den Schultern.

»Willst du wirklich, daß wir uns auf eigene Faust umsehen, ja?«

Mit einer plötzlichen Armbewegung fegte er die Bücher vom Regal. Sie prasselten auf den Boden und begruben die CDs unter sich, die ich sorgfältig dort gestapelt hatte.

»Überleg dir das gut. Das ist nämlich erst der Anfang.« Ingo raffte sich auf. Er hatte mein Saxophon entdeckt.

»Sieh da, eine Trompete«, sagte er. Seine schweren Pranken fingerten an den Klappen herum. Ich machte einen Schritt auf ihn zu.

»Komm, sei nett und laß das stehen, ja? Das ist nichts zum Spielen.«

Ein wütender Blick, der erstarrte und langsam in ein Grinsen wechselte. Ich hatte einen Fehler gemacht.

»Ah! Die Trompete hast du wohl besonders gern, was? Da muß ich aber aufpassen.« Er quiekte wie ein Schweinchen im Kindergarten. »Daß sie mir nicht noch hinfällt.«

»Verdammt! Laß die Finger davon. Was wollt ihr überhaupt von mir?«

Wortlos ließ er das teure Instrument sausen und fing es wieder auf, einen Millimeter, bevor es auf dem Boden aufschlug.

»Das war aber knapp«, sagte er.

Hilfesuchend sah ich mich nach seinem Kollegen um. Der war inzwischen in der Küche damit beschäftigt, die Schränke auszuräumen.

»Ich hab euer blödes Geld nicht!« schrie ich ihm zu.

»Heh, Sascha!« rief Ingo. »Er sagt, er hat es nicht!«

»Schade. Sehr schade!« kam es besorgt aus der Küche.

Irgendwie mußte ich diesen Kerl aufhalten. Ich packte ihn am Arm und versuchte, ihm das Saxophon zu entreißen, aber er hielt es mit der Rechten von mir weg und gab mir mit der Linken einen Stoß gegen die Brust, daß ich nach hinten taumelte und im Fallen ein weiteres Regal zu Boden riß.

»Vorsicht«, mahnte Ingo. Dann warf er das Saxophon in die Luft und fing es wieder auf.

»Das ist toll zum Spielen«, freute er sich. »Ein richtiger Bumerang ...«

Immer wieder wich er mir aus, schmiß das Ding im hohen Bogen durch das Zimmer und schnappte es mit einer Hand. Er genoß meine hilflose Wut. Immer höher warf er, immer weiter. Bis es außer Kontrolle geriet.

»Das ist wirklich sehr scha-« Weiter kam er nicht. Sascha, aus der Küche tretend, traf das Instrument mit voller Wucht ins Gesicht. Er ging zu Boden.

»Oh..!« machte Ingo und hielt sich die Hand vor den Mund. Für einen Moment war es still. Dann rappelte sich ›Freundchen‹ wieder hoch.

»Wollte ich nicht, ehrlich«, entschuldigte sich Ingo. »Aber es war ja nicht so schlimm, oder?«

Er sah seinem Kumpel ins Gesicht. Es war ein entstelltes Gesicht. Ein Gesicht, das ihn anstarrte. Die Brille, schon vorher einer Brille nicht gerade ähnlich, baumelte über seiner Backe. Sie hatte es schwer erwischt. Wie ein Christbaumschmuck sah sie aus, den jemand auf einer stark befahrenen Autobahn verloren hatte. Ein Glas fehlte, das andere war ramponiert.

»Nicht schlimm«, wiederholte Sascha bedrohlich leise. »Nicht schlimm ...«

Dann stürzte er sich auf den Übeltäter. Ingo wehrte sich. Er war dem anderen körperlich überlegen, aber das machte die Wut des Getroffenen wieder wett. Ein erbitterter Kampf entbrannte. Er tobte über meine Sitzgarnitur, wälzte sich über die verstreuten Bücher und Zeitschriften hinweg wie ein Orkan, ließ nichts ungeschoren.

»Welches Geld denn?« versuchte ich mich noch einmal in Erinnerung zu bringen. Aber sie hörten mich nicht, waren voll und ganz damit beschäftigt, meine Wohnung in einen Trümmerhaufen zu verwandeln. Mehrmals sah ich die alte Gipsstatue schwanken, eine kitschige Aphrodite-Imitation, die ich irgendwann auf einem Flohmarkt erstanden und dann aus dem Blickfeld verbannt hatte, ganz oben auf das Regal; wenn sie herunterkam, konnte ich meine gesamte Musikanlage abschreiben.

Sascha schlug sich wacker, aber er konnte seine Schläge nicht so recht plazieren, da er ohne Brille nichts sehen konnte. So fing er sich am Ende einen Kinnhaken, der ihn zu Boden schickte. Ingo, erschöpft, prallte zurück und rammte mit seinem Rücken das Regal. Aphrodite taumelte erneut, ein letztes Mal, dann stürzte sie hinunter, aber sie konnte meiner Anlage nichts anhaben: Ingo war dazwischen und hielt im wörtlichen Sinne seinen Kopf hin. Er ging k. o., ohne einen Mucks zu machen.

Ich stieg über verschiedene ausgestreckte Körperteile hinweg und begutachtete erst einmal mein Saxophon. Gut, es wies einige häßliche Beulen auf, aber für das, was man ihm zugemutet hatte, war es erstaunlich in Schuß.

Das Telefon klingelte. Henk war dran.

»Hör mal, wegen heute abend. Ich schaffe das nicht mehr. Außerdem sind alle Straßen spiegelglatt.«

»Du mußt aber kommen.«

»Aber Kittel. Ich dachte, wir verschieben die Probe einfach -«

»Keine Probe. Ich habe hier ein kleines Problem.«

»Ein Problem?«

»Sagen wir: ich habe überraschend Besuch gekommen.«

Mein Blick schweifte über das Schlachtfeld, das einmal meine Wohnung gewesen war.

»Und jetzt finden sie einfach nicht mehr alleine nach draußen ...«

13

»Du machst Fortschritte«, sagte Henk, nachdem er einen Blick auf die beiden Bewußtlosen geworfen hatte. »Immerhin sind sie diesmal nicht tot.«

Ingo und Sascha loszuwerden, war gar nicht so einfach. Ein Transport kam bei den spiegelglatten Straßen kaum in Frage, und sie auf einer Parkbank abzuladen, schon gar nicht: Da hätte ich ihnen genausogut einen Schlafplatz in meinem Drei-Sterne-Kühlfach anbieten können. Wir entschieden uns schließlich dafür, sie in Saschas feinem BMW zu verstauen – Papiere und Schlüssel fanden sich in seiner Manteltasche. Vorher flößten wir ihnen noch ein wenig Ouzo ein, was sie zum Husten brachte und so um ein Haar vorzeitig aufgeweckt hätte, wenn Henk sie nicht geistesgegenwärtig mit einem gezielten Schlag zurück in die Welt der Träume geschickt hätte. Als sie dann endlich im Auto saßen, genügte ein leichter Schubs, und der Wagen schlitterte die leicht abschüssige Straße hinunter, bis es schepperte und krachte. Das war's schon. Jetzt brauchten wir der Polizei nur noch mitzuteilen, was ein offenbar betrunkener Fahrer in der Straße angerichtet hatte.

Henk war in der Küche. Wie ein Angler im seichten Wasser watete er durch das zerbrochene Geschirr auf dem Boden, auf der Suche nach einem Aschenbecher.

»Hattest du nicht gesagt, das sind Schäubels Leute?« fragte er.

»Dachte ich. Aber jetzt wissen wir, daß Claire Bruckmann sie geschickt hat.«

»So. Und woher wissen wir das?«

Auch wir hatten inzwischen den einen oder anderen Ouzo hinter uns.

»Ist doch klar«, sagte ich. »Ich hab sie aufgescheucht. Und sie hat reagiert.«

»Aber hatte sie dir nicht schon eine -« Er starrte mein Gesicht an, das immer noch aussehen mußte wie eine Qualle, die zum Ausgehen geschminkt war. »Ich meine: hatte sie nicht schon reagiert?«

Ich zuckte die Schultern, goß mir nach und ließ mich auf einem Stapel Bücher nieder. Henk watete herüber.

»Außerdem: die beiden Schönlinge, die jetzt da unten diesen häßlichen Unfall gebaut haben, die waren doch hinter dem Geld her.«

»Schon möglich.«

»Was heißt hier: schon möglich? Entweder wollten sie den Koffer mit dem Geld oder dir einen Denkzettel verpassen. Wer sagt denn eigentlich, daß diese Drogensache dahinter steckt? Hinter dem Fall Canossi?«

Mißtrauisch verfolgte ich, wie er ein krümeliges Häuflein Dreck in ein Papier schüttelte, es zu einem Röllchen zusammenklebte und dann anzündete.

»Niemand. Aber hast du eine bessere Idee?«

Er grinste. »Natürlich nicht. Wer ist hier der Denker: Ich oder du? Es ist nur ... diese Masche mit den Bonbons ...«

»Was ist damit?«

»Es paßt nicht. Ich meine, wenn das ganze eine Drogengeschichte ist. Die Killer in der Szene gehen normalerweise anders vor.«

»Anders?«

Jetzt hatte ich es gesehen. Eben noch hatte die Glut wie ein von innen beleuchtetes Stückchen Kot an der Zigarette gehangen, jetzt war sie verschwunden. Henk hatte sie einfach auf den Boden fallen lassen.

»Bomben statt Bonbons«, sagte er. »Das mein ich. Plastiksprengstoff statt Weingummis.«

Er glotzte auf mich herab, wie ich neben ihm auf dem Boden hockte und das Loch untersuchte, das er in den Teppich gebrannt hatte. Dann grinste er.

»Sag mal, hast du vielleicht einen Aschenbecher?«

Recht hatte Henk: es paßte tatsächlich nicht. Nur fragte sich eben auch, ob die Wirklichkeit sich ernstlich darum scherte, ob sie zu irgend etwas paßte oder nicht. Ich versuchte, mir die möglichen Mörder vorzustellen. Da war Finkel alias Kruyssenfeld, der buddhaförmige Fitneß-Apostel, eine blitzende Weihnachtskugel am tristen Baum des Lebens. Ein Spinner vielleicht, aber wohl kaum der Typ des eiskalten Mörders. Dann Claire Bruckmann, die zwielichtige Verlagschefin. Sie hatte schon bewiesen, daß sie nicht zögerte, von ihrer Schlägertruppe Gebrauch zu machen. Aber konnten diese einfachen Gemüter, die nur für das Grobe zuständig waren, eine so clevere Gemeinheit aushecken wie einen Mord durch vergiftete Weingummis?

Für Kruyssenfeld sprach außerdem, daß er mich engagiert hatte. Das durfte man nicht vergessen. Nicht daß er deshalb ein reines Gewissen haben mußte. Aber er zahlte nun einmal nicht schlecht. Und wenn dies so war, warum sollte ich nicht bei den nichtzahlenden Verdächtigen anfangen, solange ich noch genug davon hatte?

Immerhin war da ja noch der anonyme Anrufer, der damit geprahlt hatte, über wichtige Informationen zu verfügen. Vielleicht konnte er ja ein wenig Licht in die Angelegenheit bringen …

Am nächsten Abend war ich schon gegen sieben in der Stadt. Früh genug, um vor dem Treffen mit dem mysteriösen Informanten noch einen Abstecher ins *Malibu* zu machen. Die Show war lange nicht so gut besucht wie beim letzten Mal, und das, obwohl Wochenende war. Vielleicht war ja der *Klosterschülerinnen-Report* schuld daran. Zwar war erwiesen, daß das Stammpublikum des *Malibu* durch schlechte Qualität geradezu magisch angezogen wurde. Aber es gab ja noch den Bereich jenseits schlechter Qualität.

Man brauchte nur das Bier zu betrachten. Aus reiner Gewohnheit nippte ich daran und mußte anerkennend feststellen, daß es so, wie es aussah, nichts versprach, was es geschmacklich nicht halten konnte. Es war durch und durch schal. Schal und billig wie der ganze Laden. Bis auf Luisa.

Sie paßte nicht hierher. Wie ein seltener, paradiesischer Vogel war sie, den ein Unglück auf einen staubigen Geflügelmarkt in einem Kuhdorf verschlagen hatte. Nun spreizte sie vergeblich ihr einzigartiges Gefieder vor Bauern, für die jeder Vogel nur Geflügel war. Sie spreizte es nicht nur, sie legte es ab, Feder für Feder …

Und ihre Stimme. Niemand im Saal begriff auch nur annähernd, daß das nicht irgendeine Dutzendstimme war, eins von diesen plärrenden Geräuschen, für die ein Lokal wie das hier normalerweise stand. In nichts zu vergleichen mit dem tagtäglichen Gedröhne, das sich die Großstädter wie Abhängige per Kopfhörer direkt ins Ohr injizierten, um eine mentale Daueranästhesie herbeizuführen. Luisa sang anders, aber das hörte niemand außer mir. Wieder einmal sang sie *That's why this lady is a tramp,* und sie sang erneut gegen den erbitterten Widerstand der Combo, die eindeutig nur deswegen hier auftrat, weil sie zu Hause nicht üben durfte. Es war als Einlage gedacht, um die mehr als peinlichen Showteile miteinander zu verbinden. Luisa Lukas, davon war ich mehr denn je überzeugt, war ein echtes Talent. Und es durchlief mich ein stolzes Frösteln bei dem Gedanken, daß ich es war, der sie entdeckt hatte.

Aber vielleicht war es auch die Berührung durch ihre Stimme, die dafür sorgte, daß sich die kleinsten Härchen auf meiner Haut aufstellten. Ihre Stimme, die sich von hinten anschlich, ganz leise, behutsam, wie ein fremder, faszinierender Duft, um dann plötzlich, unerwartet über dein Gesicht zu streichen wie ein rauher Windhauch. Wie Lippen, die dich berühren …

Canossis Krähengesicht war plötzlich vor mir. Paß auf Luisa auf, krächzte er. Ich starrte in mein Bier, und das Gesicht verfärbte sich gelblich. Dann löste es sich auf. Wie zum Teufel hatte er das gemeint? Viel hatte ich in dem Punkt noch nicht herausgefunden. Bisher war nur klar, daß Luisa zweifellos zu dem Typ Frau gehörte, der sehr gut auf sich selbst aufpassen konnte. Und auf den aufzupassen trotzdem eine überaus reizvolle Vorstellung war. Ich grinste. Luisa sang jetzt *A foggy day in London town*. Sie wollte es langsam singen, wie es sein muß, aber das brachte ihr nur den Zorn des unfähigen Schlagzeugers ein, der mit Unterstützung der schrägen Bläser knüppelnd über sie herfiel.

War Luisa bedroht? Wenn ja, von wem? Wie war sie in die Sache verwickelt? Was wußte sie und warum verschwieg sie mir das? Wen wollte sie schützen?

Ich zerbrach mir den Kopf, mußte an Henk denken. Ob das nicht auch ohne diese Fragerei ging. Dieser Klugscheißer. Nein, das ging es nicht. Ohne Fragen konnte man kein Rätsel lösen …

The times of miracles hadn't passed …

sang Luisa wie zur Bestätigung.

… for suddenly I saw you there
and in foggy London town
the sun was shining everywhere …

Meinte sie mich? Oder meinte sie Udo, das gesundheitssüchtige Muskelpaket? Dieses organische Antriebsaggregat für Fitneßgeräte? Ganz klar, daß sie ihn nicht wirklich lieben konnte. Es war eine rein körperliche Sache. Es mußte rein körperlich sein, daran konnte bei ihm ja wohl am wenigsten ein Zweifel bestehen, ebensowenig wie es sinnlos war, vom Volumen einer Linie zu reden. Wäre Udo nicht dagewesen, ich meine, hätte er einfach nicht existiert, dann wäre die Auflösung des Rätsels schon einfacher gewesen. Verblüffend einfach. Luisa hatte eine glänzende Karriere als Sängerin vor sich, aber dazu mußte sie erst einmal raus aus diesem Schuppen. Sie mußte sich mit jemandem zusammentun, der ihr mehr bieten konnte, als sie mit infantilem Hollywood-Geschwätz zu langweilen. Sondern der etwas von ihrer Musik verstand. Der sie begleiten konnte. Auf dem Saxophon von mir aus. Der musikalisch ihre Wellenlänge hatte. Mit ihr verschmelzen konnte. Und das nicht nur musikalisch ...

»Ach, sieh mal einer an«, sagte plötzlich jemand neben mir.

Es war Udo, ich erkannte ihn sofort an seinen Backen, obwohl sie wieder nicht aufgeblasen waren. Sie wirkten muskulöser als bei anderen Leuten, wahrscheinlich gab es ein spezielles Training für die Backenpartie. Jetzt setzte er sich an meinen Tisch, ohne um Erlaubnis zu fragen.

Ich grinste ihn säuerlich an. »Haben denn die Fitneß-Institute schon geschlossen?« fragte ich.

Er lachte nicht und ärgerte sich nicht über meine Bemerkung, sondern machte sich mit seinem riesigen Ellbogen auf dem Tisch breit. Ich war es, der sich ärgerte, nämlich weil er mir mit seiner Demonstration körperlicher Überlegenheit den Abend vermiesen konnte. Während meine Spitzen ihm nicht das geringste anhaben konnten – ganz einfach, weil er sie nicht begriff!

»Haben Sie Ihren Mörder schon gefunden?« fragte er. Sein Atem roch nach Minze oder etwas Ähnlichem. Frisch jedenfalls und gesund. Ich stellte mir Udos Inneres vor wie eine grün gekachelte und tiptop desinfizierte Herrentoilette.

»Noch nicht. Wissen Sie denn, wer's war?«

»Nicht direkt.«

»Nicht direkt? Was meinen Sie damit?«

Immer noch zu mir herübergebeugt, drehte sich sein Kopf in Richtung Bühne. Der dritte Teil vom *Klosterschü-*

lerinnenreport hatte begonnen. Die Oberin ließ sich gerade vom Bischof, unverkennbar der Adam aus *Zoff im Paradies*, den BH aufhaken.

»Vielleicht«, sagte der Masseur in Richtung Bühne, »kann ich Ihnen ja einen kleinen Tip geben.«

»Aber gerne. Für sowas bin ich immer dankbar. Schießen Sie los.«

»Lassen Sie Luisa in Ruhe. Sie hat mit der Sache nichts zu tun.«

Ich mußte grinsen. »Ach ja? Wer hat denn mit der Sache etwas -«

»Sie hat es nicht getan. So what?«

Er dachte allen Ernstes, daß ich Luisa verdächtigte. Wieder einmal, vor allem bei dem *so what*, erfüllte mich Mitleid mit dem Hirn dieses Menschen. Wieviel mehr hatte es doch zu leisten als andere Hirne! In diesem Körper war es wie eine gottverlassene Missionsstation im tiefsten Heidenland, die täglich um das nackte Überleben kämpfen mußte.

»Wie kommen Sie denn darauf«, fragte ich freundlich, »daß ich sie verdächtige?«

Sein Gesicht wandte sich mir wieder zu, und der frische Atem berührte mich. Für einen Moment sehnte ich mich nach Henk und seinem stinkenden Qualm.

»Warum«, fragte Udo, »sind Sie dann hier?«

Ich zuckte die Schultern. »Dasselbe könnte ich Sie fragen.«

Ungeduldig rutschte sein Ellbogen auf mich zu, näherte sich gefährlich meinem Glas Bier.

»Versuchen Sie nicht, komisch zu sein. In Ihrem eigenen Interesse. Stecken Sie Ihr zartes Näschen lieber in andere Sachen als in diese hier.«

So herablassend wie möglich antwortete ich: »Aber das ist nun mal mein Job, verstehen Sie. Ich sage Ihnen ja auch nicht, welche Arme Sie kneten und welche Sie einölen sollen. So what?«

Sein Gesicht zuckte leicht, und ich wußte, daß ich diesmal getroffen hatte.

»Wer hat Sie geschickt, um mir das zu sagen? Kruyssenfeld? Oder die nette Frau Bruckmann?«

Er funkelte mich an. »Machen Sie nur Ihre Witze. Aber denken Sie dran: die Sache könnte unangenehm werden für Sie.«

»Könnte es sein, daß dies als Drohung gemeint ist?«

Sein Oberkörper rutschte noch weiter zu mir herüber. Er schien endlos rutschen zu können.

»Aber nein«, Udos schönes Gesicht verunzierte ein häßliches Grinsen. »Nein, das würde ich nie tun.«

Sein Ellbogen walzte unaufhaltsam über den Tisch und machte auch bei meinem Glas Bier nicht halt. Er legte es flach wie eine Planierraupe einen Grashalm. Und bevor ich auch nur eine Bewegung machen konnte, war das Bier auf meiner Hose. An einer Stelle, wo es – wie ich im ersten Moment denken mußte – geschmacklich eigentlich hingehörte.

Udo strich sich sein Haar nach hinten und sah aus wie die Schöne und das Biest in einer Person. »Deswegen brauchen Sie sich nicht gleich in die Hose zu machen«, sagte er und erhob sich. »Es ist nur ein Rat unter Freunden.« Er blieb stehen und drehte sich noch mal um. »So what?«

So wie ich war, konnte ich das *Malibu* wohl kaum verlassen, ohne von allen angestarrt zu werden. Ich wartete also noch eine Weile auf den geeigneten Moment zu verschwinden. Dann half mir Luisa mit ihrer Strip-Nummer aus der Patsche. Nur ihr gelang es, sämtliche Aufmerksamkeit im Saal auf sich zu ziehen, so daß ich mich unbemerkt verdrücken konnte.

Zwanzig Minuten später wartete ich in einer Nische an der Hinterseite des Doms auf meinen Informanten. Leider in einer nassen Hose. Bei den Temperaturen würde es wohl einige Zeit dauern, bis sie trocken war. Aber dafür wurde es ja früh dunkel.

Ich war mir nicht ganz sicher, ob es noch Sinn hatte, auf den mysteriösen Anrufer zu warten. Immerhin wimmelte die Welt von Leuten, die sich einfach bloß wichtig machen wollten, und wenn er auch nur halbwegs pünktlich gewesen wäre, hätte er mich hier schon erwarten müssen. Ziemlich sicher dagegen war ich mir, daß mir vom *Malibu* hierher irgendjemand gefolgt war. Es war nicht nur ein dumpfes Gefühl. Ich hatte den Kerl gesehen, seine Silhouette jedenfalls, wie sie von Schatten zu Schatten hastete, in dieser Ecke, wo sie sich nicht mehr in der Menschenmasse verbergen konnte. Der Mann hatte sich nicht besonders geschickt angestellt.

Und dieser Umstand wiederum ließ mich nur an einen denken. Aber warum sollte der schöne Udo mir hierher folgen? Wollte er herauskriegen, mit wem ich mich traf? Oder hatte er vor, seine kleine ›Warnung‹ von vorhin hier, wo es keine Zeugen gab, auf eine etwas ausführlichere Weise zu wiederholen?

Darauf wollte ich es nicht ankommen lassen. Als ich ein Geräusch hörte, duckte ich mich, so tief es ging, in die Nische hinein. Schritte. Er ging vorbei, hatte mich nicht bemerkt, doch dann – blieb er stehen. Kam zurück. Kam näher. Meine Hand umklammerte den Schlüsselbund in der Hosentasche.

Der Mann war jetzt ganz nahe. Noch eine Bewegung, und ein Fetzen von einem Geruch drang in meine Nase. Ein Geruch, der mir bekannt vorkam. Da schlug ich zu. Mit einem Ächzen ging der Mann zu Boden.

Ich hielt den Arm erhoben, bereit noch einmal zuzuschlagen, sollte er sich wieder aufraffen. Doch fiel mir trotz der Anspannung auf, daß der Mann am Boden recht schmächtig gebaut war. Noch lag er mit dem Gesicht nach unten, aber wenn es tatsächlich Udo war, dann mußte er seit eben einer Organhandel-Mafia in die Hände gefallen sein, die sich auf Muskeln spezialisiert hatte.

Der Mann regte sich, kam langsam auf die Beine.

»Wer sind Sie?« brüllte ich ihn an.

Er starrte mich an. Seine Unterlippe war aufgeplatzt, weshalb man das, was er sagte, kaum verstehen konnte. »Sind Sie Kittel?«

»Und wenn?«

»Verdammt!« Er machte eine unwillige Bewegung, durch die er beinahe das Gleichgewicht verlor. »Ich hatte Sie doch angerufen.«

14

Wen wollte Luisa schützen? Diese Frage hatte ich mir im *Malibu* gestellt, allerdings war ich nicht dazu gekommen, ihr nachzugehen. Trotzdem dachte es in mir weiter, wie das bei mir oft ist. Das ganze Hin und Her der Gedanken, jener komplizierte innere Prozeß, der am Ende die Antwort auf eine Frage liefert, findet dann wie von selbst statt. Es ist fast so, als sei er an den Prozeß des Stoffwechsels angekoppelt. Dummerweise scheint diese Kopplung so eng zu sein, daß es manchmal verdammt schwer fällt, das jeweilige Endergebnis eindeutig zuzuordnen.

Im Grunde war es doch recht simpel: Warum sollte man jemanden schützen, wenn er einem nicht nahesteht? Ich brauchte also nur nach Nahestehenden zu suchen.

Bei Luisa konnte das leider nur der unvermeidliche Udo sein. Vielleicht aber auch nicht leider. Vielleicht erklärte das sein rüpelhaftes Benehmen im *Malibu*: Er wollte um jeden Preis verhindern, daß ich Luisa zum Reden brachte. Udo, der Masseur, steckte in dieser Sache drin. Darauf lief es immer mehr hinaus, auch wenn ich ihn diesmal etwas voreilig für meinen Verfolger gehalten hatte.

»Sie haben wohl 'ne Meise, oder was!«

Der Mann lehnte mir gegenüber an der Mauer und betupfte mit einem fleckigen Taschentuch seine blutende Lippe.

»Nein, hat er nicht«, widersprach eine andere Stimme. Es war Henk, und er schlenderte gemütlich herbei, die Hände in den Taschen. »Seine Fäuste sitzen nur etwas locker, verstehen Sie. Aber seien Sie froh: Die anderen hat es viel schlimmer erwischt.«

»Welche anderen?« Beunruhigt unterbrach der Mann sein Tupfen.

»Henk Voss«, sagte Henk und streckte dem Mann seine Hand hin. »Privatdetektiv.«

»Wo kommst du denn jetzt wieder her?« wollte ich wissen.

»Ich bin Jörg Ospendorf«, sagte der Mann. »Ein Freund von Canossi.«

»Also worauf warten wir: Gehen wir etwas trinken und reden wir.« Henk grinste mich an. »Weißt du, du bist nämlich nicht der einzige, der einen Anrufbeantworter abhören kann. Und da ich zufällig in der Gegend zu tun hatte, sagte ich mir: wenn du irgendwo jemanden am Boden liegen siehst, tot oder kurz davor, dann kann Kittel nicht weit sein.«

Wir gingen in eines dieser Bistros, die sich das Outfit einer Szenekneipe zugelegt hatten, um Touristen anzulocken. Jede Menge Halogenlampen, Alu-Möbel, Alu-Schilder und Alu-Skulpturen, die, um die Gemütlichkeit als bürgerliches Lebensgefühl zu demaskieren, den Charme eines stillgelegten Montagebetriebes für Auspuffanlagen vermittelten. Dazu gab es ungenießbare Longdrinks zu unerschwinglichen Preisen.

Ospendorf, eine schmächtige, kränklich aussehende Person Mitte Dreißig in einem graublauen Anorak und schlecht sitzenden Jeans vom Schnäppchen-Markt, war, wie er Henk gegenüber mit einem gewissen Stolz bekannte, ein ›alter Achtundsiebziger‹. Was immer er damit meinte. Den Intellektuellen jedenfalls sah man ihm auf drei Kilometer an. Niemand sonst würde so peinlich darauf achten, nach außen hin den Eindruck zu erwekken, daß ihm sein Äußeres völlig gleichgültig war. Dazu sein wilder Bart, der sich nach Kräften bemühte, die untere Hälfte des Gesichtes zu bedecken, sehr wahrscheinlich um das auszugleichen, was sich inzwischen auf dem Hinterkopf tat. Dort nämlich prangte, wie ein durch ökologischen Raubbau vernichtetes Stück tropischer Regenwald, eine bedrohliche Halbglatze.

»Saurer Regen, was?« sagte ich mitfühlend und deutete auf meinen Hinterkopf.

Ospendorf musterte mich böse und gab keine Antwort. Zweifellos nahm er mir den Kinnhaken ernsthaft übel, obwohl ich ihm versichert hatte, daß es ein Versehen gewesen sei.

Glücklicherweise war Henk schon eher sein Typ.

»Canossi und ich, wir kennen uns schon ewig«, wandte sich der Achtundsiebziger an ihn, und etwas Sehnsüchtiges lag in seiner Stimme. »Im Studium haben wir alles zusammen gemacht. Die Demos, die Sitzblockaden. Damals konnte man noch was verändern ...«

Er erzählte von früher, und Henk, dem ich so viel psychologisches Geschick gar nicht zugetraut hätte, ließ ihn reden. Von den Sitzblockaden zum arbeitslosen Lehrer für die Sekundarstufe zwei. Wie er damit weitermachte, etwas zu verändern. Wie seine Hauptbeschäftigung darin bestanden hatte, sich täglich zu solidarisieren, mit Randgruppen, Minderheiten und Betroffenen. Wie aber auch das auf die Dauer nichts ›gebracht‹ hatte.

»Und dann haben wir das Theater aufgezogen.«

»Das Theater?«

»Ein politisches Theater. Das nicht unterhalten will, sondern verändern.«

Henk schob ihm seinen Tabak hin. »Verstehe«, nickte er.

»Das Campesino Theater«, fügte Ospendorf feierlich hinzu, als sei das eine Art Carnegie-Hall.

»Nie gehört«, mischte ich mich ein. Er warf mir einen abschätzigen Blick zu.

»Campesinos«, wandte er sich an Henk. »Das sind die Bauern. Die kleinen Leute. Die Unterdrückten.«

Wie von selbst bewegten sich seine Finger im Tabakbeutel, und obwohl ich nichts anderes zu tun hatte, als mit offenem Mund zuzuschauen, bekam ich es nicht mit. Urplötzlich hatte er eine Zigarette in der Hand, und sie brannte schon.

Ich zerkaute mein Fruchtbonbon und grinste breit. »Ein Bauerntheater also.«

Ospendorf schüttelte den Kopf und sah mich an, als sei er ein Meeresbiologe und ich hätte gerade Delphine als Fische bezeichnet. »Campesinos, das sind die Unterdrückten Lateinamerikas. Sowas wie hier die kleinen Leute.«

»Dann spielen Sie also auf spanisch.«

Er starrte mich wütend an, dann kam er mir auf die Schliche. »Sehr witzig. Aber es ist gar nicht so falsch. Für einen wie Sie ist das mit Sicherheit spanisch, weil Sie keinen Sinn haben für den Kampf gegen das Unrecht. Für eine saubere Umwelt. Ihr Ding ist mehr billige, anspruchslose Unterhaltung.«

Das Wort *Unterhaltung* sprach er mit soviel Abscheu aus, daß ich jeden Moment damit rechnete, daß sich auf seinem Gesicht kleine rote Pickel bildeten.

»Also -«

»Kommen wir zum Canossi-Fall«, unterbrach Henk unser Gefecht. »Was kannst du uns darüber sagen?«

Ospendorf warf mir erneut einen feindseligen Blick zu. Plötzlich grinste er. »Das ist aber nicht umsonst.«

Sie feilschten eine Weile, und der Mann erwies sich als knallhart, bis ich schon dachte, mich verhört zu haben und er habe nicht Campesino, sondern Mafioso gesagt. Endlich einigten sie sich auf einen Hunderter.

»Ein bißchen teuer«, sagte ich.

Henk verdrehte die Augen und winkte ab. »Also los«, forderte er Ospendorf auf.

Der zog geräuschvoll an seiner Zigarette. »Canossi war ein guter Journalist. Wirklich nicht schlecht. Hat sich nie kaufen lassen von denen da oben. Er konnte nichts dafür, daß er abgesoffen ist.«

»Abgesoffen?«

»Ja. Er hing ständig in Kneipen rum und träumte von der großen Story. Und von Betty.«

Henk nickte langsam, als überprüfe er das Gesagte mit einem Text im Inneren seines Kopfes. Dann runzelte er die Stirn.

»Wer ist Betty?« fragte er geduldig.

»Betty Kattwei. Seine kleine Schwester. Er liebte sie über alles. Wollte wohl immer den großen Bruder spielen. Dabei hatte sie längst den Durchbruch geschafft. War bei einer Frauenzeitschrift gelandet und hat die Gagen kassiert, von denen Canossi nur träumen konnte.«

Henk wandte sich an mich. »Vielleicht sollten wir mit ihr mal ein Wörtchen reden …«

Ospendorf rührte mit allen fünf Fingern seiner Hand im vollen Aschenbecher herum, um seine Kippe auszudrücken. »Das geht wohl schlecht«, sagte er.

Henk griff nach seinem Glas. »Was soll das wieder heißen?«

»Das ist ja überhaupt die Geschichte. Betty ist verschwunden. Sie war an einer Sache dran, eine Recherche über alternative Heilmethoden. Canossi hat irgendwann angefangen, nach ihr zu suchen.«

»Und?«

»Irgendso 'ne Sekte, hat er gesagt. Die machten Sextherapie und so 'n Zeug. Und da hätte es einen Unfall gegeben.«

»Dem Betty zum Opfer fiel?«

»Weiß ich nicht. Canossi glaubte es wohl. Er fing dann davon an, daß er die Typen nicht davonkommen lassen würde. Die hätten seine Betty auf dem Gewissen, und er würde es ihnen zeigen. Wie besessen war er. Tja, und dann stand die Sache mit Canossi in der Zeitung.«

»Warum ist er damit nicht zur Polizei gegangen?«

»Zu den Bullen?« verbesserte Ospendorf. »Er war doch nicht naiv. Er hat zwar gesoffen, aber er war nicht naiv. Er wußte, was er von den Bullen zu erwarten hatte.«

»War er denn in ein krummes Ding verwickelt?« fragte ich unschuldig.

Er beachtete mich gar nicht.

»Ja, das war's dann auch schon«, sagte Ospendorf und hielt die Hand auf.

Das Bistro füllte sich allmählich. Es wurde enger und damit immer schwieriger, das Gespräch weiterzuführen, ohne die Anwesenden daran zu beteiligen.

Henk zahlte ihn aus. Als Ospendorf aufstand, wehte mich wieder dieser Geruch an, der mir irgendwie bekannt vorkam …

»Heh«, hielt ich ihn zurück. »Kennen Sie vielleicht Luisa Lukas?«

Er drehte sich um und musterte mich noch einmal von oben bis unten. »Nein. Nie gehört. Wer soll das sein?«

Damit war Jörg Ospendorf weg.

Ich fluchte. »Verdammt, Henk. Das war doch keinen Fünfer wert, was der uns da aufgetischt hat.«

Henk machte sich daran, in dem Gedränge seinen Mantel überzuziehen.

»Was sollte das mit Luisa?«

»Eine simple Frage«, sagte ich geheimnisvoll. »Und eine sehr aufschlußreiche Antwort ...«

»Jetzt tu mir den Gefallen und spiel nicht den Meisterdetektiv, ja?«

Ich ließ ihn zahlen und bahnte mir schon einen Weg durch das Menschenknäuel hinaus auf die Straße. Kalte, vorwinterliche Luft wehte mir entgegen. So ungefähr mußte sich eine Sardine fühlen, der die Flucht aus der Büchse gelungen war. Ich nahm noch ein paar tiefe Züge, bevor Henk wieder neben mir war und mit ihm seine Qualmwolke, die ihn umgab wie einen Heiligen der Schein.

»Dieser Geruch«, erklärte ich. »Das ist der Geruch aus Luisas Haus. Ganz eindeutig.«

»Und?«

»Und? Er wohnt bei ihr im Haus und will sie nicht kennen?«

Henk zuckte die Achseln. »Kann doch sein.«

»Henk, da ist was faul! Außerdem läßt er sich zu gut bezahlen für seine rührselige Story. Wenn du mich fragst: das ist ein billiges Manöver. Ich weiß noch nicht was für eins. Aber ich würde drauf wetten, daß er auf das Geld scharf ist.«

»Das Geld ...«

»Oder auf Luisa.«

Henk blieb plötzlich stehen und grinste vielsagend.

»Aha. Kommen wir endlich zur Sache. Auf Luisa ist er scharf. Jetzt haben wir also einen Mord aus Leidenschaft. Und Claire Bruckmann ist aus dem Schneider, oder was?«

»Möglicherweise. Möglicherweise auch nicht. Aber überleg doch mal: Udo und Jörg. Die haben die Sache ausgeheckt. Und Canossi war ihnen im Weg. Schließlich hatte er was mit Luisa.«

»Natürlich. Ganz klar. Und einer von beiden hat dann Canossi kalt gemacht, um bei Luisa freie Bahn zu haben.«

»Unsinn! Aber ...«

»Oder beide waren es und hatten vor, halbe-halbe zu machen, was Luisa betrifft.«

Allmählich nervte er mich. »Jetzt hör mir doch mal einen Moment zu, ja? Ich meine ja bloß: vielleicht sind wir zur Zeit im falschen Film. Möglicherweise. Und wenn …«

»Was ist zum Beispiel mit diesen Typen, die deine Wohnung umgebaut haben? Mit dem, der dich von der Straße drängeln wollte? Alles eine faszinierende Anhäufung von Zufällen?«

»Ja, ich weiß. Das ist es ja. Ich hab nur so ein Gefühl, daß dein ach so friedliebender Jörg kein harmloser Informant ist.«

Henk spielte den Beleidigten. »Jetzt sag bloß noch, du kannst ihn nicht leiden.«

»Ich jedenfalls laß mich von ihm nicht auf eine falsche Fährte locken.«

»Sondern?«

»Was würdest du sagen, wenn es eine Verbindung von Ospendorf zu Udo Sülznik gibt?«

Er sah überrascht aus. »Ja, gibt es die denn?«

»Ich weiß nicht. Aber ich werde es herausfinden.«

15

Am nächsten Morgen war das Wetter lausig, und bei lausigem Wetter komme ich immer schlecht aus dem Bett. Also war es schon früher Nachmittag, als ich das Büro betrat.

Auf dem Anrufbeantworter war Kruyssenfelds Stimme. Ich solle mich melden, ob es Fortschritte im Canossi-Fall gäbe. Die schlechte Wiedergabe verzerrte den freundlichen, sanften Singsang seines Sprechorgans, so daß es sich anhörte, als würde jemand versuchen, einen Schnulzensänger zum Schweigen zu bringen, indem er ihn immer wieder unter Wasser drückte.

Ich mußte an das denken, was Henk einmal gesagt hatte: ein gelöster Fall – das ist dasselbe wie in anderen Jobs der Beginn der Arbeitslosigkeit. Hundert Mark am Tag plus Spesen, das heißt: ein Auto, Restaurants, Frauen, teure Klamotten – was braucht man mehr? Du fühlst dich rundherum wohl. Und dann, von heute auf morgen, da hast du nichts mehr.

Also schön, er sollte seinen Bericht haben.

Es war nur ein Gefühl, das mich vorher noch bei Luisa vorbeischauen ließ. Vielleicht das Gefühl, daß ich nur dann auf sie aufpassen konnte, wenn sie mir die Wahrheit erzählte. Oder wenigstens einen Teil davon. Wie zum Beispiel ihre Zeit im *Kruyssenfeld-Institut* gewesen war. Oder was sie mit diesem Jörg gehabt hatte.

Natürlich konnte es auch das Gefühl sein, daß es mir egal war, ob sie mir die Wahrheit erzählte oder nicht. Hauptsache, ich durfte bei ihr sein. Nur das. Nun ja, vielleicht auch ihre Stimme hören. Oder vielleicht dann auch noch ihren Körper berühren, diesen vollkommenen Körper, der mir die einzige Erfüllung jenes Versprechens zu sein schien, das ihre Stimme gab …

Ins Haus hineinzugelangen war gar nicht leicht. Zwar war die Tür nicht verschlossen, doch wurde sie bewacht von einer Horde invalider Fahrräder, die sich offenbar dort festgekettet hatten, um gegen ihre Verschrottung aufzubegehren. Ein Kinderwagen hatte sich solidarisch erklärt und machte die Blechphalanx fast unüberwindlich. Natürlich stolperte ich beim Hinüberklettern über einen rostigen Gepäckträger und verrenkte mir die Schulter, um nicht mit dem Gesicht voran in diesem Haufen aus Blech und Schmiere zu landen. Meine Hände waren so schwarz, als hätte ich sie unter einem Strahl Altöl gewaschen.

Über dem Treppenhaus hing ein allzu bekannter Geruch: Sauerkraut. Er überdeckte souverän und vollständig die revolutionäre Grundstimmung im Haus, hatte sie niedergemacht wie eine hoffnungslos überlegene Streitmacht, gegen die jeder Widerstand zwecklos ist. Irgendwo hatte ich einmal gelesen, daß die Erfindung des Sauerkrauts mit der Entwicklung einer schrecklichen Superwaffe zusammenhing, die im zweiten Weltkrieg nicht mehr zur Anwendung kam. Das Kraut aber kam hier zur

Anwendung. Das Sauerkraut ist keine Idee, keine Utopie, schien es zu verkünden. Es ist eine Realität. Und das Universum ist nichts als ein gigantischer Eintopf …

Als ich auf den Klingelknopf drückte, ertönte eine Frauenstimme mit einem wundervollen Jazz. Aber es war nicht Luisa, und es war auch nicht hier, sondern weiter unten im Haus. Die Stimme gehörte Ella Fitzgerald und sie sang *Take love easy*. Ich schloß die Augen, stellte mir Luisa vor und daß wir vielleicht schon bei unserer nächsten Probe mit Henk diesen Titel einstudieren konnten …

Als ich sie wieder öffnete, sah ich in Udos skeptisches Gesicht.

»Sie?«

Der hatte mir gerade noch gefehlt. Enttäuscht schluckte ich mein *Fresh'n'Fruit* hinunter. Das brauchte ich ja jetzt nicht mehr.

»Ja, ich. Ist Luisa vielleicht da?«

Er legte den Kopf schief. »Und wenn?«

Sie war nicht da. Im Hintergrund quengelte eine seichte pseudoindische Klangkulisse, ein Mischmasch aus bodenlosem Hall und allerhand hohlen Zupfinstrumenten, wie man sie wohl in Massagesalons zu hören bekam. Daß Luisa das ertrug, konnte ich mir nicht vorstellen.

»Na gut. Dann komme ich eben ein anderes Mal wieder«, sagte ich und wandte mich abrupt zum Gehen. Nach diesem Kerl und seinem Schweißgeruch stand mir im Moment nicht der Sinn.

»Heh, Moment«, rief er hinter mir her. »Warum so eilig?« Jetzt lächelte er plötzlich und öffnete die Tür weit. Einladend wies er mit dem Arm hinein. »Gestern bin ich 'n bißchen grob gewesen. Tut mir leid. Wie wär's mit einer Friedenspfeife?«

Der Mann überraschte mich. Nicht wegen der Pfeife. Sondern daß er überhaupt fähig war, eine andere Taktik einzuschlagen. Warum also nicht die Gelegenheit nutzen und ihm ein wenig auf den Zahn fühlen?

Die Wohnung war wieder vollständig hergerichtet. Nichts erinnerte mehr an den unhöflichen Besuch der coolen Schlägertypen. Allerdings war ich mir nicht sicher, ob sie mir jetzt besser gefiel. Denn alles und jedes erinnerte an Udo: Überall standen sportliche Liege- und Hockmöbel herum, ungemütlich zwar, dafür aber rückenfreundlich, Hanteln lagen als Fußangeln auf dem Boden, und auf dem Tisch befand sich gleich ein ganzes Sortiment von Massageölen. Statt mit Bildern waren die Wände mit wallenden Tüchern behangen, die so aussahen, als stammten sie von einem Überfall auf eine Fronleichnams-Prozession.

»Einen Drink?« fragte Udo.

Ich warf einen Blick auf die Öle. »Vielleicht besser nicht«, sagte ich. »Noch zu früh für mich.« Ich lächelte ihn an. »Sie sind also hier eingezogen, wie ich sehe?«

»Nur vorübergehend. Wir haben vor, nach Amerika zu gehen, Luisa und ich.«

»Richtig. Sie wird Hollywoodstar. Hatte ich vergessen.«

Er ließ sich mir gegenüber auf einem Holzteil nieder und glich so einem Riesen auf Kufen.

»Ja«, sagte er. »Und ich werde ein Fitneß-Zentrum eröffnen.«

Ich stand auf und sah mich anerkennend um. »Das meiste haben Sie dafür ja schon zusammen.«

»In den Staaten kann man eine Menge machen mit Massage«, verkündete er stolz. »Die sind da schon viel weiter als wir hier.«

Welche Staaten er wohl meinte? Ich fragte ihn nicht danach. Statt dessen zeigte ich ihm meine Handflächen. »Ob ich mir die mal gerade waschen könnte? Ich hatte unten im Flur einen Zusammenstoß mit ein paar Fahrradgangstern.«

»Unten?« fragte er ungläubig, und ich mußte grinsen, damit er den Scherz verstand. Dann führte er mich ins Badezimmer.

Ein Lotiongeruch von aggressiver Süße führte – wahrscheinlich noch als einziger im ganzen Haus – einen verzweifelten Guerillakampf gegen das auch hierhin vordringende Sauerkraut. Beide vermischten sich, und das Ergebnis war unbeschreiblich.

»Haben Sie inzwischen Ihren Mörder gefunden?« fragte Udo, als ich, nach Luft schnappend, wieder herauskam.

»Meinen Mörder?« fragte ich. »Sie meinen, den von Alberto Canossi. Also, ich dachte, Sie könnten mir vielleicht etwas über ihn sagen.«

»Ich? Wieso?«

»Canossi war immerhin mit Luisa zusammen.«

»Ja und?«

»Und Sie sind mit Luisa zusammen. Da ergibt sich ein gewisser – Widerspruch ...«

Er musterte mich mißtrauisch.

»Das war viel früher«, sagte er, »das mit Canossi.«

»Und ist jetzt vorbei.«

Udo machte eine herablassende Geste. »Genau. So what?«

Plötzlich begriff ich seine Vorliebe für diese Wendung. Weil er nach Amerika wollte ...

Ich lächelte. »Eben.«

»Wieso eben?«

»Das gibt einem doch zu denken. Canossi war Luisas Lover, dann kamen Sie. Und jetzt sind Sie der Lover, und Canossi ist mausetot ...«

»Wollen Sie damit andeuten – aber das ist doch lächerlich ...«

»Dann ist da noch was: Man hat versucht, mich von der Straße zu drängeln, direkt nachdem ich im *Malibu* war. Wo Sie, wie zufällig, an diesem Abend auch waren. Luisas Wohnung wurde auf den Kopf gestellt. Als ich Luisa hier fand, kamen Sie wie zufällig hierher. Da fragt man sich doch, was -«

»Das sehe ich etwas anders.«

Da war ich aber gespannt. »Nämlich?«

»Ich kam hier an und fand Sie, wie zufällig, bei Luisa. Also eigentlich sollte ich Sie fragen.«

So gesehen, hatte er nicht ganz unrecht.

»Gut. Einigen wir uns darauf, daß wir einander vorfanden. Beides wie zufällig. Einverstanden?«

Was hatte ich auch davon, wenn er wieder ungemütlich wurde. Heute war er aus irgendeinem Grund gut drauf, und das sollte ich ausnutzen.

»Vielleicht nehme ich jetzt doch einen kleinen …«

In diesem Moment stolperte ich über eine Hantel, die auf dem Boden herumlag. Es war eine besonders schwere, und ich konnte mich gerade noch an einem der wallenden Tücher festhalten. Aber da war wieder der Stich im Kreuz.

»Heh, das sieht ja schlimm aus!«

Ich drehte mich mühsam um und sah in Udos sorgenvolles Gesicht. Beinahe hätte ich aufgeschrien. Das paßte so wenig zu ihm, das Sorgenvolle. Es war eine Art Schock, so als hätte mir eine Madonnenstatue in der Kirche ganz plötzlich den gestreckten Mittelfinger gezeigt.

»Es ist nichts«, sagte ich. »Nur ein Kratzer …«

»Ich meine Ihre Haltung«, sagte er und war schon dabei, fachmännisch meine Schultern zu betasten. »Sie müssen vollkommen verspannt sein. Kommen Sie …«

Ehe ich reagieren konnte, hatte er mich auf eines seiner ungemütlichen Sportmöbel bugsiert. Ich lag nicht, aber ich saß auch nicht, es war irgend etwas dazwischen. Ich lehnte, und das sehr weit zurück. An Schulter und Nakken machten sich Udos kräftige und kundige Hände zu schaffen. Sie wußten, was gut für mich war, sie knöpften die oberen Knöpfe meines Hemdes auf. Sie massierten sanft, dann kräftiger. Ich konnte mich ganz ihnen überlassen.

»Nur keine Panik«, beruhigte mich Udo mit Säuselstimme. »Das haben wir gleich.«

Udo war auf seinem Gebiet ein As, daran war kein Zweifel. Seine geübten Finger kniffen meine Haut, kneteten sie wie einen Teig, zippten an ihr, dann wieder streichelten sie sanft darüber hin, kräuselten meine Körperhärchen wie eine milde Brise die Oberfläche eines Sees. Nur um im nächsten Moment auf sie einzuprügeln wie ein plötzlicher Hagelschauer auf ein Blechdach.

»Entspannen«, sagte er.

»Ist schon viel besser. Danke«, murmelte ich.

»Übrigens, da fällt mir ein«, seine Stimme senkte sich, sie war im Moment direkt neben meinem Ohr, »da waren noch ein paar andere Gelegenheiten, wo ich Sie zufällig angetroffen habe. Im *Malibu*. Zuletzt saßen Sie da und haben Luisa mit Ihren Blicken geradezu ausgezogen.«

»Ach da«, sagte ich. Ob er ernsthaft glaubte, Luisa wäre bekleidet geblieben, wenn ich nicht hingeschaut hätte?

»Ja. Außerdem haben Sie im Institut herumgeschnüffelt.«

Ich versuchte, den Kopf in seine Richtung zu drehen. »Hat Ihnen das vielleicht Jörg erzählt? Jörg Ospendorf?«

Sein Ton gefiel mir nicht. Und noch weniger, daß dieser Ton zu den Händen gehörte, die gerade meine Schultern zermanschten. Aber was sollte ich machen? Die Hände weigerten sich, meine Schultern freizugeben.

»Was haben Sie vor, mein Lieber?« fragte Udo, und seine Stimme war jetzt zuckersüß. »Wollen Sie mit Luisa ins Bett? Ist es das? Oder wollen Sie sie in die Pfanne hauen?«

Weil ich es absolut nicht nötig hatte, ausgerechnet ihm darüber Rechenschaft abzulegen, fand ich, daß es an der Zeit war, dieses Schauspiel zu beenden.

»Eins nach dem anderen«, witzelte ich. »Gegessen wird immer nachher ...«

»Was?« Die Hände hatten ihre Arbeit unterbrochen. Sie hatten den Witz nicht verstanden.

»Hören Sie«, sagte ich, »ich habe einen Fall zu lösen. Wie wär's, wenn Sie mich jetzt einfach loslassen? Mir geht es viel besser.«

Aber er tat es nicht. Er ließ nicht los. Ich mußte weiter verhandeln.

»Alles was ich von Luisa will, ist herauszukriegen, ob sie einen Schuldigen deckt. Was sie möglicherweise in Gefahr bringen könnte.«

»Einen Schuldigen? Wen?«

Dieser Idiot!

»Also machen wir doch einen Deal. Sie sagen: Hände weg von meinem Mädchen. Und ich sage: Hände weg von mir. So wha-«

Ganz plötzlich brach er mir das Genick. Es mußte das Genick sein, denn es gab ein lautes, hohles Knacken, und ein Stechen raste meinen Rücken hinunter, als hätte man mich mit einem Skalpell der Länge nach aufgeschlitzt. Daß ich trotzdem weiter dachte und fühlte, wunderte mich nicht, denn ich glaube schließlich fest daran, daß der Tod nicht das Ende ist. Außerdem blieb mir zum Wundern gar keine Zeit. Mir wurde schwarz vor Augen, wahrscheinlich eine Schutzmaßnahme des Körpers, um das, was nun folgte, nicht mitansehen zu müssen. Jemand riß meinen Kopf, drehte ihn herunter von meinem Hals wie einen Schraubdeckel von einer Saftflasche. Ich schrie auf.

»Entspannen«, schnurrte Udo mit einer Stimme, die ölig war von der Lust an dem, was er tat. »Bloß nicht krampfen …«

Er zerriß mich mühelos. Er zupfte mich auseinander in viele Teile, um mich dann in alle Ecken dieser Folterkammer zu verstreuen. Vielleicht arbeitete er ja mit Organschiebern zusammen, die ihm für jedes meiner Teile eine saftige Prämie zahlten. Aber das ging mich wohl nichts mehr an.

Während ich noch darauf wartete, daß das ganze Leben wie ein Film an mir vorüberziehen würde, boxte mich etwas mit der Gewalt eines heranbrausenden Intercitys in den Rücken.

»Verdammt!« ächzte ich, nach Luft schnappend. Mir wurde übel.

»Na, sieh ihn dir an!« spottete Udos Stimme über mir. »Wie er spuckt und sabbert, der große Detektiv. Armseliger kleiner Schnüffler, was? Hier, nimm ein Taschentuch.«

Er hielt mir ein Papiertaschentuch vor die Nase, und ich griff danach. Aber ich konnte es nicht fangen. Meine Hände zitterten zu sehr. Dann endlich hatte ich es, aber im nächsten Moment fiel es mir aus der Hand. Ich konnte nichts dagegen machen.

»Tja, das sieht so einfach aus, was? Aber wenn man's dann selbst mal versucht ...«

Wäre ich nur auf die Beine gekommen, dann hätte ich ihm wenigstens eine mit der Faust ins Gesicht verpassen können. Aber ich wußte gar nicht, wo ich meine Beine im Moment erreichen konnte. Und eine Faust hatte ich vielleicht gar nicht mehr ...

»Ich hab dich gewarnt. Steck deine Nase da nicht rein, habe ich dir gesagt. Aber wie war das noch? Du hast einen Fall zu lösen. Ach ja. Ich hab direkt gemerkt, daß du mich für blöd hältst. Und dich für superschlau.«

»Was willst du von mir?« stöhnte ich. »Verdammt, ich hab das Geld nicht, ich -«

»Was für Geld?«

Wieder einmal hatte ich die Foltermaschinerie für einen Moment gestoppt. Aber diesmal war es der falsche Knopf gewesen.

»Was für Geld denn?« wiederholte er seine Frage. »Wieviel Geld?«

Ich Idiot, warum hatte ich davon angefangen.

»Tja, mein Guter. Denkst wohl, du mußt nur 'n bißchen durchhängen, ungesund essen und auf alle runtergucken. Und schon bist du ein Superschlauer. Aber so einfach geht das nicht.«

Der Druck an meinem Nacken verstärkte sich wieder. »Komm, nun erzähl schon. Was das für Geld ist.«

Etwas Spitzes bohrte sich hinein in meinen Nacken, fraß sich immer tiefer, und es tat höllisch weh. In einem Film hatte ich einmal Außerirdische gesehen, die mit ihren messerscharfen Zähnen auf diese Art und Weise von ihren Opfern Besitz ergriffen.

»Hör auf damit!« schrie ich.

»Ach, tut's weh, ja?« Er tat verwundert. Krankenpflegerische Sorge lag in seinem Ton. »Oh, das tut mir aber leid. Weißt du, die meisten schaffen das ohne Betäubung. Aber bei dir, ts, ts ...«

Ich konnte nicht anders. Ich schrie wie am Spieß. Ich wimmerte. »Gut ja! Hör auf. Ich sag dir, wo das Geld ist. Ich sag's dir. Aber hör auf ...«

Merkwürdig, wie meine Stimme leiser wurde. Obwohl ich ihn anschrie, wurde die Stimme immer leiser. Und seine auch. Er fragte nach dem Geld, wurde ungeduldig und damit zwangsläufig auch lauter. Er wollte unbedingt, daß ich aufwachte. Aber ich hörte ihn immer weniger. Es war, als würde ich die beiden kurzerhand stehen lassen, mich und ihn. In einem langen, dunklen Tunnel. Ich drehte mich einfach um und kümmerte mich nicht darum, daß sie hinter mir herriefen. Sollten sie sich doch anschreien oder die Köpfe einschlagen, mir war das scheißegal. Die Stimmen wurden leiser und leiser, bis sie schließlich ganz verstummten.

16

Im ersten Moment hatte ich nicht die blasseste Idee, wo ich war. Es war dunkel, und die Wohnung kam mir nicht gerade bekannt vor. Zu Hause war ich also nicht, auch nicht im Büro, denn dann hätte ein grüner Lichtstreifen an der Decke sein müssen von der Leuchtreklame der Versicherung gegenüber.

Mir fiel auf, daß ich an der Wand lehnte wie ein leck geschlagener Mehlsack. Also erst einmal aufstehen. Muskeln anspannen. Schon der Versuch, den Rücken gerade zu machen, brachte mir einiges von meiner Erinnerung zurück.

Aufstehen hatte also vorerst keinen Sinn. Richtig, da war dieser Verrückte gewesen. Das therapeutische Monstrum mit den Händen eines Killers. Udo Sülznik.

Ich fing an, simple Bewegungen einzuüben, wie den Kopf drehen, eine Faust ballen oder mit den Zehen winken. So ungefähr mußte sich jemand fühlen, der in einen Hinterhalt aufständischer Rasenmäher geraten war. Mit ihren Hunderten kleiner, scharfer Messer hatten sie seinen Körper in eine große Portion Ragout verwandelt, und ihre Reifen mit grobem Profil hatten überall auf seiner Haut Spuren hinterlassen wie ein Holzkohlengrill auf einem saftigen Steak.

Trotzdem hatte es in mir weitergedacht. Während dieser Wahnsinnige mich in die Mangel nahm, hatten meine Gedanken sich nicht stören lassen. Ihnen hatte er nichts anhaben können.

Wer hatte Canossi ermordet? Diese Frage zu beantworten schien mir plötzlich gar nicht mehr so schwierig. Im Grunde war es nichts weiter als eine logische Operation. Nur wenige kamen nämlich in Frage. Vielleicht nur einer. Jemand, der eine Reihe von Bedingungen erfüllte. Sicher, es gab eine Menge Leute, die die eine oder andere erfüllten. Aber nur einen, der sie alle erfüllte. Erstens: Die Beziehung zum Ermordeten. Der Bonbonmörder hatte irgendeine Beziehung zu seinem Opfer gehabt. Vielleicht sogar eine gespannte. Eine, die ein Motiv sein konnte. Dann: Er mußte Luisa kennen. Canossi hatte mir ausdrücklich ans Herz gelegt, Luisa zu beschützen. Was gleichzeitig bedeutete, daß der Verdächtige eine Bedrohung für Luisa darstellte.

Außerdem mußte er in eine Erpressungsgeschichte verwickelt sein. Noch konnte ich nicht sagen, wie das zusammengehörte, aber irgendwo auf der schmutzigen Spur, die zum mehr als zwielichtigen *Wizzt Kon* Verlag führte, würde ich meinen Mann treffen.

Gut, man konnte einwenden, daß Udo Sülznik ein ganz normaler Masseur war, der in einem Fitneß-Institut arbeitete. Was war daran schon verdächtig? Man wunderte sich ja auch nicht, wenn man einen Pfarrer in der Kirche antraf. Und dennoch: Udo war alles andere als ein harmloser, friedfertiger Masseur. Alles andere – das hatte ich am eigenen Leib erfahren. Und wenn ich mir dies vor Augen hielt, dann machte es doch nachdenklich, daß sein Arbeitsplatz, das *Kruyssenfeld-Institut*, zufällig auf eine mehr als krumme Art und Weise mit jenem mysteriösen Verlag verbunden war, der seine Vertreter statt mit Auftragsformularen mit schalldämpferbewehrten Kanonen auf die Reise schickte.

Weiter. Udo wußte von dem Geld. Das war ein Grund dafür gewesen, mir den Hals zu brechen. Als ich das Geld erwähnt hatte, war er durchgedreht.

Ich beugte mich vor. Dann, mit zusammengebissenen Zähnen, ging ich in die Hocke. Trotz der höllischen Schmerzen grinste ich.

Alle Bedingungen deuteten also auf einen einzigen Menschen: auf Udo Sülznik. Alles was noch zu tun war, war zu *beweisen*, daß er es getan hatte.

Langsam, ganz langsam richtete ich mich auf. Verlaß dich drauf, du Metzger. Ich werde es beweisen. Schon um dafür zu sorgen, daß Henker wie du nicht mehr ungestört krankengymnastisch tätig sein dürfen.

Der Wind schlug mit einer Böe wie mit Fäusten gegen das Fenster. Durch die morschen Rahmen fuhr er mühelos herein und tummelte sich übermütig in den langen Tüchern. Für einen Augenblick kam ich mir vor wie auf einem Schiff. Ich stelzte durch die Wohnung, sorgfältig Fußangeln und Hanteln vermeidend, auf der Suche nach einem Telefon. Ich fand es im Schlafzimmer, ein zierliches rotes Handy, von einer leichten Duftnote *Night in Tunesia* umgeben. Luisas Duft. Ich wählte, in der Hoffnung, daß das Herausbringen von Lauten keine stechenden Schmerzen verursachen würde.

»Ja?« fragte Henk am anderen Ende.

»Ich bin's.«

»Ach, sieh mal an!« Seine Stimme wurde vorwurfsvoll. »Vielleicht interessiert es dich, daß wir hier zu zweit sitzen. Meine Posaune und ich. Und eigentlich hätten wir was Besseres zu tun als auf dich zu warten.«

»Tut mir leid, Henk. Ich bin aufgehalten worden. Der Fall ...«

»Na schön. Und wo bist du jetzt?«

»In der Wohnung von Luisa Lukas. Aber was ich nicht wußte, war -«

»Ach nee!« Ich sah ihn förmlich grinsen, mit dem Hörer am Kopf. Er grinste so breit, daß sein Mund nicht mehr aussah wie die Öffnung eines Schornsteins, sondern eher wie der Lüftungsschlitz einer im Akkord arbeitenden Wäscherei. »In Luisas Wohnung. Da bist du dann aufgehalten worden. Verstehe.«

»Verdammt, Henk, was soll denn das jetzt. Sie war nicht mal da!«

»Wie schade für dich, Kittel.«

Ich versuchte vorsichtig, mit der Schulter zu zucken.

»Also gut, lassen wir das. Hast du vielleicht was zu berichten, außer daß du mit irgendwelchen Blasinstrumenten herumsitzt und Däumchen drehst?«

»Tja, mein Freund. 'ne ganze Menge sogar. Vielleicht weil ich mich mehr auf Informationen konzentriere und nicht so sehr auf die Träger der Informationen. Eine alte Zeitung ist da natürlich etwas ganz anderes als eine Frau, die noch dazu -«

Ich gab es auf. »Laß gut sein, Henk. Wir sehen uns morgen. Dann können wir ja alles besprechen. Heute hat es wohl keinen -«

»Heh, Moment!« wehrte sich seine Stimme aus dem Hörer dagegen, abgeschaltet zu werden. »Jetzt schnapp nicht gleich ein, ja? Also hör zu: Bis vor zweieinhalb Jahren gab es noch kein *Kruyssenfeld-Institut*. Der Laden hieß damals *Zentrum für messianische Therapie und ganzheitliche Meditation*. Was immer das bedeuten mag. Geleitet wurde das ganze jedenfalls von einem professionellen Messias namens *Wizzt Han*.«

»Wie der Verlag?«

»So ähnlich, Kittel. Der Verlag nennt sich *Wizzt Kon*. *Wizzt Han* heißt soviel wie: Der in seiner übergroßen Weisheit das mächtige Licht über den Wolken hält, damit das grüne Leben täglich sprießen kann und die Finsternis aus den Herzen der Sterblichen vertrieben wird.«

»Und wie lautet sein voller Name?«

»Wie dem auch sei: Das Zentrum stand wohl unter keinem besonders guten Stern, was die wirtschaftliche Lage anging. Am Schluß stand dieser Messias mittellos da mit einer Handvoll Jünger. Und dann schlug Kruyssenfelds Stunde. Er hat das ganze Paket gekauft und umgespritzt.«

»Umgespritzt?«

»Neuer Name, neue Masche. Du weißt schon. Das *Kruyssenfeld-Institut*.«

»Und dieser Messias? Wo ist der abgeblieben?«

»Keine Ahnung. In der Versenkung verschwunden, nehme ich an.«

»Sehr aufschlußreich. Vielen Dank.«

»Nichts zu danken, Kittel. Bis dann.«

Ich legte auf. Dann quälte ich mich mit einiger Mühe zu einer der viel zu niedrigen Sitzgelegenheiten im Wohnzimmer. Als ich endlich saß, hielt ich plötzlich inne, und das nicht vor Schmerzen.

Henks letzte Worte gingen mir durch den Kopf. Irgendwas daran kam mir bekannt vor. So als wären es nicht wirklich *seine* letzten Worte gewesen, sondern … – aber genau! Es war das, was Canossi mir zugeflüstert hatte, bevor er das Zeitliche gesegnet hatte.

Bis dann. Die ganze Zeit hatte mich das nicht so recht losgelassen. Wie kam jemand dazu, sich mit diesen Worten aus der Welt zu verabschieden? Wie konnte jemand so abgebrüht sein, über den Jordan zu gehen und so zu tun, als wolle er drüben nur eine Schachtel Zigaretten holen?

Jetzt wußte ich wie. Er hatte sich gar nicht verabschiedet. Er war gar nicht abgebrüht gewesen. Henks Worte und die von Canossi *klangen* nur gleich.

»Genau, Henk«, sagte ich. »Bis dann. Das war's. Er hat uns den Namen genannt. Er hat *Wizzt Han* gesagt.«

Aber Henk konnte mich ja nicht hören. Statt dessen drehte sich jetzt ein Schlüssel im Schloß der Wohnungstür.

17

Eins wußte ich genau: eine weitere Massagerunde würde ich nicht überstehen. Jedenfalls nicht als der, der ich gewesen war und als den mich alle kannten.

Kurzentschlossen bückte ich mich also nach einer der Hanteln – es ging, wenn ich mich dafür auch fast bäuchlings auf den Boden legen mußte – und nahm damit hinter der Tür zum Badezimmer Aufstellung.

Die Wohnungstür öffnete sich, und jemand betätigte den Schalter für das Deckenlicht. Leider war es von meinem Standort aus völlig unmöglich, etwas zu sehen. Da waren Schritte auf dem Teppichboden. Rascheln von Stoff. Udo, der sogar den Raum hinter den bunten Tüchern nach mir absuchte. Ich hob die Hantel über meinen Kopf. Die Schritte näherten sich jetzt. Jemand betrat das Badezimmer. Gleißendes Neonlicht sprang in den Raum, als wäre ein Blitzlichtgerät ausgelöst worden.

Das Foto hätte sich auf jeden Fall gelohnt. Ich erkannte Luisa auf dem Weg zur Dusche. Außer einem winzigen schwarzen Slip hatte sie nichts an. Ein erregender Kontrast zur weißgekachelten Wand.

»Sie?« sagte ich.

Mit riesigen Augen starrte sie mich an, wie ich vor ihr stand, die Hantel zum Schlag erhoben. Für einen Moment sog sie die Luft ein, um sie dann heraus zu lassen mit einem Geräusch, das irgendwo zwischen einem Auflachen und dem Anfang eines Wutausbruchs lag. »Also das ist ja – Was zum Teufel wollen Sie hier?«

»Ich dachte, Sie wären Udo.«

»Ach ja. Sie hatten wohl hier gewartet.«

»Ja. Schon …«

»Um ihn dann zu erschlagen.«

Ich ließ die Hantel sinken. »Nein. Das nicht. Hören Sie, ich würde gerne mit Ihnen reden.«

Sie musterte mich mit einem spöttischen Blick und machte dann so etwas wie eine Verbeugung. »Gern. Aber vielleicht könnten wir das diesmal erledigen, wenn ich etwas anhabe.«

Während Luisa ausgiebig duschte, wartete ich in dem Zimmer mit den Fitneßmöbeln. Schließlich fand ich sogar einen halbwegs gemütlichen Sessel, zog ihn mir heran und überlegte, ob ich mir einen Drink aus diversen Massageölen zusammenmixen sollte. Aber da kehrte sie schon zurück, das Haar hochgesteckt und eingehüllt in einen seidig schimmernden Bademantel. Außerdem brachte sie noch eine halbvolle Flasche Whisky und zwei Gläser.

»Auch einen?« fragte sie.

Ich starrte die Flasche an. Wie zum Teufel konnte so etwas in dieser gesunden Umgebung existieren? Eine echte Whiskyflasche, inmitten von Fitneß-Drinks, frisch gepreßten Säften, salzigen Mineralwässern und alkoholfreiem Getreidekaffee.

Während ich beobachtete, wie Luisa eingoß, bedauerte ich die Flasche und bewunderte sie zugleich. Sie mußte sich fühlen wie ein unverbesserlicher Sünder, der in einem Kloster sein Leben fristen mußte.

»Wo ist Udo?«

Luisa kippte ihr Glas und machte eine Bewegung mit der Hand, als würde sie etwas Ekliges in den Müll schmeißen.

»Nicht da.« Mit einem Grinsen in meine Richtung fügte sie hinzu: »Also von mir aus hätten Sie ihn ruhig erschlagen können.«

»Es wäre Notwehr gewesen«, sagte ich. »Er ist in dieser Wohnung heimtückisch über mich hergefallen.«

Amüsiert verfolgte sie meine vergeblichen Bemühungen, mich halbwegs gerade hinzusetzen. Ich lächelte leidend. »Verspannungen«, sagte ich. »Sehr lästig.«

Sie nahm die Flasche vom Tisch, drehte den Deckel vom Hals und streckte die Flasche zu mir herüber wie eine Gießkanne. »Hier, trinken Sie noch einen. Das hilft immer.«

Ich bediente mich. »Sie haben gesagt, daß Sie früher im *Kruyssenfeld Institut* gearbeitet haben. Aber das ist nicht wahr.«

Ungläubiges Staunen war in ihrem Blick, als hätte ich ihr gerade mitgeteilt, mein richtiger Name sei Franz von Assisi und mein Beruf nicht Privatdetektiv.

»Nicht?« fragte sie.

»Nein. Damals hieß es *Zentrum für messianische Therapie und ganzheitliche Meditation*.«

»Wo ist da der Unterschied?«

Ich schenkte ihr ein nachsichtiges Lächeln. »Nun, zum Beispiel darin, daß es einen anderen Guru gab.«

»Sie müssen es wissen.«

Die Art, wie sie ihre Beine übereinander schlug, brachte mich für einen Augenblick aus dem Konzept. Aber nur für einen Augenblick.

»Einen Mensch namens *Wizzt Han*.«

Sie prostete mir stumm zu und fixierte mich dann durch ihren Whisky hindurch. »Na und? Was heißt das schon?«

»Oh, das heißt eine ganze Menge. Der in seiner übergroßen Weisheit das mächtige Licht über den Wolken hält, damit das grüne Leben täglich sprießen kann und die Finsternis aus den Herzen der Sterblichen vertrieben wird.«

»Der die Sonne scheinen läßt, mit einfachen Worten ausgedrückt.«

»So ungefähr. Ein altassyrischer Dialekt.«

»Sie haben sich ja erkundigt.«

»Das ist mein Job.«

Ein stechender Schmerz in der rechten Schulter, als ich das Glas zum Mund führen wollte, brachte mich wieder zur Sache zurück. »Welche Rolle spielt Udo in der ganzen Geschichte?« wollte ich wissen.

»Welcher Geschichte?«

Allmählich wurde mir dieses Versteckspiel zu bunt. »Hören Sie, warum weichen Sie mir aus? Ich versuche, Ihnen zu helfen, falls Sie es noch nicht gemerkt haben. Der Anschlag auf Ihre Wohnung könnte sich wiederholen. Bisher mußten zwei Menschen sterben. Man hat versucht, mich umzubringen.«

Sie zuckte mit den Schultern und stellte die Beine wieder nebeneinander. »Suchen Sie sich einen weniger gefährlichen Job«, sagte sie.

»Ich weiß, daß Canossi Wizzt Han erpreßt hat. Warum? Welche Rolle spielt Udo in der Sache? Wie stand er zu Wizzt Han?«

Sie lächelte. Es war sonnenklar, daß sie hier den Vamp spielte, nur um abzublocken, um mich einzulullen, damit ich nicht auf die Idee kam, die richtigen Fragen zu stellen. Aber so einfach konnte man mich auch nicht in die Ecke stellen.

Noch ein Schluck von dem vorzüglichen Whisky. Tatsächlich, er half gegen die nervtötenden Verspannungen. Meine Schultern fühlten sich warm und rund an. Keine Probleme.

»Ich bin kurz davor, das Rätsel zu lösen. Dank Udo Sülznik.«

Diesmal war ihr Staunen echt. »Udo? Er hat Ihnen geholfen?«

Sie traute es ihm nicht zu, das hörte ich an ihrem Tonfall. »Indirekt. Nach dem, was er hier eben abgezogen hat, weiß ich, daß ich auf einer heißen Spur bin, wenn ich mich nur an ihn halte. Er steckt in der Sache drin, und zwar bis zum Hals.«

Ich war tatsächlich auf einer heißen Spur, allerdings im Moment eher bei ihr als bei Udo. Sie wurde zugänglicher. Verletzlicher. Hilfloser. So wie damals, als man ihre Wohnung auf den Kopf gestellt hatte. Da war sie wieder: Luisa, die ich beschützen sollte.

Sie trank ihr Glas aus. Wenn ich noch Fragen hatte, dann war es besser, mich damit zu beeilen.

»Wo finde ich diesen Wizzt Han?«

Aber es war schon zu spät. Sie warf mir einen Blick zu, und da wußte ich, daß ich ihr noch Hunderte von Fragen stellen konnte, ohne daß sie bei ihr ankamen. Es war nicht nur der Whisky, der diesen Blick verschleierte. Da war noch etwas in ihren Augen, das nach mir griff und auch mich das Fragen vergessen ließ. Etwas, das mir ganz nahekam und mich an Stellen berührte, die darauf nicht im geringsten vorbereitet waren.

»Wie ist dein Vorname?« hauchte ihre Stimme. Kaum hörbar und doch direkt an meinem Ohr.

»Bernie.«

Mit einem leichten Kopfschütteln löste sie ihr Haar, das wie goldenes Sonnenlicht ihre Schultern überflutete. »Bernie – ich habe Angst …«

Ein Schauer raste über meine Haut und weckte alles auf, was in mir fühlen und empfinden konnte. Sie war jetzt ganz nah, nicht nur ihre Stimme. Luisa. Sie war da und schmiegte ihren Körper an meinen. Ich stellte mir vor, wie sich ihre weiche, makellose Haut anfühlen würde, und glaubte nicht, daß diese Vorstellung noch von der Realität übertroffen werden konnte.

Aber sie konnte. Ihr Duft – *Night in Tunesia* - hüllte mich ein, und ich wünschte, daß diese Nacht niemals enden würde ...

18

Sie richtete sich im Bett auf und zündete sich eine Zigarette an. Ich blinzelte. Es war Nacht. Immer wieder merkwürdig, wie schnell man danach doch einnickt.

Luisas Rücken erhob sich direkt vor meinem Gesicht wie eine riesige Felswand aus Marmor. Eine phantastische Felswand, und der Marmor war alles andere als kalt.

»Und? Wie war es?« meldete ich mich.

»Es war – schrecklich. Widerlich geradezu.«

Ich schluckte. Eine kleine Schrecksekunde verging, bis ich begriff, daß sie nicht mich meinte, sondern das, weshalb ich eigentlich gekommen war. Ihre Zeit im *messianischen Zentrum*. Sie verlor keine Zeit.

Ich küßte den Rücken. »Wo finde ich diesen Wizzt Han?« fragte ich.

Sie ließ sich ins Kissen zurücksinken und eröffnete mir so einen Ausblick auf die faszinierende Landschaft jenseits der Felswand. Ich fragte mich, in wie vielen Reiseführern diese Sehenswürdigkeit wohl schon verzeichnet war. Geistesabwesend starrte sie auf ihre brennende Zigarette, während zwei kleine Rauchsäulen aus ihrer Nase emporstiegen. Als wollte sie die Zigarette nachmachen.

»*Er* war schlimm«, sagte sie. »Hat sich an alle Frauen rangemacht. An alle. Einzeltherapie nannte er das.«

»Verstehe«, sagte ich.

»Er konnte keine in Ruhe lassen. Sobald eine neue auftauchte -«

»So wie Betty. Betty Kattwei.«

»Ja. Nur daß bei ihr etwas schiefging.«

»Etwas schiefging?«

Sie wedelte ungeduldig mit der Zigarette, und ich nahm mir vor, nicht mehr die Augen zu schließen. Vom Geruch her konnte es ebensogut Henk sein, mit dem ich im Bett lag.

»Ich weiß es nicht genau«, sagte Luisa. »Schließlich handelte es sich ja um Einzeltherapie. Keine Ahnung, auf welche Art perverser Spielchen er bei ihr stand. Du mußt wissen, er hat nämlich eine Menge Phantasie. Jedenfalls wenn es um diese Dinge geht.«

Ich faltete die Hände auf der Bettdecke. Sie war dunkelblau und mit lauter Liebespaaren bedruckt, die sich innig umarmten. Oder Ringkämpfern. Das konnte auch sein. Schließlich wußte ich nicht, ob es Luisas oder Udos Bettzeug war.

»Du meinst, er hat sie umgebracht?«

Luisa zuckte die Achseln. »Sie ist verschwunden. Eines Tages war sie nicht mehr da. Dabei war er vorher keine Sekunde von ihrer Seite gewichen.«

»Ja, aber was war passiert? Ein Unfall. Gut. Meinetwegen. Dann hat er die Leiche ganz allein ...«

»Ein paar Leute haben ihm schon geholfen.«

»Udo?«

Sie wandte sich mir zu und lächelte. »Du willst ihm wohl unbedingt an den Kragen, was?«

Ich zuckte die Schultern. »Ich tue nur meinen Job.«

»Aber ich muß dich leider enttäuschen. Udo ist nur eine ganz kleine Nummer. Mit dieser Sache hatte er nichts zu tun.«

»Aber er wußte davon.«

»Er wußte davon. Ich wußte davon.« Sie warf einen langen Blick auf ihre Zigarette, als habe auch sie davon gewußt. »Besser, wir hätten es für uns behalten.«

»Was meinst du damit?«

»Alberto. Er tauchte eines Tages auf. Im *Malibu*. So wie du. Alles war schon so lange her. Er wollte denjenigen finden, der seine kleine Schwester auf dem Gewissen hatte. Und da habe ich beschlossen, ihm zu helfen.«

»Weil er dir leid tat.«

Ihr Blick ließ mich frösteln. *Du bist es, der mir leid tut,* sagte er.

»Spar dir deinen Zynismus. Ich mochte ihn. Und ich habe ihm geholfen, weil ich selbst wußte, wie dieses Schwein war. Am eigenen Leib habe ich es erfahren ...«

»Hast du zufällig ein Bild von ihm?«

»Von Alberto?«

»Nein, von dem Schwein. Ich würde es nämlich gerne sprechen.«

Sie schüttelte den Kopf. »Soviel ich weiß, gibt es von ihm so gut wie keine Bilder. Er ließ sich nicht fotografieren. Ich glaube, es gab nur wenige, die wußten, wie er aussieht.«

Schöne Aussichten. »Ein unsichtbarer Dr. Mabuse«, sagte ich. »Der Fall wird immer mysteriöser.«

»Was ihn nie davon abhielt«, fuhr Luisa fort, ohne meine Bemerkung zu beachten, »andere zu fotografieren.«

»Jedenfalls hat Canossi ihn dann erpreßt.«

»Ja. Der das getan hat, meinte er, soll dafür bezahlen.«

»Und er meinte das ganz wörtlich.«

»Was soll das heißen?«

Ich grinste versöhnlich. »Also, du mußt doch zugeben, daß das merkwürdig aussieht. Jemand, der Rache nehmen will, denkt in der Regel an alles andere als einen rein finanziellen Ausgleich ...«

»Er wollte ihn festnageln. Wenn er zahlt, dann ist das wie ein Geständnis, meinte er.«

»Ich verstehe. Nur edle Motive.«

Mit einem Ruck schwang sich Luisa aus dem Bett und machte sich auf die Suche nach ihrer Unterwäsche. »Was soll das? Vielleicht hatte er mit dem Geld was anderes vor. Aber davon weiß ich nichts. Ich habe keine Ahnung, wo das Geld geblieben ist.«

»Tja. Überhaupt scheint dieser Teil des Plans nicht ganz so abgelaufen zu sein, wie er sich das vorgestellt hatte. Sonst wäre er ja wohl noch am Leben.«

Auch ich stieg in meine Klamotten. Als ich mich aufrichtete, ließ mich ein Stich im Kreuz beinahe aufschreien – das hatte ich fast vergessen. Der Schmerz verwandelte sich in einen Gedanken.

»Könnte Udo das Geld genommen haben?« fragte ich.

Sie lachte auf. »Weißt du, daß er dasselbe von dir denkt?«

»Von mir? Was sollte ich denn schon mit Geld anfangen?«

Sie stand mir jetzt direkt gegenüber. Ihr Haar war immer noch wild wie eine Mähne, und sie trug eine von diesen hauchdünnen Blusen, die hauptsächlich aus Duft zu bestehen schienen. Die Scheinwerfer eines Autos, das auf der Straße unten vorbeifuhr, ließen das Muster der Jalousien über sie und die Wand hinter ihr krabbeln.

»Eine Reise machen. Schicke Autos und teure Klamotten.«

Sie lächelte, aber es war kein freundliches Lächeln. Es war eher wie ein schönes Fenster, hinter dem dich jemand beobachtete, der nicht gesehen werden wollte.

»Für Detektive gibt es tausend Möglichkeiten, Geld auszugeben, oder nicht?«

Das Telefon klingelte plötzlich. Ich zuckte zusammen.

»Udo?« flüsterte ich. Blödsinnigerweise. Was gab es zu flüstern?

»Ach was. Um diese Zeit doch nicht.«

Sie ging zum Telefon hinüber, ein Schattenriß vor der nächtlichen Straßenbeleuchtung. Die Bluse verschwand fast völlig, während ihre Körperformen auf atemberaubende Weise sichtbar wurden.

Sie hielt mir den Hörer hin: »Ist für dich.«

»Für mich?« fragte ich ungläubig.

»Hättest du nicht mit gerechnet, was?« Henks Stimme kam aus dem Hörer, begleitet vom unvermeidlichen Aufschnappen seines Einweg-Feuerzeugs. »Ich wollte dich auch nur ungern bei deinen Ermittlungen stören. Aber es gibt hier eine neue Sachlage.«

Ich überhörte seine Ironie. »Also schieß los.«

»Und?« fragte er. »Wie war's? Jetzt erzähl doch mal.«

»Du zuerst. Die Sachlage.«

»Ja, also«, während er ausgiebig inhalierte, steckte ich mir ein Bonbon in den Mund, »rat mal, wer hier ist. Der gute Kommissar Schäubel. Und er macht uns ein wenig Schwierigkeiten. Uns, das heißt: dir und mir.«

»Jetzt? Mitten in der Nacht?«

»Ja, Kittel. Leider. Sie haben nämlich den armen Ospendorf gefunden. Du erinnerst dich? Der, dem du hinter dem Dom eine verpaßt hast.«

»Ja, ja. Schon gut. Was soll mit ihm sein?«

»Er ist tot.«

»Also, Henk, wenn das jetzt ein Scherz -«

»Nein. Kein Scherz. Wäre also ganz gut, wenn du kommen könntest.«

19

Der Geruch nach erkalteten Kippen aus selbstgedrehtem Tabak vergiftete die Luft im Büro und machte sie zu einem muffigen, verstaubten Lappen, den mir irgend jemand, anstatt ihn wegzuwerfen, auf die Nase legte. Ich hustete und würgte mehrmals.

»Setzen Sie sich doch«, begrüßte mich der Kommissar.

Heute war er ganz in Olivgrün. Es fehlte nur noch eine Polizeimütze, an der verschiedenes Laubwerk befestigt war, und ich hätte ihn für ein Mitglied der legendären Chlorophyll-Brigade gehalten. Aber dann fiel mir ein, daß das im Winter wohl eine schlechte Tarnung war.

»Einen Kaffee?«

Er bot mir einen Kaffee an! Seine Freundlichkeit machte mich mißtrauisch. Ich blickte fragend zu Henk, der ratlos und sichtlich gelangweilt an der Fensterbank lehnte und eingehend das glühende Ende seiner Zigarette betrachtete.

»Also, was ist los?« fragte ich.

»Der Hausmeister hat ihn gefunden. In seinem Theater.«

»Ach ja. Das Bauerntheater.« Ich konnte mir diese Bemerkung nicht verkneifen. Henk warf mir einen undefinierbaren Blick zu.

»Ja«, sagte er. »Er ist von einem Bühnengerüst gestürzt. Bestimmt kein schöner Anblick. Während der Probe muß es ihn erwischt haben.«

»Und was probte er?«

Henk zuckte die Schultern. »Der Sturz des Marc Anton, eine antiimperialistische Fassung von Shakespeares Antonius und Cleopatra.«

»Antiimperialistische Fassung?«

»Hat der Hausmeister gesagt. Der kennt sich aus, weil er in dem Stück sogar 'ne Nebenrolle spielt.«

»Verstehe«, nickte ich. »Die Handlung spielt jetzt in einem lateinamerikanischen Land, und Antonius ist ein Diktator, der die Bauern unterdrückt.«

»So ähnlich.«

»Und Ospendorf hat ihn gespielt.«

»Wen?«

»Marc Anton. Die Hauptrolle.«

Der Drehstuhl, auf dem Schäubel saß, machte einen quietschenden Schwenk in meine Richtung.

»Sie mögen mich für unoriginell halten«, sagte der Kommissar mit seiner Singsangstimme, indem er jedes Wort vor mir ausbreitete wie ein Vertreter die Verkaufsmuster, »aber ich muß Sie fragen, woher Sie das wissen.«

Ich zuckte mit den Schultern. »Sehr einfach. Weil das Stück so heißt. ›Der Sturz des Marc Anton.‹ Und er ist doch gestürzt.«

»Sehr witzig«, grinste Schäubel. »Aber dann dürfte das wohl kaum die richtige Formulierung sein.«

»Wieso?«

»Es muß heißen: er wurde gestürzt. Nicht: er *ist* gestürzt. Ein Diktator *wird* immer gestürzt.« Seine Augen wurden bohrend. »Genau wie das Opfer eines Mordanschlags.«

»Und wenn er einfach nur das Gleichgewicht verloren hat?«

Schäubels Grinsen wurde noch breiter. Dann sah er kurz in die Kaffeetasse, die er in der Hand hielt, als habe ihm jemand aus ihr etwas zugerufen. »So wie er sich auch selbst k. o. geschlagen hat, ja? Meinten Sie das so?«

»Was wollen Sie damit andeuten?«

Er stellte die Tasse weg und hob die Arme zu einer unschuldigen Geste.

»Aber nicht doch, mein Lieber. Ich denke nur nach. Sagen Sie mir doch einfach, um was es ging. Bei der ... Auseinandersetzung, die Sie mit ihm hatten.«

Henk mischte sich ein. »Es war keine Auseinandersetzung. Es war ein Gespräch, nichts weiter. So funktioniert unser Job, weißt du. Wir befragten jemand, der uns eventuell Informationen in einem Mordfall geben kann. Diese Methode solltest du auch mal probieren.«

»Nämlich?« Schäubel drehte sich jetzt zu ihm hinüber. Aus irgendeinem Grund war er heute zu gut drauf, um sich von Henk aus der Ruhe bringen zu lassen.

»Ich sagte: eventuell. Ospendorf war ein Freund von Canossi. Kannte ihn noch vom Studium. Und seine kleine Schwester kannte er auch ...«

»Sagt Ihnen vielleicht der Name *Wizzt Han* etwas?« fragte ich einfach so, ohne eine bestimmte Idee.

»*Wizzt Han*?« Schäubel zuckte die Schultern. »Irgend so ein Möchtegernguru. Soviel ich weiß, ist er seit einiger Zeit verschwunden. Was ist mit ihm?«

»Er hat möglicherweise mit Canossis Tod zu tun. Und damit auch mit Ospendorfs.«

»Ach ja? Dann hat er wahrscheinlich auch das Geld, was?«

Ich sah, wie Henk den Mund aufmachte und dann wieder zu. »Welches Geld?« fragte ich.

Schäubel lächelte. »Nach unseren Informationen ist eine Menge Geld im Spiel. Canossi soll es bei sich gehabt haben.«

»Von Geld wissen wir nichts«, sagte Henk und baute sich vor dem Kommissar auf, mit einem Lächeln im Gesicht, das mindestens so unangreifbar war wie das von Schäubel. So standen sie sich eine ganze Weile gegenüber wie die letzten zwei Kontrahenten im Endspiel der Lächelmeisterschaften, unnachgiebig und fest entschlossen, keinen Zoll ihrer Heiterkeit preiszugeben und so dem anderen zum spielentscheidenden Punktgewinn zu verhelfen.

Irgendwann räusperte sich der Kommissar. »Aber Jörg Ospendorf wußte davon. Und jetzt hat man den armen Teufel gefunden, zerschmettert auf der Bühne seines

Theaters. Auf den Brettern, die für andere Leute die Welt, für ihn aber den Tod bedeuteten.«

Ich stand auf und trat ans Fenster. Die Straße war um diese Zeit relativ leer. Richtig nackt sah sie aus ohne die gewohnte Reihe parkender Autos. Und Schäubels grüner Porsche, der direkt gegenüber unter der Straßenlaterne stand, wirkte ziemlich exponiert. Das einzige Grün weit und breit, wie eine Topfpflanze am Nordpol.

»Wollen Sie wissen, was ich denke?« fragte der Kommissar in das Schweigen. Keiner antwortete ihm. Aber das hielt ihn nicht ab.

»Ich gebe Ihnen recht, daß Ospendorf etwas über den Fall Canossi wußte. Aber er brauchte auch dringend Geld. Viel Geld. Und deshalb ergeben sich für mich zwei neue Verdächtige. Die nämlich, mit denen er sich in Verbindung setzte. Das tat er nämlich nicht, um zwei unfähige Schnüffler mit sachdienlichen Hinweisen zu versorgen. Nein, nein. Er hat sich gesagt: durch Schweigen kann ich bei denen viel mehr rausholen.«

Schäubel lehnte sich zufrieden zurück und zupfte imaginäre Flusen von seinem grünen Jackett. Vielleicht hatte er aber auch Probleme mit imaginären Blattläusen.

»Nun werden Sie mir sicherlich zustimmen, daß der arme Ospendorf nicht gerade ein Profi war. Was das Vergolden von Schweigen angeht.«

»Auch sonst«, rutschte es mir heraus.

»Auch sonst stimmen Sie mir zu?«

»Nein. Auch sonst war er kein Profi.«

»Gut. Er trifft sich also mit diesen – Verdächtigen, und die sind nicht gerade begeistert von seinem Angebot. So wenig, daß sie sogar handgreiflich werden. Aber dann gelingt es unserem Poeten, ihnen klarzumachen, daß sie doch besser drauf eingehen sollten. Was sie dann auch machen.«

Er sah mich aufmunternd an, aber ich tat ihm nicht den Gefallen, wütend zu werden.

»Sie gehen also drauf ein«, fuhr er fort. »Aber nur zum Schein. Denn sie haben sehr wohl begriffen, daß sie es mit einem Anfänger zu tun haben. Also besuchen sie ihn in seinem Theater und machen ihn fertig.«

»Ach ja«, sagte ich. »Mit einem stumpfen Gegenstand.«

Er sah mich mit einem merkwürdigen Ausdruck an. Frieden lag darin, und Freundlichkeit umgab ihn wie Bienengesumm eine Frühlingswiese. »Und jetzt – wollen Sie jetzt vielleicht wissen, wer diese beiden Verdächtigen sind?«

Henk schnarchte demonstrativ.

Ich wollte kein Spaßverderber sein. »Doch nicht wir?« fragte ich deshalb ängstlich.

Schäubels Gesichtsausdruck war jetzt so liebreizend, daß es in den Augen schmerzte, ihn anzusehen.

»Ja, schon«, sagte ich. »Nur: Was gäbe das für einen Sinn?«

Henk prustete. »Blöde Frage, Kittel. Was braucht der denn für einen Sinn?«

Schäubel kam auf mich zu, faltete die Hände und sah mich an, als sei ich eine Marien-Ikone, die er jetzt anbeten wollte. Ich wich vorsichtshalber einen Schritt zurück.

»Schauen Sie«, sagte der Kommissar. »Dieser Naujox. Das war doch der, der hier, auf diesem Sessel, das Zeitliche gesegnet hat. Nehmen wir mal an, er wußte was über euch und Canossi. Tja, das ist ihm nicht gerade bekommen, das müßt ihr zugeben. Und das wiederum kommt jetzt unserem Ospendorf zu Ohren. Also versucht er ebenfalls sein Glück bei euch. Von der Idee her gar nicht so falsch. Nur daß er da an die Falschen geraten ist.«

Draußen auf der Straße, bei dem Sportwagen, regte sich etwas. Eine kaum sichtbare Bewegung durchlief das rassige Fahrzeug wie ein fröstelnder Schauer. Kein Wunder, denn die Nacht war kalt und das edle Teil wahrscheinlich nur beheizte Garagen gewöhnt.

»Aber Sie wissen selbst«, sagte ich, »daß das Unsinn ist.«

Schäubel wurde noch freundlicher. »Hört mal zu, Leute: Ich bin ja gar nicht so. Laßt uns doch eine ... Vereinbarung treffen, einverstanden? Ich drücke beide Augen zu. Laß euch von nun an in Frieden. Dafür müßt ihr aber auch was tun. Euch aus dem Fall heraushalten. Überlaßt alles uns. Vertraut der Polizei.«

Ich kratzte mich am Kopf. »Moment mal. Sie wollen uns nur aus der Sache raushaben? Deshalb diese hanebüchenen Verdächtigungen? Was ist so heiß an dem Fall?«

Schäubel lächelte nur.

Ich wollte nicht glauben, was ich da hörte. »Niemand kann uns verbieten, an einem Fall …«

»Wirklich nicht?« unterbrach er mich. »Auch dann nicht, wenn die Ermittlungen so geführt werden, daß alle ins Gras beißen, ganz gleich, ob es sich jetzt um Zeugen, Verdächtige oder Passanten handelt?«

Mir fiel auf, daß unten, an dem Porsche, ein Reifen abmontiert wurde. Nicht gerade die richtige Gegend hier, um eine Prachtkutsche um diese Zeit einfach so unter einer Laterne zu parken.

»Geben Sie uns noch etwas Zeit. Um mehr bitten wir Sie nicht. Wir sind kurz davor, den Fall zu lösen.«

Schäubel schüttelte feierlich den Kopf. »Tut mir leid. Sie haben Ihre Zeit gehabt. Jetzt sind wir dran.«

»Und was habt ihr vor, wenn man fragen darf?« fragte Henk.

»Na, vielleicht nehmen wir mal diesen Kruyssenfeld unter die Lupe. Daß er euer Auftraggeber ist, macht ihn für mich verdächtig.«

Während ich diesen Mann noch weiter über mich ergehen ließ, nahm ich mir vor, morgen in eine Zoohandlung gehen und ein Mittel gegen Gummibäume kaufen. Es mußte einfach eins geben. Inzwischen hatte eine Geisterhand den zweiten Vorderreifen vom Porsche abmontiert. Nur einen Moment war ich abgelenkt gewesen, und schon war es passiert. Der teure Sportwagen sah hilflos aus, und beinahe tat er mir leid. Er schien hinaufzublicken und mich zu beschwören, Schäubel zu verständigen. Also wandte ich mich ab.

»Immerhin bezahlt er mich dafür«, erklärte ich dem Kommissar, »daß ich Licht in die Sache bringe.

Warum sollte er das tun, wenn er, wie Sie glauben -«

Schäubel ließ mich nicht ausreden. »Haben Sie sich mal überlegt, daß es vielleicht gar keine bessere Art gibt, etwas für immer unter den Teppich zu kehren, als Sie damit zu beauftragen, Licht in die Angelegenheit zu bringen?«

Henk war inzwischen neben mich getreten, um mitzuverfolgen, was ich mitverfolgte. Er schmunzelte zu mir herüber.

»Das ist eine Unverschämtheit«, sagte ich leise.

Der Gummibaum spitzte spöttisch den Mund. »Nehmen Sie es nicht persönlich. Ich bewahre Sie nur vor Schwierigkeiten. Wir machen ein Geschäft und kommen uns von jetzt an nicht mehr in die Quere. Sie sind mich bis auf weiteres los. Sehen Sie es doch mal von der Seite.«

Er wandte sich zum Gehen. Aber er durfte noch nicht gehen. Die ganze Zeit hatten wir darauf gewartet, aber jetzt paßte es schlecht.

Die da unten waren noch nicht fertig. Sie brauchten noch einen kleinen Augenblick.

Auch Henk war das klar.

»Und der Name Wizzt Han«, fragte er unschuldig, »der sagt dir wirklich nichts?«

Schäubel verharrte mit der Hand auf der Klinke. »Leider kann ich dir nicht ganz folgen«, sagte er.

»Es handelt sich um ein Therapie-Zentrum. Messianische Therapie und sowas.«

»Orgasmische Meditation«, fügte ich hinzu.

»Besser gesagt: handelte.« Henk lächelte. »Heute ist jemand anderer der Boß.«

Der Kommissar wurde ungeduldig. Sein siegessicheres Grinsen, das er bis jetzt beibehalten hatte, war keinen Pfifferling mehr wert.

»Und?« fragte er.

»Bei dem Stichwort orgasmische Meditation. Vor, sagen wir, dreieinhalb Jahren.« Henks Stimme war jetzt die eines Vaters, der seinem Baby die ersten Worte entlocken will. »Ich meine: klingelt's da nicht bei dir?«

Eine Veränderung ging mit Schäubel vor. Es war eine Bewegung, aber eigentlich das Gegenteil davon. Eine erstarrende Bewegung. Kaum merklich, aber trotzdem unübersehbar. Er starrte Henk an, und so wie er ihn anstarrte, überlegte ich für einen winzigen Moment, wie es aussehen würde, wenn mein Name alleine draußen auf der Tür stand.

Dann klingelte das Telefon. Ich nahm ab.

»Für Sie«, sagte ich, und reichte dem Kommissar den Hörer.

Während er telefonierte, trat ich zu Henk zurück ans Fenster. Man konnte den Reifendieben keinen Vandalismus vorwerfen. Sie gingen äußerst rücksichtsvoll zu Werke. Der ganze Porsche war sorgfältig auf Backsteine aufgebockt.

»Tja.« Schäubel legte den Hörer auf. »Hat sich rausgestellt, daß der Sturz nicht die eigentliche Todesursache war. Er wurde vorher vergiftet.«

Henk paffte überrascht eine Wolke in die Luft. Dann grinste er übermütig. »Haben wir also wieder einmal zu früh unsere Schlüsse -«

Schäubel durchbohrte ihn mit seinem Blick. Alle Freundlichkeit war von seinem Gesicht verschwunden, und vor Schreck ging Henks Zigarette aus. Mich fröstelte.

»Das könnte dir so passen, was, Voss? Ein Giftmord, und schon seid ihr aus dem Schneider.«

Er trat einen Schritt vor und tippte mit dem ausgestreckten Zeigefinger mitten auf Henks Brust wie ein knallharter Cop in einem amerikanischen Serien-Krimi.

»Ich will dir sagen, was das bedeutet. Es bedeutet klipp und klar: Wer das war, der hat auch Canossi auf dem Gewissen. Und Naujox. Drei hübsche Morde, verstanden? Da ist Platz genug. Auch für euch beide. Jede Menge Platz.«

20

»Immerhin beruhigend, daß Sie sich überhaupt noch an mich erinnern«, sagte Kruyssenfelds alias Arnold Finkels Stimme am Telefon. Vorwurfsvoll klang sie noch höher als sonst und hatte etwas Jaulendes, wie ein Rückwärtsgang, der zu hoch gezogen wird.

»Danke für Ihren Anruf«, sagte ich. »Aber ich hatte einiges zu tun. In Sachen Canossi.«

»Sehr schön. Was halten Sie davon, mich inzwischen ein wenig auf dem Laufenden zu halten?«

Ich seufzte. »Mach ich. Sobald ich was Brauchbares habe. Und das kann schon -«

»Bitte machen Sie sich klar, Kittel, daß ich es bin, der Sie bezahlt«, unterbrach er mich. »Und zwar nicht dafür, daß Sie überall nur Staub aufwirbeln und damit wichtige Spuren verwischen, denen Sie besser nachgehen sollten. Ergebnisse wären auch nicht schlecht. Lassen Sie sich nicht mehr zu viel Zeit.«

Damit legte er auf, und ich konnte meine Wut nur noch am Hörer auslassen. Was bildete der sich ein? Glaubte er, mit mir umspringen zu können wie mit einem der Besucher seines geistlichen Fitneß-Studios? Wie gut, daß mich Canossi schon bezahlt hatte. Hätte Finkel das gewußt, dann hätte er sich wohl sein Dann-kauf-ich-eben-woanders-Gehabe verkniffen. Nichts schwächt die Position eines schwierigen Kunden eben mehr als ein anderer Kunde.

Ich duschte, zog mich in aller Ruhe um und machte mich dann auf ins *Malibu*, wo ich Henk traf.

»Ich muß doch endlich mal die Frau sehen, die es dir so angetan hat«, hatte er behauptet, und ich hatte erklärt, daß das ja wohl nicht der Punkt sei.

»Der Punkt ist, daß ich ein Auge auf sie habe. Um einige Sachen herauszufinden. Hab ich dir doch erzählt.«

»Klar, Kittel«, hatte Henk gesagt. »Ist schon gut.«

Trotzdem war der Treffpunkt keine sehr gute Idee gewesen. Henk war nicht bei der Sache, weil er andauernd auf die Bühne starrte, und dann ärgerte er sich regelmäßig, wenn er geistesabwesend von dem warmen Bier trank, das vor ihm stand.

»Ich möchte jetzt endlich wissen, was zwischen euch beiden ist.«

»Uns beiden?« fragte Henk. Er fragte es in Richtung Bühne, wo im *Kosterschülerinnen-Report* die ersten Hüllen fielen.

»Ja. Zwischen dir und diesem Schäubel. Ich habe es satt, immer mit offenem Mund dabei zu stehen, wenn ihr euch gegenseitig fertigmacht.«

Er zündete sich eine an und drehte sich damit wieder in meine Richtung. »Also, paß auf. Wir waren früher Kollegen bei der Kripo. Verstanden uns sogar nicht schlecht. Einmal hatten wir eine Verfolgung, und Schäubel, stolz auf seinen neuen Sportwagen, beharrte darauf, daß wir die Täter nur mit seinem Wagen einholen könnten. Er mußte sich wohl irgendwas beweisen damit. Tja, und dann ... Der Wagen hatte 'ne Panne, und die Täter waren über alle Berge.«

»Soviel ich weiß, ist das Polizeialltag.«

»Ich hab damals eine gehässige Bemerkung über den Wagen gemacht. Die hat er niemals vergessen. Von dem Tag an, da war er anders ... Naja, schließlich hat er dann auch maßgeblich mit an meinem Stuhl gesägt. Du kennst die Geschichte.«

»Was für eine Bemerkung?«

Henk zuckte mit der Schulter. »Weiß ich doch nicht mehr. Aber viele kaufen sich ja so eine Karre, weil sie Probleme mit einer ganz anderen Sache haben, das weiß doch jeder. Naja, ich hab das damals einfach so erwähnt, ohne mir was dabei zu denken. Wahrscheinlich erst nach dem Unfall. Wir waren ganz nah an dem Wagen dran. Aber dann kam 'ne große Kreuzung, und er konnte es einfach nicht abwarten, daß es grün wurde. Ist wie ein Blöder durchgestartet und – wumm! Totalschaden.«

»Und er gab dir die Schuld oder wie?«

»Nein. Daß ich ihm gesagt habe, daß er zu früh gekommen ist, das -«

»Gekommen? Wieso gekommen?«

»Gefahren. Losgefahren ist. Auf die Kreuzung.«

»Verstehe. Du hast ihn also unter der Gürtellinie erwischt.«

»Aber Kittel, jetzt fang du nicht auch noch an, ja –«

»Deshalb hast du ihn nach dem *messianischen Zentrum* gefragt.«

Henk grinste, und der Rauch, den er ausströmte, wurde entsprechend breiter. Ein paar Meter links von uns rüstete die Life-Band zu einer neuen Attacke gegen die Ohren der Anwesenden.

»Ja. Es fiel mir wieder ein. Er war da. Ich habe damals die Prospekte in seinem Wagen liegen sehen. Und jetzt behauptet er, von nichts zu wissen.«

»Gar nicht so schlecht, Henk«, sagte ich. »Das ist ja vielleicht was. Schäubel will uns unbedingt den Fall wegnehmen. Außerdem kannte er *Wizzt Han*.«

»Natürlich, hab ich doch schon gesagt.«

»Nein, ich meine: er weiß sogar, daß er nicht auffindbar ist. Was hat er mit ihm zu schaffen? Das ist doch einmal eine interessante Frage …«

»Jetzt tu mir einen Gefallen und fang nicht wieder mit dieser Fragerei à la Lord Peter Wimsey an, ja?«

Henk hörte eigentlich nicht mehr zu, und das lag an Luisa, die jetzt die Bühne betreten hatte. Wieder einmal sang sie *That's why this lady is a tramp* mit ihrer Stimme, die es in sich hatte. Henk war fasziniert. Er trank das bierförmige Spülwasser aus dem Glas vor ihm und merkte es nicht einmal.

»Hast du noch was über Ospendorf rausgekriegt?« fragte ich, um seine Gafferei wenigstens für einen Augenblick zu unterbrechen.

Er zuckte die Schultern, ohne seinen Blick abzuwenden. »Nicht viel. Er wurde vergiftet.«

»Weingummis?«

»Nein. Sein Abendessen. Vegetarische Bratlinge.«

»Ich hab immer gesagt, daß das Zeug nichts taugt.«

Endlich wandte Henk sich wieder mir zu, und seine Miene war so fachmännisch wie die von Professor Grzimek, wenn er zum Balzverhalten der ceylonesischen Blindwühle befragt wurde.

»Es handelte sich um Friedlinge. Das sind Ökobratlinge vom Stand der Friedensbewegung. Zwei Straßen weiter vom Campesino-Theater ist zur Zeit ein Friedenscamp.«

Friedlinge also. Ich pfiff durch die Zähne. »Ein barbarisches Mordwerkzeug. Und der Mörder konnte es einfach so kaufen. Er kommt auf dem Weg zu seinem Opfer zufällig am Pax-Christi-Stand vorbei. Und das Unheil nimmt seinen Lauf ...«

Henk versuchte, seine Kippe anzuzünden, die inzwischen nicht länger war als ein Daumennagel im Profil. »Jetzt übertreib mal nicht«, brummte er. »Die Dinger allein haben ihn nicht umgebracht. Man mußte schon noch Gift reintun.«

Das Orchester, diese antimusikalische Guerillatruppe, hatte seine Munition verschossen und zog sich für eine Weile zurück. Ein einzelner Pianist hielt die Stellung, aber er ließ von Anfang an keinen Zweifel daran, daß er fest entschlossen war, hart durchzugreifen und jeder musikalischen Anwandlung den Garaus zu machen. Notfalls würde er sie erwürgen, Note für Note, wie er anschaulich auf dem Flügel demonstrierte.

»Er wußte also tatsächlich was«, sagte Henk.

Ich nickte. »Nur über wen. Wizzt Han?«

»Vielleicht. Aber das heißt nicht, daß er es war.«

Wir beide zuckten zusammen, als der Pianist anfing zu singen. Als hätte man uns ohne Warnung in den Rücken geschossen. Das war unverkennbar Heino, mit einer winzigen Prise Roger Whittaker.

»Vielleicht weiß er es ja nur nicht mehr.«

»Wie meinst du das?«

Henk ließ fluchend das Feuerzeug fallen und gab seinen Stummel verloren. Das, was noch im Aschenbecher landete, war mit bloßem Augen nicht mehr zu erkennen.

»Hör mal«, sagte er, »mir geht diese Philosophie immer im Kopf herum. Weißt du noch? Meister Nu? Da ist tatsächlich was dran. Stell dir vor: du bringst jemanden um, dann übst du dich in dieser Vergessologie. Und zack! – bist du unschuldig.«

Ich sah ihn nur mitleidig an.

Luisa hatte ihren zweiten Auftritt. Sie balancierte auf die Bühne – auf atemberaubend hohen Absätzen. Sie trug verrufene Netzstrümpfe und einen silbrig schimmernden, halbtransparenten Umhang, der so wenig von ihr versteckte, daß man den Eindruck haben mußte, sie würde sich anziehen, wenn sie ihn abwarf.

»Vielleicht nur einer seiner Laufburschen«, schlug ich vor. »Auf jeden Fall war es ein Gesundheitsfanatiker.«

Henk runzelte die Stirn. »Ich kann dir nicht ganz folgen.«

»Die Friedlinge. Kein normaler Mensch würde die anrühren.«

»Und?«

»Udo zum Beispiel ist ein Gesundheitsfanatiker. Ich wette, er frißt diese Bratlinge wie andere Leute Pommes mit Currywurst.«

Henk schüttelte den Kopf. »Warum wird deine Stimme nur immer so haßerfüllt, wenn du von diesem Udo anfängst?«

»Verdammt, Henk, einer muß es doch gewesen sein, oder nicht?«

Luisa tanzte. Henk starrte sie an, während sie sich auszog. Allmählich wurde ich sauer auf ihn.

»Sie könnte viel mehr machen als das«, sagte ich in seine Blickrichtung hinein.

»Sicher«, brummte er. Die Selbstgefälligkeit in Person. »Als Therapeutin zum Beispiel, da wäre sie reines Dynamit.«

»Das ist vorbei, endgültig. Hab ich dir doch erzählt.«

»Sicher«, wiederholte er sich. »Weil sie diesen Guru kannte. Und weil er so ein ekliger Kerl war, hat sie später Canossi geholfen, ihn zu erpressen. So war's doch, oder?«

Er ging mir auf die Nerven. »Sicher«, äffte ich ihn nach.

»Und du glaubst ihr?«

»Was soll das heißen?«

Henk riß abrupt seine Augen los, die eigentlich schon an Luisas Körper kleben mußten. Er drehte sich zu mir und breitete wie ein Friedensangebot seinen Arme aus.

Überhaupt glich er einem Tierbändiger, der behutsam eine Raubkatze dazu überredet, zurück in den Käfig zu gehen, Schritt für Schritt. Er machte sogar seine Zigarette aus.

»Hast du dir noch nie überlegt, daß sie nicht Canossis, sondern Wizzt Hans Braut war? Und sie hat mitgekriegt, wie der sich an Betty rangeschmissen hat. Das hat sie ihm ziemlich übel genommen.« Er nahm sein Glas und warf einen skeptischen Blick auf den Rest Bier darin. »Dieser arme Canossi kam ihr gerade recht. Jetzt konnte sie's ihm heimzahlen.«

LuLu ging jetzt ab, begleitet von Applaus und schrillen Pfiffen. Auch der Klavierspieler hinter uns stellte seine nervtötende Tätigkeit ein. So wie er sich in den letzten Takten ins Zeug gelegt hatte, konnte nicht viel mehr von ihm übrig sein als eine ölige Lache auf dem Boden neben dem Flügel.

»Weißt du was?« sagte ich wütend und stand auf. »Du bist derjenige, der hier voreingenommen ist. Sie tanzt als Stripperin, also muß sie auch was mit Wizzt Han gehabt haben. Sehr einfach. Ich sag dir was: wir sehen uns morgen abend zur Probe. Bis dahin habe ich den Fall gelöst.«

21

Das *Kruyssenfeld-Institut* sah heute noch friedlicher aus als bei meinem ersten Besuch. Dabei hätte ich gar nicht genau sagen können, was es so friedlich machte. Es war eine Aura, die dieses alte, ehrwürdige Bauwerk ausstrahlte, so wie man es manchmal von Spukhäusern behauptet. Nur daß es hier umgekehrt war: eine bis auf die Nebengrundstücke übergreifende Aura des Verstehenwollens, des gemeinsamen Miteinanders, der alles gutmachenden mütterlichen Wärme. Unsichtbar wie jenes Gute im Menschen, an das alle glauben. Wer hier eintrat, das war mir klar, ließ alle Zweifel fahren wie einen lästigen, überflüssigen Darmwind.

Gundula hatte wohl ihren freien Tag, und auch sonst traf ich so gut wie niemanden an. Nur aus den Therapieräumen im oberen Stockwerk drang dumpf der eine oder andere Urlaut herunter. Aber diesmal brauchte ich auch niemanden nach dem Weg zu fragen. Ich wußte, wo der Fitneß-Raum war, und Luisa hatte mir anvertraut, daß Udo Sülznik jeden Tag dort trainierte.

Jeden Tag, nur heute nicht. Da war kein Mensch in der Schwitz-Kapelle außer einem langen, hageren Mann im blauen Overall, der sich mit seinem Werkzeug und einer Reihe von satten Flüchen an einer der Foltermaschinen zu schaffen machte.

»Verfluchtes Scheißding!« zischte er und schmiß einen schweren Schraubenschlüssel von sich, direkt in meine Richtung. Niemals hätte ich mich rechtzeitig bücken können, aber zum Glück streifte das Ding ein Reck, wodurch seine Flugbahn abgefälscht wurde. Mit einem dumpfen Aufschlag bohrte es sich in eine der Turnmatten in der Ecke.

»Daneben«, sagte ich.

Er musterte mich mürrisch. »Vorsicht! Wennse sich hier anschleichen, dann kriejen Se dat Ding noch vorn Kopp.«

»Ich hab mich nicht angeschlichen«, sagte ich freundlich. »Ich bin nur auf der Suche nach Udo Sülznik.«

»Nach wem?«

»Dem Masseur. Er trainiert hier jeden Tag. Also dachte ich -«

»Kenn ich nit.« Der Mann zuckte mit den Schultern und vertraute mir dann ein Geheimnis an: »Ich bin hier nämlich nur der Handwerker.«

»Tja«, meinte ich. »Vielleicht kommt er ja noch.«

Er schüttelte definitiv und endgültig den Kopf. Wenn er das öfter machte, war klar, wozu er den Schraubenschlüssel brauchte.

»Nee!« sagte er. »Dat jlaub ich nit. Wissense, die janzen Dinger hier«, er wies mit seinem angebissenen Butterbrot über den chromblitzenden Gerätepark, »die werden jewartet. Auf Vordermann jebracht. Dat Turnen fällt also heute aus.«

Ich beschloß, ihn nicht weiter bei der Arbeit zu stören. Ratlos stapfte ich um die Muskelmaschinen und Schulter- und Bauchlifte herum und bestaunte sie wie ein außerirdischer Besucher. Nach einer Weile war ich nicht mehr der Meinung, daß Udo bei meiner kleinen Folterung seine beruflichen Fertigkeiten mißbraucht hatte. Vielmehr hatte er seit langem endlich wieder das gemacht, wozu er ausgebildet war.

Mein Herz schlug höher, als ich auf einer kleinen Tür auf der anderen Seite des Kraftsaales die Aufschrift *Massage* entdeckte. Für einen Moment fühlte ich mich wie ein Ägyptologe, der nach monatelangem Buddeln in einem unterirdischen Schacht endlich den Zugang zur unberührten Grabkammer entdeckt. Ich wußte zwar nicht genau, was ich suchte, aber *finden* konnte ich nur da drin etwas. Vielleicht war es ja gar nicht so schlecht, daß ich Udo nicht angetroffen hatte.

Die Tür war nicht einmal verschlossen. Wahrscheinlich deshalb, weil auch die beiden Massage-Liegen heute ›auf Vordermann jebracht‹ wurden. Viel mehr interessierte mich aber der kleine Schreibtisch in der Ecke. Das mußte Udos Schreibtisch sein, wenn mir auch nicht ganz einleuchtete, was ein Masseur damit anfangen sollte. Was sollte ein Prediger der Enthaltsamkeit in der Wüste mit einem Kondom?

Ganz einfach: Wenn er beharrlich sammelte, hatte er bei fünfen immerhin einen Gummihandschuh. Und Udo, dem Masseur, diente ein Schreibtisch, um allerhand Sachen darauf abzulegen. Frotteehandtücher in Beige und Dunkelblau, ein paar Duftessenzen, eine Büchse mit salzhaltigem Mineralwasser für zwischendurch. Kein Zweifel, das war Udo, in der Sprache der Körperpflege geschrieben.

Dabei fiel mir, dem notorisch Schlampigen, zuallererst die penetrante Ordentlichkeit ins Auge. Sie war allgegenwärtig wie der leichte, durchdringende Schweißgeruch in diesem Raum. Die Fläschchen mit den Duftessenzen standen in Reih und Glied, wie die Orgelpfeifen nach Größe geordnet. Alle Handtücher waren säuberlich auf Kante gestapelt und nach verwandten Farbtönen zusammengelegt. Ich zog eine der beiden Schubladen auf. Den Inhalt mußte man eindeutig als Krempel bezeichnen, vom Bleistiftspitzer bis zum Papiertaschentuch, und dennoch war es alles andere als ein Durcheinander. Noch nie hatte ich so aufgeräumten Krempel gesehen. Ein benutztes Stück Seife, Streichhölzer, eine Taschenlampenbatterie und ein angebissener Vollwertkeks. Chaos und Kosmos in einem. Jeder Millimeter der Schublade war ausgenutzt, runde, selbst krümelige Gegenstände paßten nahtlos hinein wie in ein Puzzle, und ich mußte zugeben, daß diese Packtechnik ihresgleichen suchte …

Allerdings tat sie das nicht lange. Ich war selbst überrascht, aber ganz plötzlich sah ich ihresgleichen vor mir: ein Kofferungetüm, wie es auf dem Boden unseres Büros stand, so prall und gleichzeitig rationell mit Geldscheinen gefüllt, daß ein einziges zusätzliches Staubkorn gereicht hätte, um die Nähte platzen zu lassen. Ich pfiff durch die Zähne. Wer hätte gedacht, daß man mit Massage ein solches Vermögen anhäufen konnte.

Ein wütender Fluch und das dumpfe Aufschlagen eines weiteren Schraubenschlüssels nebenan machten mir bewußt, daß ich nicht ewig hier weiterschnüffeln konnte. Außerdem würde ich wohl kaum belastendes Material finden, es sei denn, Udo hatte ein eigenes Fach dafür angelegt.

Da ich in der Schublade herumgewühlt hatte, war die Ordnung dahin. Ich mußte erst ein paar Dinge herausnehmen, damit sie zuging. Ganz zuunterst lag ein kleines, weißes Tütchen, vermutlich mit irgendwelchen Fitneß-Pillen gefüllt.

Es waren weiche Pillen, die süß rochen. Ich schüttelte ein paar aus der Tüte auf meine Handfläche und grinste breit: Weingummis. Rote, grüne und gelbe. Klebrig und süß. Und doch schöner anzusehen als die britischen Kronjuwelen.

Ich wollte meine gute Laune teilen, doch wie sich herausstellte, war der Mann vom Wartungsservice lange nicht so erfolgreich gewesen wie ich. Erst konnte ich ihn gar nicht finden.

»So, Schluß für heut!« kam seine Stimme dann unter einer der riesigen silbernen Gerippe hervor. Ein blitzblank gewienertes Ding, halb Guillotine, halb Galgen, mit Gewichten behangen, die, wenn sie sich selbständig machen würden, einen Güterwagen in den Boden stampfen konnten.

Der Mann kletterte hervor und sammelte sein Werkzeug ein. Er sah unzufrieden aus und gleichzeitig erleichtert, weil er jetzt Feierabend hatte.

»Bei dem Ding hier, da kann ich leider nix machen«, sagte er. »Da muß ich auf dat Ersatzteil warten. Un bis dahin«, er deutete mit seinem Schraubenzieher auf mich, »darf da keiner mit rumturnen.«

Ich lächelte. »Mit solchen Kleinigkeiten gebe ich mich auch schon längst nicht mehr ab.«

»Nee!« beharrte er. Mir dämmerte, daß er mich für einen Mitarbeiter des Hauses hielt. »Machense da auf jeden Fall en Schild dran. Außer Betrieb. Die sollen davon bleiben, verstanden?«

»Ich werd's ausrichten.«

Er war jetzt an der Tür und drehte sich noch einmal um. Ein Arzt im blauen Overall, der im Moment leider nichts tun kann, aber dennoch besorgt ist.

»Dat mir da bloß keiner dran jeht«, wiederholte er warnend. »De Kasten dä schlächt dich zu Brei, so schnell kannste janit gucken.«

Ich konnte es nicht erwarten, Henk meine neuen Beweisstücke vorzulegen und sein Gesicht zu sehen. Da war etwas, das ich nicht kannte, das ihn bis jetzt noch für den schönen Udo einnahm. Damit würde es nun wohl vorbei sein.

Ich sprang ins Auto und fuhr los. Inzwischen hatte es sich wieder eingeregnet. Wasser rieselte die Hausfassaden entlang, tropfte aus den defekten Dachrinnen, rauschte als reißender Bach durch die Rinnsteine, flutete die öffentlichen Toiletten. Die ganze Stadt war nur Teil eines gigantischen Wasserspiels.

Als ich bei Henk vorfuhr, war es dementsprechend schwer, den Wagen schnell zum Stehen zu bringen. Aber das mußte ich, weil ein Kleiderhaufen mitten auf der Straße lag, und das bei dem Wetter. Ich wäre glatt auf ihn draufgefahren, wenn ich nicht das Steuer herumgerissen hätte und auf einen dieser Blumenkübel geschliddert wäre, die den Verkehr beruhigen, indem sie jede normale Straße in eine gefährliche Slalomstrecke verwandeln. Die Stoßstange knirschte wütend. Und dann winkte der Kleiderhaufen. Ganz schwach winkte er, und er versuchte sich hochzurappeln. Henk.

»Wie kommst du hierher?« schrie ich ihn an, während ich versuchte, ihn ins Trockene zu zerren. Soviel Regen floß an mir herunter, daß ich mich in eine trockenere Umgebung wünschte, zum Beispiel auf den Grund eines Schwimmbeckens.

Henk stöhnte etwas Unverständliches, Wässriges. Ein paar Sekunden später hatte ich ihn auf dem Beifahrersitz und schlug die Tür zu.

»Die wollten mich umbringen.«

Er hatte eine blutige Schramme direkt über dem linken Auge und eine aufgeplatzte Oberlippe. Mit zitternden Fingern fischte er in seiner Manteltasche herum, aber er zog keine Taschentücher hervor, sondern seinen Tabak.

»Glaub ich nicht«, sagte ich. Mit meinem Fensterlappen tupfte ich sein Gesicht ab, dann drehte ich ihm eine Zigarette. »Die wollten uns nur einen Schreck einjagen.«

»Uns ist gut. Und wenn du die Karre nicht gegen den Kübel gesetzt hättest -«

»Aber das konnten die nicht wissen, daß wir so schlechte Bremsen haben«, beharrte ich.

»Fahr los«, sagte er.

Ich startete. »Wohin?«

»Zum Büro.«

Der Wagen setzte sich unter Protest in Bewegung. Der Motor keuchte und wieherte. Laßt mich hier liegen, schrie er, schlagt euch alleine durch. Aber mit mir geht es zu Ende ...

Ich konnte nur hoffen, daß der Kühler kein Leck hatte von dem Aufprall. Allerdings – bei dem Wetter würde das wohl kaum etwas ausmachen.

»Die wollten wissen, wo das Geld ist, stimmt's?«

Henk nickte grimmig und schmiß seine nasse Zigarette nach draußen. »Wollten die. Aber von mir haben sie nichts erfahren.«

»Wie viele waren es?«

»Zwei. Einer war dieser Schläger, an dem ich mir schon mal einen Bruch gehoben habe.«

»Ingo, der Feinfühlige.«

Mit schmerzverzerrtem Gesicht tupfte Henk an seiner Wunde herum. »Jedenfalls tappen die jetzt ganz schön im dunkeln.«

»Bravo, Henk.«

Er grinste säuerlich. »Du solltest endlich mal deinen Heiligen anrufen.«

»Welchen Heiligen?«

»Na, diesen Kruyssenfeld. Du solltest – heh – da oben ist ja Licht. Scheiße!«

Ich steuerte das Wrack auf den Parkstreifen, wo es gurgelnd sein Leben aushauchte. Henk sprang heraus und schleppte sich zur Haustür.

»Scheiße!« wiederholte er ahnungsvoll.

Im Büro war Licht, im Treppenhaus war Licht. Und im Keller. Ingo, der Feinfühlige war schon wieder weg, und daß er im Dunkeln getappt hatte, davon konnte wohl keine Rede sein.

Ich trug ihm nicht nach, daß er überall das Licht hatte brennen lassen. Auch nicht, daß er in unserem Büro gründlichere Arbeit geleistet hatte als in Luisas Wohnung. Aber er hatte im Keller herumgestöbert und die Tasche mit dem Geld gefunden. Wir waren mehr als pleite.

Mitfühlend trat ich neben Henk, der mit einem irren Ausdruck im Gesicht in die durchwühlte Kellerparzelle stierte.

»Tja«, sagte ich, und es hallte eigenartig durch das Gewölbe, wie in einem schlechten Spukfilm.

Henk spuckte verächtlich auf den Boden. »Verdammte Scheiße, Kittel«, sagte er leise. »Das war eine Menge Geld. Und das Versteck hier, das war deine lausige Idee.«

Damit ließ er mich stehen.

22

Aus der Probe wurde also nichts. Henk schmollte wie eine Oma, deren über alles geliebten Schoßhund ich versehentlich mit einem Sofakissen verwechselt hatte. Was mich betraf, so tat es mir auch leid, daß ich mir das Ding einfach so unter den Hintern geschoben hatte. Aber der Köter war nun einmal hinüber, und ich konnte ihn nicht mehr lebendig machen. Schließlich und endlich war es ja auch mein Geld.

Henk schien das dann auch einzusehen. Aber er war verletzt und unfähig, heute noch Musik zu machen. Das mußte ich verstehen. Er hatte den Helden gespielt und seine Birne weichprügeln lassen für ein Geheimnis, hinter das seine Peiniger kurz darauf einfach so, rein zufällig, gekommen waren.

»Scheiße«, sagte er immer wieder. Er sah aus wie ein schwer gekränkter Schornstein, und er tat mir leid.

»Komm schon«, lud ich ihn ein, »das *La Mancha* bringt dich auf andere Gedanken. Heute geht alles auf meine Rechnung.«

Danach dauerte es nicht mehr lange, und es ging ihm wirklich besser.

Jiorgos empfing uns mit Entschuldigungen, daß er unseren Proberaum heute leider vergeben hätte. Ein Kegelclub suche gerade sein Lokal heim, ohne vorbestellt zu haben, und deshalb würde aus der Probe auch nichts werden. Zum Ausgleich bot er uns je einen Kalimnos-Cocktail an, was wir dankend ablehnten. Statt dessen zogen wir uns in eine halbwegs stille Ecke zurück und eröffneten mit Ouzo.

»Weißt du, Henk«, unterbrach ich nach dem dritten das Schweigen, »ich denke, ich habe den Kram jetzt bald zusammen. Alles fügt sich zu einem fertigen Bild -«

»Interessiert mich nicht«, winkte er ab. »Ich arbeite nicht für umsonst.«

»Canossi mußte sterben, weil er diesem Guru auf die Füße getreten ist.«

Henk zuckte mit den Schultern. »Ohne Knete kein Fall.«

Ich sagte etwas, aber das ging unter in einem Lacher vom Tisch des Kegelclubs, der uns wie ein Keulenschlag erwischte. Irgendwo mußte es Ausbildungscamps geben, in denen das Lachen über Stammtischwitze mit militärischem Drill eingeübt wurde.

»Und wir haben ihm auch auf die Füße getreten«, sagte ich. »Wir haben das Geld genommen und unangenehme Fragen gestellt. Das hat ihn nervös gemacht. Also schickte er seine Gorillas. Naujox und die beiden Modeaffen. Selbst hielt er sich natürlich diskret im Hintergrund.«

Wieder Lachen. Wir duckten uns wie im Kugelhagel.

»Für die grobe Arbeit, da hat er seine Leute. Wie zum Beispiel Udo Sülznik.«

»Natürlich.«

Ich sah ihn etwas schräg an. »Was soll das heißen?«

Henk schneuzte sich, und es hörte sich an wie das angriffslustige Trompeten eines Elefanten in der afrikanischen Savanne. Allmählich fühlte ich mich umzingelt.

»Nichts«, sagte er. »Nur daß Udo dein Lieblingsverdächtiger ist. Das kannst du nicht abstreiten. Ich weiß ja nicht, was du gegen ihn hast, aber -«

»Was ich gegen ihn habe?« Ich spürte, wie mein ouzohaltiges Blut in den Kopf stieg. »Hör mal, darf ich dich erinnern, daß wir einen Fall bearbeiten? Hier geht es nicht darum, daß ich auf ihn sauer bin, weil er beim Einparken mein Rücklicht kaputtgefahren hat.«

»Aber du bist sauer.«

»Immerhin hat er mich beinahe umgebracht. Soll ich ihn etwa anrufen und sagen: Mach dir nichts draus, alter Junge, wie haben alle mal unseren schlechten Tag?«

Henk hob seine Hand, als wäre ich eine Lokomotive, die mit voller Fahrt auf ihn zufuhr. »Halt, Kittel. Immer mit der Ruhe. Ich weiß, das ist kein gutes Thema. Also laß uns besser von etwas anderem -«

»Moment!« Ich kramte in meiner Tasche. Die Kegelbrüder verstummten plötzlich, und ich kam mir vor wie der Mittelpunkt des Restaurants. Aber es war nur deshalb, weil einer der Herren einen besonders delikaten Witz flüsterte.

Ich öffnete meine Hand und legte etwas auf den Tisch. Auf den ersten Blick konnte man nicht erkennen, was es war. Auf den zweiten Blick sah es etwa so aus wie von innen bunt beleuchteter Hundekot.

Henk grinste. »Haben sie euch im Kindergarten denn nichts zu essen gegeben?« fragte er milde.

»Spar dir deine Witze«, schnaubte ich. »Das habe ich an Udos Arbeitsplatz gefunden. Weingummis. In einer Schublade, die so zwanghaft ordentlich war wie der Koffer mit dem Geld.«

Henk stupste den Klumpen auf dem Tisch mit der Fingerspitze an wie eine halbtote Fliege, die man zum Krabbeln bringen will.

»Durch den Regen sind sie natürlich zusammengeklebt«, erläuterte ich.

Die Milde in seinem Gesicht verschwand nicht. Aber es kam etwas dazu, etwas wie Mitleid. Therapeutisches Interesse. »Das da ist also ein Beweis«, sagte er.

»Kein hundertprozentiger. Aber ich *weiß* jetzt, daß er's war.«

Henks Miene verfinsterte sich. »Soll ich dir sagen, was deine Beweise sind? Erstens: sein Benehmen gefällt dir nicht. Zweitens: er ist mit der Frau zusammen, auf die du scharf bist. Und drittens: es macht dich fertig, daß er bei Frauen offenbar besser ankommt als du.«

Ich lachte laut auf. »Ich soll neidisch sein, auf diesen –«

»Schscht!« machte Henk.

»Aber das ist lächerlich! Und du weißt, daß das lächerlich ist!«

»Jetzt reg dich doch nicht gleich auf -«

»Ich reg mich nicht auf! Warum sollte ich mich aufregen!«

Als ich aufsah, bemerkte ich die Kegelbrüder, die alle Witztätigkeit eingestellt hatten. Sie starrten herüber wie eine Runde dickleibiger Truthähne mit Krawatten und halbaufgeknöpften weißen Hemden und als hätte ich gerade lauthals ein Grillhähnchen mit Pommes bestellt. Es fiel mir nicht schwer einzusehen, daß ich wohl oder übel den Rückzug antreten mußte. Natürlich regte ich mich nicht auf, aber alle hier dachten es, und jeder Versuch, sie davon abzubringen, würde sie nur noch darin bestärken.

»Und noch etwas«, fing Henk trotz allem wieder an. »Wenn dieser Udo von der Bildfläche verschwinden würde, dann hättest du doch freie Bahn, oder?«

Ich sah die beiden vor mir. Udo mit seiner athletischen Figur, schwitzend und ölig, nackt. Wie er auf Luisa lag, die sich unter ihm wand, aber nicht vor Lust, sondern weil sie versuchte, ihm zu entkommen, weil er, dieser vor Gesundheit dampfende Gott der Fitneß, sie jeden Moment zerdrücken würde wie eine reife Banane. Weil sie für ihn eben nicht mehr war als ein willkommenes Gerät zur Stärkung von Bauch- und Beckenmuskulatur. Mir wurde übel.

Ich schnappte mir die Weingummis und stand auf.

»Sieht so aus, Henk, als sollte erst mal jeder für sich allein weitermachen«, sagte ich. »Ich komm dir nicht in die Quere, und du mischst dich bei mir nicht ein. Und wenn ich dir einen guten Rat geben darf: lies lieber mal was anderes als diese Bücher über das Vergessen als neuer Weg der Erkenntnis. Du redest schon wie Kruyssenfeld persönlich.«

23

Manche Morde sollen wie ein Unfall aussehen, damit niemand darauf kommt, daß es ein Mord war. Meistens fliegt das auf. Aber es gibt auch solche, die nicht nur so aussehen. Die wirkliche Unfälle sind. Sie kommen eben nur manchem mehr als gelegen. Im Nachhinein ist beides dann kaum auseinander zu halten. Ein Weingummi zum Beispiel hält niemand für eine Mordwaffe, andererseits sind auch wenige Unfälle bekannt, an denen Weingummis einen entscheidenden Anteil hatten. Manchmal ist die Sache einfach etwas komplizierter.

Solche wirren Gedanken spukten mir auf dem Rückweg vom *La Mancha* im Kopf herum. Während ich mit Schlingerbewegungen meine Beine an den zahlreichen

Pfützen vorbeisteuerte und trotzdem immer nassere Füße bekam, sah ich wieder und wieder Luisa und den schönen Udo vor mir, wie sie es auf einer Schulter-Arm-Maschine miteinander trieben, stöhnend und schwitzend. Was machte denn den entscheidenden Unterschied? War ein Unfall deshalb schon ein Mord, weil es jemanden gab, dem sein tödlicher Verlauf in den Kram paßte?

Gerne hätte ich Henks Meinung dazu gehört, aber mit ihm konnte man über sowas ja nicht mehr reden. Überhaupt hatte er im Laufe dieses Falles einige Seiten an den Tag gelegt, die ich an ihm noch nicht gekannt hatte. Erst diese persönliche Fehde mit Schäubel, der uns unbedingt aus dem Fall heraus haben wollte, und jetzt die fast gluckenhafte Parteinahme für den Muskelprotz. Ich fragte mich, was mit Henk los war. Kannte er Udo vielleicht auch von früher? War es das? Hatte er früher mit ihm zusammen im Ministranten-Chor gesungen? Rührte daher seine seltsamen Zuneigung für diese Type?

Ich hoffte es. Denn wenn nicht, dann mußte ich mir zwangsläufig die Frage stellen, ob er, Henk, möglicherweise auf eine ganz andere Weise in diesen Fall verwikkelt war, als ich bisher angenommen hatte. Auf eine Weise, die mir ganz und gar nicht schmeckte …

Für den nächsten Morgen bescherte mir der Ouzo einen gewaltigen Kater. Gräßlich. Mit den anderen Flüssigkeiten, die ich gestern in mich hineingeschüttet hatte, mußte sich auch die Gehirnflüssigkeit irgendwie durch meine Blase aus dem Staub gemacht haben. Jetzt lag das arme Hirn in meinem Schädel, hart und porös wie ein getrockneter Schwamm in einem alten Topf, und noch dazu völlig ungefedert. Jede Bewegung ließ mich zusammenzucken wie einen Frosch beim Tierversuch. Ich überlegte, ob ich dagegen etwas unternehmen konnte. Viele schworen darauf, daß gegen Ouzo nur Ouzo half. Aber bei dem Gedanken daran wurde mir so übel, daß ich vorsichtshalber in die Knie ging und mit einer Art biologisch bedingter Ehrfurcht die geöffnete Kloschüssel umklammerte. Einem Pilger, der nach Tausenden von Kilometern endlich das Weihwasserbecken seines Lieblingsheiligen umklammerte, hätte es nicht ernster sein können.

Ich sah ein, daß ich schon eine Weile brauchen würde, um wieder auf die Beine zu kommen. Daran war nichts zu ändern. Eine Weile, gut, aber nicht mehr. Schließlich hatte ich heute noch einiges zu erledigen. Zum Beispiel hatte ich einen Fall zu Ende zu bringen.

Bevor ich losging, steckte ich meinen Revolver in die Tasche, den ich für solche Fälle im Besteckkasten der Küchenschublade versteckt hielt. Eigentlich gehöre ich zu denen, die solche Dinger nie benutzen. Aber erstens bin ich kein Prinzipienreiter, und zweitens weiß ich zuverlässig, daß man sich in bestimmten Fällen mit einer Waffe einfach sicherer fühlt. Und stärker. Besonders wenn man es mit einem zur Gewalttätigkeit neigenden Masseur zu tun hatte, der einer Seitenlinie von King Kong abstammen mußte.

Daß der Wagen hin war, hatte ich ganz vergessen. Es fiel mir erst wieder ein, als ich den Zündschlüssel schon herumgedreht hatte. Glücklicherweise hatte er es offenbar auch vergessen. Er hustete ein wenig, aber dann sprang er an, ohne sich weiter zu beschweren.

Diesmal traf ich Udo an. Beeindruckend, sein wohlgeformter Körper inmitten einer Welt aus duftendem Frottee, blitzendem Chrom und leicht beschlagenem Glas. Kein Zweifel, hier war er zu Hause, das war die Luft, die er atmete, dieses angewärmte Gemisch aus Körperlotion und Transspiration, das meine Nase nur widerwillig aufnahm. Ich war derjenige, der hier nichts zu suchen hatte, der Eindringling.

»Hallo!« grüßte ich freundlich.

Er war gerade damit beschäftigt, eine lange Treppe hinaufzuhasten, ohne sich auch nur einen Zentimeter von der Stelle zu bewegen.

»Laß dich nicht stören«, sagte ich.

Er machte ein genervtes Gesicht, hörte mit dem Gehopse auf und griff dann resignierend nach einem Handtuch.

»Unmöglich«, brummte er. »Was willst du noch?«

Im Vorbeischlendern nahm ich eine herumliegende Hantel in die Hand. Sie war schwerer, als ich dachte, und wäre mir beinahe auf den Fuß gefallen.

»Nichts Besonderes. Das, was du von dem Training erzählt hast, hat mich nur neugierig gemacht.«

Udo grinste spöttisch. »Jetzt sag bloß nicht, du hast vor, hier was nachzuholen?«

»Und wenn es so wäre?«

Er warf das Handtuch, mit dem er sich ausgiebig abgetupft hatte, auch unter den Achseln, über ein Heizungsrohr, das an der Wand entlanglief. So also entstand dieser hier so typische Geruch …

»Nee«, lachte er. »Aber für dich lohnt es sich wohl nicht mehr. Vertane Zeit.«

»Glaubst du?«

»Ja, glaub ich. Sieh dich doch an.«

»Gut, okay. Und weiter?«

Er hielt mich für schwer von Begriff. »Ich sag nur eins: Recycling. Wenn die Bierdose einmal zerknüllt ist, dann kriegst du die Falten nicht mehr raus. Hilft nur noch Einstampfen.«

Ich selbst war verblüfft, wie freundlich ich zu diesem Menschen sein konnte, vor allem angesichts seines mehr als herablassenden Tons. Er war es schließlich gewesen, der die Bierdose zerknüllt hatte. Aber ich sagte mir, daß es für einen guten Zweck war.

Außerdem war es ganz klar, daß ich Udo Sülznik verunsichert hatte, indem ich einfach hier auftauchte. Er mußte sich fragen, was ich von ihm wollte. Ich beschloß, ihm die andere Backe hinzuhalten, daß er mir noch ein paar Mal ungestört in den Hintern treten konnte.

»An deiner Stelle würde ich vielleicht nicht zu sehr nach dem Äußeren urteilen«, belehrte ich ihn und trat auf ihn zu.

Er sah mich mitleidig an und schüttelte langsam den Kopf, als wäre ich ein Zehnjähriger, der ihn gerade zum Boxkampf herausgeforderte hatte.

»Sicher«, grinste er. »Innere Werte, was? Geistige Qualitäten. Das muß es ja geben. Innere Werte! Für solche Schlafflinge wie euch.«

Damit musterte er mich geringschätzig. »Tja, so ist das, mein Guter. Wer ein häßliches Entlein ist, sollte wenigstens ein guter Mensch sein, hab ich recht?«

Ich versuchte, muskulöser auszusehen. »Mir ist klargeworden«, sagte ich, »daß ich viel nachzuholen habe. Und ich habe schon mit dem Training angefangen. Das ist doch was. Du darfst nicht zuviel erwarten am Anfang.«

Er sah nicht mal hin. »Selig, die nichts erwarten, denn sie werden nicht enttäuscht werden.«

Er spielte mit der Hantel, die mir beinahe die Zehen zerquetscht hatte, und ließ sie in der Hand tanzen, als wäre es die Mine eines Kugelschreibers.

»An deiner Stelle«, sagte er, »würde ich mich auch an die inneren Werte halten. Ganz klar. Du bist nämlich einer von denen, denen man die inneren Werte äußerlich schon von weitem ansieht. Wenn du verstehst, was ich meine.«

Ich verstand. Aber er bestand darauf, sich noch näher zu erklären: »Soll ich dir sagen, was eure Masche bei den Frauen ist? Ihr hofft, daß sie aus Mitleid auf euch fliegen. Jawohl. Der tolle Detektiv. Mit seiner Alkoholfahne und dem Rauchgestank, der -«

»Ich rauche nicht«, versuchte ich zu protestieren. Aber das war unwichtig. Gnadenlos packte er einen Fitneßraum-Witz nach dem anderen aus.

»Die Pflegefall-Masche. Haha! Ich lebe nicht mehr lange, also mach's mir! Ihr labert sie solange voll, bis sie gar nicht mehr merken, was für einen Schrott sie sich da ans Bein gehängt haben. So macht ihr das.«

Ich steckte es ein. Ein bißchen Platz hatte ich noch.

»Immerhin«, warf ich ein, »habe ich das große Gewicht da drüben fünfunddreißig Mal geschafft.«

Er warf einen Blick auf das Gerät und legte mißtrauisch den Kopf schief. Dann prustete er laut heraus. »Das Ding da? Eher stemme ich eine Lokomotive, als daß du an dem Ding auch nur eine Schraube bewegst.«

Ich stand ihm jetzt direkt gegenüber.

»Fünfunddreißig Mal. Das schafft nicht jeder. Für dich vielleicht ein Klacks. Aber für den Anfang nicht schlecht, das mußt du zugeben.«

Ich sah ihm an, daß er mir nicht glaubte. Und daß er es genoß, mich endlich an dem Punkt zu haben, wo ich mich nur noch aus der Affaire ziehen konnte mit dieser schamlosen Prahlerei. Da war nur etwas Winziges, ein ganz kleiner Funken Zweifel, zu fein für die grobe Maschinerie seiner Auffassungsgabe. Ein Funken, der nur für eine Zehntelsekunde Verzögerung sorgte.

»Also dann«, sagte ich. »Ich muß los. War nett, mit dir zu plaudern. Du hörst von mir.«

Damit drehte ich mich herum und schlenderte zur Tür. Ein lässiger Abgang, jedenfalls beinahe, wenn diese unsägliche Hantel nicht schon wieder im Weg gelegen hätte. Jetzt begriff ich, woher dieser merkwürdig gestelzte Gang der Muskelprotze herrührte. Sie versuchten den Hanteln auszuweichen. Mit schmerzverzerrtem Gesicht grinste ich, als Udo sich sein Urteil gebildet hatte.

»Angeber«, sagte er.

Ich drehte mich um. »Natürlich.« Ich lächelte und kämpfte mir den letzten Rest Freundlichkeit ab. »Klar. Bis später dann.«

In der Eingangshalle des Instituts tummelten sich ein paar junge Leute in weiten, pastellfarbenen Klamotten, und der Ausdruck auf ihren Gesichtern sagte mir, daß es in ihren Herzen genauso aussah. Was hatte dieser Udo nur so gegen innere Werte? Diese Menschen hier mochten vielleicht ein wenig kitschig sein, aber böse waren sie nicht. Ich winkte Gundula an der Anmeldung kurz zu, und als sie zurückwinkte, beschloß ich, Kruyssenfeld meine Aufwartung zu machen. Es gab inzwischen ja einiges zu besprechen.

Aber ich hatte Pech. Gundula schenkte mir ein bedauerndes Lächeln. »Tut mir leid. Wenn er drüben ist, ist er für niemand zu sprechen.«

»Drüben?« fragte ich.

Sie deutete mitten durch die Gruppe Pastellfarbener und das Eingangsportal hindurch auf die andere Straßenseite.

»Seine Residenz.«

»Tja, dann«, sagte ich. »Trotzdem danke.«

»Wie geht es Luisa Lukas? Haben Sie sie gefunden?«

Ich blinzelte geheimnisvoll. »Noch nicht. Aber ich bin ganz nahe dran.«

Eine seltsame, rhythmische Erschütterung ging durch das Haus, und ich fragte mich, ob in dieser Gegend vielleicht doch eine U-Bahn verkehrte. Aber das Geräusch kam aus dem Obergeschoß, aus einem der Therapieräume. Es stampfte, als würde oben nach Öl gebohrt. Therapie war doch eine merkwürdige Sache. Hatte Udo am Ende doch recht? War das Wesentliche für die Augen unsichtbar, und zwar deshalb, weil es gar nicht existierte? War das einzige Unsichtbare, das je wirklich einen Sinn machte, ein Deo ohne Treibgas?

Der Herbst versuchte sich wieder einzuschmeicheln, indem er so tat, als ob Nässe und Kälte für ihn Fremdwörter seien. Aber der Schwindel war nicht perfekt, solange die Vögel nicht mitmachten. Anstatt hier herumzuzwitschern, saßen die in Afrika bei einer kühlen Limonade und warteten erst mal ab. Ich beschloß, auch nicht drauf reinzufallen.

Ich dachte über die Pastellfarbenen nach mit den verklärten Gesichtern, und ich dachte an Udo. An seine aufgeblasenen Backen. An die monströse Maschine, mit der ich vor ihm angegeben hatte. Und dann hörte ich eine warnende Stimme, die allerdings weder mit den Pastellfarbenen noch mit Udo etwas zu tun hatte: »De Kasten dä schlächt dich zu Brei, so schnell kannste janit gucken.«

Ich schob eine Cassette ein, aber es war eine von Henks uralten. *Georgia on my mind*. Im Hintergrund das authentische Knistern aus den Kinderzeiten des Grammophons, das Henk so liebt. Ich schmiß das Band wieder raus, aber den Song hatte ich jetzt im Ohr. Für den Rest des Weges verdarb ich mir die Laune, indem ich ihn ständig vor mich hin pfiff.

Auf dem Anrufbeantworter im Büro war schon wieder die Stimme Kruyssenfelds. Diesmal war sie so freundlich, daß ich mich schon wunderte, daß das Bandlaufwerk nicht ganz und gar verklebt war.

»Schön, Sie nicht anzutreffen. Daraus schließe ich, daß Sie sich Ihr Geld verdienen. Gut, sehr gut. Aber ich denke, Sie *haben* es jetzt verdient. Ich freue mich, Ihnen mitteilen zu können, daß der Fall – was mich angeht – abgeschlossen werden kann. Bitte setzen Sie sich mit mir in Verbindung, damit ich Ihnen einen Scheck zukommen lassen kann.«

Interessant. Wirklich interessant. Natürlich konnte der Fall abgeschlossen werden. Aber daß er darauf kam, ausgerechnet jetzt, wo er mir neulich noch so richtig Dampf gemacht hatte …

Ausgerechnet jetzt. Nachdem unser schönes Geld auf wundersame Weise verschwunden war.

Meine Hand, die sich schon öffnen und den Autoschlüssel auf den Tisch werfen wollte, überlegte es sich doch noch anders und steckte ihn zurück in die Tasche.

Als ich den Wagen startete, reagierte er unwillig wie ein hinfälliger alter Mann, den man aus dem Bett geklingelt hat. Ich hoffte, daß sich seine Laune nicht noch verschlimmern würde, wenn er erst merkte, daß er den ganzen Weg wieder zurück mußte, den er gerade erst gekommen war.

Aber entweder bemerkte er es nicht, oder aber er hatte sogar eine heimliche Schwäche für die besseren Viertel der Stadt. Was allerdings auch für einen anderen Wagen galt, der mir seit einiger Zeit folgte. Leider konnte ich nicht erkennen, was für ein Auto es war, denn die Dämmerung sorgte bereits mit Erfolg dafür, daß alle Straßen nur aus Leuchtschriften und beleuchteten Schaufenstern bestanden und alle Autos aus Scheinwerfern und beleuchtetem Kohlenmonoxyd. Langweilige, grelle, weiße Punkte, durch nichts zu unterscheiden. Schwer genug, überhaupt herauszufinden, daß ich einen Verfolger hatte, aber das gehörte nun mal zu meinen Job.

Den Verfolger abzuhängen war eine ganz andere Geschichte. Zwar gehörte das auch zu meinem Job, aber ich saß in Henks Auto, und ich konnte nicht erwarten, daß der alte Kasten mir wohlgesonnen war. Durch meine Schuld war es beinahe Opfer eines tollwütigen Range-Rovers geworden, dann hatte ich es gegen einen Hydranten gefahren, und schließlich besaß ich nicht einmal den Anstand, es in Ruhe sterben zu lassen. So wie es aussah, könnte ich also selbst ein Dreirad nur mit Mühe abhängen.

Zum Glück war meine Trickkiste noch nicht ganz leer. Als die nächste Ampel auf Gelb schaltete, fuhr ich mit quietschenden Reifen an und bog rechts ab. Hier war Fußgängerzone und die für Autos streng verboten, aber das war ja Sinn der Sache. Brave Einkäufer stoben auseinander wie ein aufgeschrecktes Rudel Antilopen, manche schimpften aber auch, und einer haute mir aufs Dach. Nur knapp gelang es mir, einem mit leisem Zischen heranbrausenden Fahrrad auszuweichen. Es war ein Sport-Bike mit allen Schikanen, von gedrungener, kampfhundartiger Statur und mit Reifen breit wie die eines Traktors. Ich fühlte Schweißperlen auf meiner Stirn. Von einem Zusammenstoß mit dem Ding hätte sich das Auto nie wieder erholt.

Nur wenige Minuten später, auf der anderen Seite der Fußgängerzone, kam ich in die besseren Wohngegenden. Der Verkehr lichtete sich. Und im Rückspiegel leuchteten keine Scheinwerfer mehr.

Ich parkte auf einem Anwohnerparkplatz direkt vor dem schmucken Gebäude, das Gundula als ›Residenz‹ Kruyssenfelds bezeichnet hatte. Es war kleiner als das Meditationszentrum, und der Vorgarten war weniger aufwendig gestaltet. Die Hecke beschnitten, ein paar Obstbäume und ein säuberlich rasierter Rasen. Ein idealer Lebensraum für Gartenzwerge, obwohl ich keine entdecken konnte.

Über der Klingel stand kein Name, und es ertönte auch kein Gong, als ich sie drückte. Aber nach ein paar Sekunden rauschte die Gegensprechanlage.

»Kruyssenfeld?« sagte ich. »Hier ist Kittel. Ich würde gern noch wissen, wieso -«

Das Ding rauschte wieder, man konnte kaum etwas verstehen.

»... wollen Sie noch? Der Fall ist erledigt, und Sie bekommen Ihr Geld.« Er wollte mich abwimmeln.

»Okay«, sagte ich in das kleine Gitter unter dem Klingelknopf. »Aber wenn Sie mich schon mitten drin aus dem Film holen, dann müssen Sie mir wenigstens erklären, wie er ausgegangen ist.«

Es surrte. Ich drückte die Tür auf.

24

»Wissen Sie, daß Sie sich zu wichtig nehmen?« Kruyssenfelds kurzer Zeigefinger an seinem kurzen Arm deutete belehrend auf mich.

»Das ist Ihr Problem. Stellen Sie sich vor, Sie rufen einen Arzt. Und bis er kommt, gehen die Beschwerden von selbst. Dann besteht er doch nicht darauf, Sie trotzdem zu operieren, nur weil Sie den Auftrag nun einmal erteilt haben.«

Für diese Art Gleichnisse schien er eine Vorliebe zu haben.

»Aber er würde«, sagte ich freundlich, »es den Beschwerden schon übelnehmen, daß sie einfach gegangen sind, ohne auf ihn zu warten.«

Ein offener Kamin mit einem lodernden Feuer beherrschte das schwülstig eingerichtete Wohnzimmer. Schwere, mythologisch geformte Kerzenleuchter, Elefantenstoßzähne an der Wand und großformatige Bilder mit Motiven aus dem Kamasutra. Meine Brille beschlug. Der Raum war völlig überheizt, und das hatte seinen Grund: Eine Frau, besser ein Mädchen, denn sie war niemals älter als neunzehn, mit einem Gesichtsausdruck, der mich an die pastellfarbenen Jugendlichen erinnerte, räkelte sich auf einem Diwan in einem Bademantel, der so knapp war, das man ihn mühelos unter einem Bikini tragen konnte. Es sah also ganz danach aus, daß ich ungelegen kam. Mehr noch: Ich hatte Kruyssenfeld den Spaß verdorben.

»Alles was ich wissen will«, sagte ich, »ist, wieso der Fall gelöst sein soll. Es interessiert mich brennend. Ich meine, wo Sie mich doch immerhin dafür bezahlen, daß er gelöst wird.«

Kruyssenfeld war heute ganz in Gelb. Kein grelles Tulpengelb, aber auch kein dezentes Therapeutengelb. Eher ein mystisch aufgeladenes fernöstliches Gelb. Und er trug wieder diesen buddhistischen Fummel. Das Gelb verstärkte seine Ähnlichkeit mit einer Weihnachtskugel. Jene Milde allerdings, die seinen Gesichtausdruck sonst so prägte, wurde gestört von einem ungnädigen Schmollmund, der die Unterlippe immer wieder balkonartig vorschob.

»Und dafür haben Sie sich extra herbemüht?« fragte er.

Ich nickte.

»Wissen Sie, ich weiß keine Details«, sagte er, während er sich und dem Mädchen Wein nachgoß. »Aber die interessieren mich auch nicht. Es ging mir nur darum, daß dieser Fall aufgeklärt wird. Und das ist jetzt geschehen.«

»Nämlich?«

»Canossi war Journalist. Er recherchierte im Milieu des organisierten Verbrechens.«

»Das ist mir neu.«

Kruyssenfeld zielte mit dem Glas auf mich wie ein Oberstudienrat mit der Kreide. »Das ist Ihr Problem. Jedenfalls mußte er deshalb sterben. Und deshalb waren auch diese Gorillas hinter Ihnen her, um Ihnen den Spaß an der Arbeit zu verderben.«

Ich pfiff bewundernd durch die Zähne. »Immerhin. Hingerichtet durch einen Bonbon-Anschlag der Mafia. Das ist ja schon was. Sie hätten mir ja auch erzählen können, er wäre heimtückisch von einer Dampfwalze überrollt und später erst in mein Büro geschleppt worden, um einen Selbstmord vorzutäuschen.«

»Was ist daran so komisch?«

»Nichts«, sagte ich und grinste. »Wer hat Ihnen das mit der Mafia erzählt?«

Der Guru grinste zurück, und ich mußte zugeben, daß er davon mehr verstand als ich.

»Die Polizei höchstpersönlich«, sagte er freundlich. »Inspektor Schäubel.«

»Natürlich.«

»Nun, er war vielleicht ein wenig schneller als Sie, aber er hat ja auch mehr Leute, nicht wahr? Das kann man nicht vergleichen.«

»Nein, kann man auch nicht. Also die Mafia. Von mir aus. Hat Schäubel auch gesagt, wer der Kopf des Ganzen ist?«

»Was besagen denn schon Namen?«

»Einiges, wenn es bekannte sind. Ich habe Grund zu der Annahme, daß Sie ihn nicht erst seit heute kennen.«

»Ich?«

Urplötzlich, wie aus dem Stand, erwachte sein Interesse. Es war jenes zupackende und dennoch grundehrliche, gutmeinende Interesse, an dem man den professionellen Therapeuten erkennt.

»Ja«, sagte ich. »Es war Ihr Vorgänger.«

An seinen blitzenden Äuglein sah ich, daß es ihm Spaß machte, mich auf den Arm zu nehmen. Sein Hohn war demonstrativ. Eine Idee zu demonstrativ für meinen Geschmack.

»Also gut, mein Freund. Klären Sie mich auf.«

Ich tat ihm den Gefallen gern. Warum auch nicht? Ich war mehr denn je davon überzeugt: Er kannte ihn. Er kannte Wizzt Han.

»Canossi hatte Geld dabei, das wir zunächst zurückhielten. Wir waren gespannt, wer danach suchte. Dann endlich hatten wir eine Spur, die über den *Wizzt Kon* Verlag hierher führte.«

»Eine Spur?«

»Genauer gesagt: Udo Sülznik, Ihr geschätzter Masseur.«

Kruyssenfeld machte ein skeptisches Gesicht. »Sülznik. Tja, der Mann hat was auf dem Kasten. Aber das ist bekanntlich nicht dasselbe wie etwas im Kopf zu haben, nicht wahr?«

»Weiter. Früher hieß dieser Laden: *Therapeutisches Zentrum für meditative Massagen.*«

»Heißt er jetzt auch noch.«

Ich zog meinen Zettel hervor. »Moment: Ja. Früher hieß er: *Zentrum für messianische Therapie und ganzheitliche Meditation,* und heute ist es das *Therapeutische Zentrum für meditative Massagen, geistkörperliche Gesundheit und Inspirationing.*«

»Ja und?«

»Canossi hatte eine Schwester. Sie recherchierte in diesem Zentrum und verschwand auf mysteriöse Weise. Der Guru, der die Abhängigkeit seiner Jünger, in diesem Fall Jüngerinnen, schamlos ausnutzte, ist wohl einen Schritt zu weit gegangen.«

»Zu weit gegangen?« Kruyssenfeld runzelte die Stirn. »Was meinen Sie damit?«

»Orgasmotherapie. Sie wissen, wovon ich rede, denn Sie praktizieren sie selbst. Bei meinem letzten Besuch konnte ich mich davon überzeugen. Nun ja, als Therapie vielleicht nicht jedermanns Sache. Unser Guru aber fand sie so wichtig, daß er sie nur in Einzeltherapie ausübte. Wobei er eine ausgeprägte Vorliebe hatte für blutjunge, hübsche Patientinnen.«

So hatte ich Kruyssenfelds Interesse doch noch geweckt. Der Spott verzerrte zwar immer noch sein Gesicht, aber er war irgendwie verrutscht, wie eine schlecht angepaßte Maske.

»Jedenfalls war Betty Kattwei tot. Er ließ sie verschwinden. Canossi fand es heraus und beschloß, den Herrn dafür bluten zu lassen. Das bezahlte er dann mit dem Leben.«

Kruyssenfeld trat auf mich zu. Er kam mir ganz nah, und da er wieder seinen Schmollmund aufgesetzt hatte, berührte er mit seiner vorgeschobenen Unterlippe beinahe meinen Hals. Aus Angst vor der Berührung mit etwas feuchtem Warmen wagte ich nicht zu schlucken.

»Schön und gut«, sagte er leise. »Aber wozu erzählen Sie mir das?«

»Wozu?« Ich rückte von ihm ab. »Es war kein Mafia-Mord. Sie müssen Inspektor Schäubel da falsch verstanden haben. Ihr Vorgänger ist der Mörder von Canossi. Vielleicht hat er es ja nicht selbst getan. Er war der Kopf und Udo Sülznik die Hand. Aber der eigentliche Mörder ist Wizzt Han.«

Die Unterlippe machte kehrt. Kruyssenfeld stolzierte zurück zu seinem Weinglas. Erleichtert schluckte ich gleich mehrmals.

»Sie sehen also«, sagte ich. »Der Fall ist fast abgeschlossen, aber nur fast. Erst muß ich diesen Wizzt Han finden.«

Kruyssenfeld, ein geschlagener Mann, ließ sich in einen Sessel fallen. Er lächelte zu mir herüber, und in seinen kleinen Augen lag wieder diese unendliche Geduld.

»Nun, das dürfte nicht so schwer sein. Er ist hier. Hier in diesem Raum. Sitzt höchstpersönlich vor Ihnen. Na, Sie Detektiv? Wußten Sie das etwa nicht? Ich habe einfach den Namen gewechselt. Voilà!«

Ich sagte nichts, starrte ihn nur an wie ein Blödmann, dem man gerade zweifelsfrei nachgewiesen hatte, daß er weder rechnen noch schreiben konnte.

»Jetzt werden Sie verstehen, wieso der Fall abgeschlossen ist«, sagte er gnädig. Dann faltete er die Hände in seinem Schoß und richtete seinen Blick zur Decke, als wollte er für meine schnellere Einsicht beten. Kruyssenfeld alias Wizzt Han. Natürlich! Wieso war ich nicht selbst darauf gekommen? Er selbst mußte mich erst darauf bringen. Aber – *warum* zum Teufel hatte er das getan?

Der Guru hatte seine kurze Meditation inzwischen beendet. »Das bleibt natürlich unter uns«, sagte er freundlich lächelnd.

»Unter uns?«

»So ist es. Schließlich handelt es sich um eine vertrauliche Information.«

»Ach ja ...« Allmählich nervte mich seine Manie, ständig so zu tun, als sei er mir ein oder zwei Schritte voraus. »Und wenn ich das etwas anders sehe? Was wollen Sie dagegen tun?«

Er lächelte wieder in seiner grenzenlosen Nachsicht. Dann wies er mit dem Arm in Richtung Tür wie ein Priester, der mir seinen neuen Meßdiener vorstellen wollte. Und da stand auch jemand. Sascha, soweit ich mich erinnerte. In seiner gepflegten Hand hielt er einen Revolver, dessen kurzer, schwarzer Lauf auf mich zeigte.

»Zum Beispiel das«, sagte Kruyssenfeld. Schon wollte er mir mit einer weiteren sakralen Geste bedeuten, die Hände zu heben, als er plötzlich in der Bewegung innehielt. Diesmal allerdings war die Überraschung auf seiner Seite.

Er hatte nicht damit gerechnet, einen ganz ähnlichen Revolver in meiner Hand vorzufinden, noch dazu auf sich gerichtet. Seine Schuld. Mit seiner hemmungslosen Freundlichkeit hatte er eine Spur zu dick aufgetragen. Das hatte mich mißtrauisch gemacht. Gerade noch rechtzeitig.

So standen wir also eine Weile.

»Und jetzt?« erkundigte ich mich in das angespannte Schweigen hinein.

»Na, was schon?« kam Saschas Stimme von hinten. »Die Waffe weg. Damit wir dich nicht kaltmachen müssen.«

»Leg du sie doch weg«, sagte ich. »Dein Boß wird dir sicher dankbar sein. Und er wird länger leben. Nicht wahr, großer Meister?«

»Das werden Sie nicht wagen«, sagte Kruyssenfeld.

»Wieso nicht?«

»Gut. Schieß doch, verdammtes Arschgesicht«, zischte Sascha dazwischen. »Versuch es. Du wirst sehen, was dann passiert.«

Obwohl ich ihm da zustimmen mußte, zuckte ich mit den Achseln. »Wieso ich? Geben Sie auf, Kruyssenfeld. Sie können es sich nicht leisten, mich umzubringen. Also lassen wir doch dieses kindische Spiel.«

»Ganz im Gegenteil: *Sie* können es sich nicht leisten, *mich* umzubringen. Also seien Sie vernünftig und lassen Sie die Waffe fallen.«

»Einigen wir uns darauf, daß sich keiner von uns beiden leisten kann, den jeweils anderen umzubringen, okay? Aber was dann?«

»Lassen Sie die Waffe fallen.«

»Lassen Sie sie doch fallen.«

»Du hast keine Chance.«

»Ich schon. Aber du nicht.«

So kamen wir nicht weiter. Eine typische Patt-Situation, das war allen Beteiligten klar. Auf diese Art und Weise konnten wir uns noch stundenlang unterhalten. Ich wollte Kruyssenfeld schon vorschlagen, ob er nicht inzwischen für einen kleinen Imbiß sorgen wollte, als sich plötzlich eine neue Stimme einmischte: »Polizei. Die Waffe weg!«

Das war unverkennbar Schäubel. Das erste Mal, daß er genau richtig kam. Sascha gehorchte sofort. Sein Revolver plumpste von seiner Hand und hinterließ eine häßliche Kerbe auf dem kostbaren Parkett.

»Verdammt noch mal!« schrie ihn Schäubel an. »Sie doch nicht! Ich meinte ihn!« Er deutete auf mich, aber es war schon zu spät. »Kittel, geben Sie das Ding her.«

Ich grinste. »Schön, Sie zu sehen, Kommissar. Sie können ihn hier gleich mitnehmen.«

»Was reden Sie da!« Schäubel machte einen Schritt auf mich zu. Ich hob die Waffe und richtete sie mitten auf Kruyssenfelds gelben Bauch.

Also blieb der Kommissar stehen. »Ich habe Sie gewarnt, Kittel. Sie hätten sich aus der Sache heraushalten sollen.«

»Also stimmt es tatsächlich.«

»Was stimmt?«

»Daß er Sie in der Hand hat.«

Er grinste, aber sein Grün schien sich dunkel zu verfärben. »Sie haben eine rege Phantasie, Kittel.«

»Henk hat's mir erzählt. Ich weiß Bescheid. Sagen wir ganz allgemein: Sie hatten ein spezielles Problem. Und das haben Sie auf eine spezielle Art und Weise behandeln lassen. Stichwort orgasmische Meditation. Oder so ähnlich. Jedenfalls hat unser Therapeut hier von Ihnen dann und wann ein paar Fotos gemacht. Zur Sicherheit. Das hat er oft gemacht, nicht nur bei Ihnen. Praktisch bei allen – sagen wir: einflußreichen Persönlichkeiten, die sich spezielle Probleme auf spezielle Art behandeln ließen. Denn damit ließ sich nicht wenig Kohle herausholen. Stimmt doch, großer Meister?«

Kruyssenfeld fuhr wieder seine Unterlippe aus.

»Schöne, wenn auch gewagte Fotos, nicht wahr? Auf jeden Fall aussagekräftig. Das waren nicht nur Bilder auf Papier, sondern das war Ihre Karriere bei der Polizei, Kommissar. Und die hat er Ihnen unter die Nase gehalten, als Sie wegen Canossi bei ihm auftauchten. Er bat Sie einfach, diesem Fall nicht zu große Aufmerksamkeit beizumessen.«

Schäubel atmete schwer. Zu seiner Wut kam wohl die Anstrengung, sich nichts anmerken zu lassen. »Keine Ahnung, wovon Sie reden.«

»Oh doch. Canossi hat sich nach Bettys Verschwinden sofort an Sie gewandt, und ich wette, Sie waren sehr bald bei Kruyssenfeld hier. Aber der hatte nun mal die Fotos.«

»Sie …«

Daß ich recht hatte, sah man Schäubel nicht an. Kruyssenfeld dafür um so mehr. Sein eben noch heiligmäßiges Buddha-Lächeln hatte er gegen ein schamlos hämisches Grinsen ausgetauscht. Das Grinsen eines Erpressers. Schäubel würde parieren, selbst jetzt noch, wo es um Mord ging. Allerdings gab es noch einen anderen Weg, diese Kette zu sprengen.

»Aber ich hatte Sie unterschätzt, Kommissar. Sie sind doch ein guter Bulle. Mit Ihnen kann man so was nicht machen.«

Schäubel hatte keine Ahnung, worauf ich hinauswollte, aber er winkte vorsichtshalber ab. »Ach, hören Sie doch auf!«

»Sie haben Format, Schäubel. Henk hat unrecht. Ich entschuldige mich für ihn. Sie haben einiges riskiert. Dieser heilige Fettwanst hier dachte, er hätte Sie an der kurzen Leine. Aber Sie sind gekommen, um ihm zu zeigen, daß er Sie lange genug ausgesaugt hat. Sie pfeifen auf seine Fotos. Da steht der Mörder Betty Kattweis und –«

»Halt!« rief Kruyssenfeld. Endlich regte er sich. »Nein, so war es nicht! Ich hab sie nicht umgebracht.«

»Nicht?«

»Nein. Es war ein Unfall! Luisa – ich weiß nicht, was Sie Ihnen erzählt hat. Aber sie dachte, es sei Orgasmotherapie. Sie hörte Geräusche aus dem Raum, genau wie Sie damals. Aber es war ein messianischer Reigen.«

»Ein Reigen?«

»Ja doch! Und dabei passierte es. Wir haben eine besondere Technik des rhythmischen Aufstampfens.«

Ich blies die Backen auf. »Rhythmisches Aufstampfen. Sehr interessant.«

»Ja. Ich kann Ihnen das jetzt nicht im einzelnen erklären. Jedenfalls – sie hat den Stab falsch herum benutzt. Es wirkt wie eine Harke, nur tödlicher.«

Ohne den Therapeuten aus den Augen zu lassen, schlenderte ich zu Sascha und hob die Kanone auf. Ich händigte sie Schäubel aus und steckte meine in aller Ruhe ein.

»Und den armen Canossi? Den hat es wohl auch rhythmisch zerstampft, was?«

»Aber das ist doch lächerlich!« schimpfte Kruyssenfeld. Sein hilfloser Blick suchte das Mädchen, das alles mit offenem Mund verfolgte. Als könnte ausgerechnet sie ihm da raushelfen. »Warum sollte ich ihn umbringen?«

»Das kann ich Ihnen sagen. Überlegen wir doch mal: Betty Kattwei war tot. Auch wenn es ein Unfall war. Meinetwegen. Jedenfalls war sie mausetot. Der große Wizzt Han war in einer brenzlichen Situation: Wenn das öffentlich wurde, dann konnte er sein Zentrum dichtmachen. Und sein ganzes Geld steckte da drin. Also beschloß er, die Leiche verschwinden zu lassen. Von da an nannte er sich Kruyssenfeld und entwickelte die Methode der Leere: Eine Art Selbsttherapie. Wissen heißt Vergessen. Unsterblichkeit – das ist das Nichtwissen um die Sterblichkeit. Nach dem Motto: Glücklich ist, wer vergißt … Urkomisch, was? Aber für ihn war es todernst. Er schrieb jede Menge Bücher darüber. Hielt Lehrgänge ab. Clearing up-Workshops. Verdrängung als Weg zum Glück. Durch meditative Technik befreite er sich auf wundersame Weise von der Schuld. Und alles war wieder in Butter.«

Die letzten Worte hatten tatsächlich einen Anflug von Erleichterung auf Kruyssenfelds Gesicht gezaubert. Also fuhr ich fort. »Aber leider holt ihn die Vergangenheit wieder ein. Luisa Lukas, eine ehemalige Therapeutin aus seinem Team, die beinahe dasselbe Schicksal wie Betty Kattwei ereilt hätte, sieht endlich die Chance zurückzuschlagen. Sie gibt Canossi den Spaten in die Hand, mit dem er alles wieder ausgraben kann. Kruyssenfeld schmiert ihn ordentlich, aber Canossi will sich nicht abwimmeln lassen. Wieder ist sein ganzes Werk gefährdet: Alles würde an die Oberfläche kommen. Man würde die berühmte Kruyssenfeld-Methode in der Öffentlichkeit lächerlich machen. Es gibt also nur einen Ausweg: Canossi verdrängen. Und zwar endgültig.«

Schäubel räusperte sich vernehmlich. »Tja, also -«

»Ich sage Ihnen, daß es nicht so war!« beschwor ihn sein Erpresser. »Warum sollte ich ihn töten?«

»Natürlich«, sagte ich, »haben Sie ihn nicht mit Ihren Händen umgebracht. Sie haben Therapeuten-Hände. Die würden so etwas nicht tun. Sie haben für solche Fälle auch einen Fachmann ...«

»Und der wäre?« fragte Schäubel.

»Udo Sülznik, der Masseur. Er sollte sich auch um mich kümmern, als ich der Lösung dieser Angelegenheit immer näher kam. Alles deutet darauf hin, daß er es war, der Canossi die tödlichen Bonbons untergeschoben hat. Wieviel haben Sie ihm übrigens dafür gezahlt, Finkel?«

»Ich habe gezahlt. Diesen Canossi habe ich bezahlt. Was sollte ich auch machen?« Kruyssenfeld wischte sich mit seinem seidenen Ärmel den Schweiß von der Stirn. »Canossi hat mich erpreßt. Dann war er tot, und ich habe diesen Schnüffler da engagiert, um mein Geld wiederzubekommen. Es ist mein Eigentum, und er hat es mir gestohlen.«

»Und Sie schickten mir Ihre Gorillas auf den Hals«, fügte ich hinzu.

»Was denn für Geld?« erkundigte sich Schäubel etwas unsicher.

»Geld?« sagte ich. »Es geht hier um Mord. Und dieser Herr da« – ich deutete auf Kruyssenfeld – »will Ihnen folgendes Märchen auftischen: Canossi hat mich erpreßt, Herr Kommissar. Er hatte mich nämlich am Arsch und zwar gründlich. Mit beiden Händen. Und da hab ich ihm ein Vermögen gezahlt, und er hat gesagt: Alles in Ordnung, großer Meister. Du hast dich an meiner kleinen Schwester vergriffen, und sie ist jetzt tot. Aber du hast ja bezahlt. Und damit ist der Fall für mich erledigt. Und da hab ich gesagt: Wenn das so ist, dann nichts für ungut. Einen schönen Tag noch. Ist das so ungefähr richtig?«

»Sie sind komplett verrückt«, sagte Kruyssenfeld. Schäubel warf mir einen kurzen, finsteren Blick zu. Dann trat er auf den Guru zu und berührte seinen Arm.

»Also dann«, sagte er. »Gehen wir.«

25

Es war eine klare Nacht. Über mir funkelten Millionen von Sternen, und während mir der Atem vor dem Mund qualmte, kam mir die Welt vor wie ein riesiger Kühlschrank, durch dessen schwarze Decke jemand mit einer Stecknadel abertausend Löcher gestochen hatte. Demnach mußte es also doch einen Gott geben.

Schräg gegenüber, vor dem *Kruyssenfeld-Institut*, stand ein weißes Fahrzeug mit eingeschaltetem Warnblinklicht in zweiter Reihe. Ein Notarzt. Sah ganz danach aus, als hätte es wieder einen Unfall beim rhythmischen Aufstampfen gegeben. Aber das ging mich jetzt nichts mehr an.

Ich hatte Feierabend. Der Fall war gelöst. Der Schuldige war zur Strecke gebracht, und ein grüner Bulle mit weichem Kern hatte auf den Weg des Gesetzes zurückgefunden. Beides war mein Verdienst, und trotzdem wollte sich das Hochgefühl nicht so recht einstellen. Canossis Geldkoffer war weg, und wenn auch Kruyssenfeld wohl jetzt nichts mehr davon haben würde, so hieß das trotzdem, daß ich die letzten Tage für umsonst gearbeitet hatte. Was sollte ich mich also auf Urlaub freuen? Genausogut konnte ich versuchen, durch die alleinige Lektüre von Urlaubsprospekten braun zu werden. Denn die gab es ja immerhin noch kostenlos.

Zu Hause angekommen, beschloß ich, als erstes Henk anzurufen. Mein Groll gegen ihn war verflogen, außerdem hatte er in der einen oder anderen Sache zur Lösung des Falles beigetragen. Henk war aber nicht da. Wahrscheinlich hing er im *La Mancha* herum. Oder er war zu Hause und übte auf der Posaune. In diesem Fall würde nicht einmal das Telefon die eigene Klingelei hören.

Also machte ich es mir allein ein bißchen gemütlich. Ich warf die Pistole zurück in den Besteck-Kasten, dann begab ich mich zum Kühlschrank und knipste unterwegs den Fernseher an.

Lokalfernsehen. Die gewohnten Bilder aus der gewohnten Stadt. Ich weiß, es gibt Leute, die kommen gar nicht mehr weg von der Glotze, wenn sie Bekanntes sehen. Wie es ja auch solche gibt, denen der liebste Geruch der eigene Schweiß ist. Aber für mich ist das nichts. Wenn ich das Ding schon einschalte, dann will ich große exotische Städte sehen: L. A. oder Rio. Unendliche Weiten und keinen vertrauten Muff. Das gilt ganz besonders dann, wenn ich gerade einen Fall gelöst habe.

Mein Finger war also schon auf der Fernbedienung, aber er drückte nicht ab. Das, was ich sehen mußte, war mir doch ein wenig zu vertraut: das *Kruyssenfeld-Institut*. Genauso, wie ich es gerade eben noch gesehen hatte. Für einen kurzen Augenblick konnte ich sogar mich selbst als einen dunklen Schatten aus dem Bild gehen sehen. Aber die Kamera interessierte sich weniger für mich als für den Notarzt-Wagen, der in zweiter Reihe vor dem *Zentrum* stand.

»Ein Unfall mit tödlichem Ausgang ereignete sich heute im Fitneß-Bereich des *Therapeutischen Zentrums für meditative Massagen, geistkörperliche Gesundheit und Inspirationing*«, erklärte die Nachrichtensprecherin. »Udo Sülznik, der seit Jahren als Masseur im *Zentrum* beschäftigt war, wurde von zentnerschweren Stützgewichten einer der Kraftmaschinen geradezu erschlagen. Mysteriös bleibt der Hergang des Unfalls nicht nur deswegen, weil so etwas nicht passieren darf, schon gar nicht jemandem, der wie Sülznik langjährige Erfahrung mit Fitneß-Technik hatte. Auch und vor allem deswegen, weil der Wartungsdienst darauf besteht, das betreffende Gerät sei zum Zeitpunkt des Unfalles wegen Reparatur gesperrt gewesen.«

Ich erkannte den wackeren Handwerker wieder, der mit dem Schraubenschlüssel nach mir geworfen hatte, und machte mich auf sein Statement gefaßt, das ich mir in etwa so vorstellte: »Ich sach noch zu dem Mann: Lassense da bloß die Finger von. Dat is nämlich kein Spillzeuch. Un jetz' – wat hab ich jesacht? Jetz hammer den Salat. Also wennse mich fragen: Dat habbich kommen sehen.«

Er wurde aber nicht gefragt. Statt dessen kam die Off-Sprecherin auf Gerüchte zu sprechen, die das *Kruyssenfeld-Institut* in Zusammenhang brachten mit dem Canossi-Mord, dessen Aufklärung nach Auskunft der Polizei unmittelbar bevorstehe.

Den starken Udo hatte es also erwischt. Ich konnte es nicht so recht glauben. Obwohl – wenn ich ehrlich war, hatte ich es kommen sehen. In gewisser Weise.

Mir fiel Luisa ein. Und ein letztes Mal hörte ich Alberto Canossis Mahnung, ein paar Sekunden, bevor er sich mit ›bis dann‹ für immer verabschiedet hatte: Paß auf sie auf. Was mich betraf, so lohnte es sich jetzt mehr denn je, auf sie aufzupassen. Obwohl es nicht mehr eigentlich notwendig war. Udo konnte ihr nichts mehr anhaben. Aber wenn die Geschichte über eine rein geschäftliche Beziehung hinauswachsen sollte, dann stand dem nichts mehr entgegen …

Wenn ich mir die Sache recht überlegte, konnte es allerdings sein, daß sie für Luisa etwas anders aussah. Im Moment jedenfalls. Udo hatte ihr nahegestanden, und sie wußte über ihn nicht das, was ich über ihn wußte. Für sie war er ein Freund gewesen. Einer, mit dem sie sich praktisch nur gestritten und mit dem sie nicht das geringste gemeinsam gehabt hatte. Aber ein Freund. Und deshalb brauchte ich nicht viel Phantasie, um mir vorzustellen, daß sie sich jetzt ziemlich mies fühlen mußte.

Ganz sicher würde es ihr helfen, wenn ihr die Augen über diesen Kerl geöffnet wurden. Mehr noch: Sofern ich dazu in der Lage war, durfte ich nicht zögern, es zu tun.

Es war meine verdammte Pflicht. Ich konnte ihr wesentlich dabei helfen, diese Sache – so bedauerlich sie auch war – von derselben Seite wie ich zu sehen. Nämlich von der positiven …

»Tut mir leid, das mit Udo«, sagte ich.

Sie öffnete mir ganz in Schwarz, wie eine sizilianische Witwe. Schwarz schimmernde, durchsichtige Nylonstrümpfe und ein großzügig ausgeschnittenes Kleid, das so kurz war, daß der Blick die Strümpfe auf dem ganzen Weg hinauf begleiten konnte.

»Ja«, sagte sie. Das klang nicht sehr traurig, und ich schöpfte Hoffnung. Auch am Telefon war sie eigentlich nicht niedergeschlagen gewesen, wenn sie andererseits auch nicht sehr erbaut schien von meiner Idee, sie zu besuchen.

»Du hast also den Fall gelöst«, sagte sie.

Ich folgte ihr in die sportliche Sitzecke. Auf dem niedrigen Tisch standen eine Glasschale mit Pralinen und zwei Gläser.

»Ja. Und Udo steckt mit drin. Leider.«

Sie goß uns Wein ein, den sie aus der Küche geholt hatte. Entkorkt war er schon. Die Zeiten der naturtrüben Säfte ohne Zucker waren schließlich vorbei.

»Also Udo hat es getan«, fuhr sie fort. »Warum?«

»Es war die Erpressungsgeschichte. Wizzt Han, der übrigens identisch mit Kruyssenfeld ist. Darauf hätte ich schon viel früher kommen müssen. Jedenfalls – Canossi wußte von dir, was mit seiner Schwester war.«

»Verstehe. Und Kruyssenfeld hat dann, anstatt zu zahlen, Udo beauftragt -«

»Nein.« Ich hob den Zeigefinger, ein wenig in der Pose des Meisterdetektivs. »Das dachte ich zuerst. Aber dagegen spricht vor allem, daß er gezahlt hat.«

»Gut. Dann hat er also gezahlt und ihn trotzdem …«

Sie schlug ein Bein über das andere, und ich vergaß für einen Moment, was ich sagen wollte. Es war einfach nicht mehr wichtig.

»Auch das hab ich gedacht. Aber dann kam ich auf seinen Mann fürs Grobe.«

»Udo.« Ihre Stimme hatte einen leicht spöttischen Unterton, aber es konnte auch sein, daß ich mir das nur einbildete.

»Er wußte von dem Deal. Ich bin ganz sicher, daß sein Chef ihn ins Vertrauen gezogen hat. Und er beschloß, sich das Geld zu verschaffen. Canossi biß also ins Gras. Und daraufhin schickte Kruyssenfeld seine Meute los, um es wiederzubekommen. Aber Udo forschte auf eigene Faust, er lief nicht in der Meute mit. Er nahm mich höchstpersönlich in die Mangel. Hier in dieser Wohnung quetschte er mich im wahren Sinne des Wortes aus.«

Luisa war nicht besonders beeindruckt. »Und von dem Tag an wolltest du ihm an den Kragen.«

»Wieso an den Kragen? Ich hatte ihn in Verdacht, zugegeben.«

»Aber wenn er es war, wieso quetschte er dich dann nicht nochmal aus?«

»Wieso -«

»Ja. Denn beim ersten Mal hatte er ja nichts erfahren.«

»Nein, das nicht.« Sie hatte recht. Da war tatsächlich eine Schwachstelle in meiner Theorie.

»Also warum?« beharrte sie.

»Tja«, sagte ich, um Zeit zu gewinnen. Plötzlich kam ich mir vor wie ein Musterschüler in einer Prüfung. Bisher mochte er mit seinen Antworten brilliert haben, aber eine winzige Frage, abgeschossen wie ein Giftpfeil, ließ alles zusammenstürzen und bewies, daß er nur Auswendiggelerntes heruntergeleiert hatte. Mein Kopf fühlte sich heiß an, und ich tastete nach einer Antwort wie ein Blinder nach seinem Stock.

»Vielleicht«, schlug ich endlich vor, »weil ihm Kruyssenfelds Gorillas zuvorgekommen sind.«

»W a s ?« Ihre großen Augen wurden noch größer. Riesengroß. »Sie haben das Geld?«

»Ja. Sie haben Henk ausgequetscht. Er hat aber dichtgehalten.«

»Und?«

»Sie haben es trotzdem gefunden. Ganz zufällig.«

Sie starrte mich an und war, wie mir schien, kurz davor, sich auf mich zu stürzen. Das war nicht Luisa Lukas, die Therapeutin, aber auch nicht LuLu, der Vamp. Das war eine andere Frau, eine gefährliche, explosive Mischung aus Raquel Welsh, Lili Marlen und Margret Thatcher. Eine völlig neue Luisa-Erfahrung.

Aber ich hatte dennoch nicht vor, mich in die Defensive drängen zu lassen. Schließlich hatte ich kein Verbrechen begangen, sondern eins aufgeklärt.

Als ob sie meine Gedanken gelesen hätte, setzte sie ganz plötzlich ein Lächeln auf. Kein spöttisches mehr, sondern ein bezauberndes. Von einem Moment auf den anderen war sie wieder Luisa, die Therapeutin.

»Mach dir nichts draus«, sagte sie mitfühlend. »Hier. Nimm von den Pralinen. Sie sind selbstgemacht. Noch einen Schluck Wein?«

Ich hielt ihr mein Glas hin. Als sie neben mich trat, erfüllte der Duft von *Night in Tunesia* meine Nase.

»Weißt du«, sagte sie, »es könnte auch anders gewesen sein.«

»Anders?« Jetzt setzte *ich* ein spöttisches Lächeln auf. »Na gut. Ich höre.«

»Nehmen wir mal an: Udo hatte einen Komplizen. Und die beiden sind bei Canossi mit eingestiegen. Denn Kruyssenfelds Geld reichte auch für drei. Kruyssenfeld zahlt also, aber Canossi weigert sich zu teilen. Er wird prinzipiell und erklärt, daß es hier nicht um Geld geht, sondern um Gerechtigkeit. Und daß er das Geld nur haben wollte, um es den Bullen unter die Nase zu halten.«

»Damit die was gegen Kruyssenfeld machen.«

»Exakt. Dummerweise haben seine Komplizen aber das Geld schon fest verplant. Verstehst du?«

»Klar. Sie beschließen, nur noch durch zwei zu teilen.«

»Zufällig wissen sie, daß Canossi geradezu süchtig nach Weingummis ist. Egal wo er ist, er steckt sich die Dinger in den Mund. Ohne es zu merken. Blöderweise lutscht er diesmal sein Weingummi aber erst, nachdem er einen Detektiv aufgesucht hat.«

Ich grinste. »Mich?«

»Bravo. Glücklicherweise gerät er nicht an einen ehrenhaften -«

»Moment mal ...« Das Grinsen saß zwar immer noch auf meinem Gesicht wie ein fettes Insekt, aber nur, weil ich meine Gesichtsmuskeln ganz vergessen hatte. Es war wie bei einem Blödian, der erst, nachdem er sich eine Viertelstunde lang brüllend auf die Schenkel gehauen hat, bemerkt, daß er es ist, über den alle lachen.

»- sondern einen, der das Geld einsteckt. Also fängt Udo an, danach zu fahnden. Auf seine etwas beschränkte Weise natürlich. Dabei gäbe es eine viel bessere Möglichkeit.«

»Nämlich? Verdammt, jetzt laß dir doch nicht alles aus der Nase ziehen!«

Ihr Blick war nicht schmeichelhaft. Er sagte in etwa: Jetzt hab ich schon versucht, dich für so dämlich zu halten wie es geht, und du hast es geschafft, da noch drunter zu bleiben.

»Nett zu ihm sein. Das macht ihn argloser. Und es ist wirksamer.«

Ganz plötzlich, obwohl ich nicht wollte, begriff ich. Ein Grollen war um mich, und dann riß mich eine Lawine mit, ein schreckliches Getöse aus geplatzten Hypothesen, sackgassenförmigen Schlußfolgerungen und grundfalschen Vermutungen. Da saß sie vor mir, Luisa, die Eiskalte, LuLu, eine schwarze Witwe.

Ja, ich wußte, daß es nur daran gelegen hatte. Daß ich es nicht gewollt hatte. Ich sah es vor mir, so eindeutig und offen wie ihre Brüste, die in ihrem hautengen schwarzen Kleid eingezwängt waren, und noch immer wollte ich es nicht sehen.

»Doch nicht – du?«

»Wer sonst?«

Darauf wußte ich keine Antwort. Eine ganze Weile saß ich da, mit dem schwachsinnigen Grinsen im Gesicht, und als sie zwischendurch ging, um eine neue Flasche Wein zu holen, grinste ich während der Zeit eben die Wand an.

»Gut«, sagte ich schließlich. »Gut, ich war blöd und hab nicht gesehen, was vor mir lag. Du warst es also. Nur noch eine Frage: Warum erzählst du mir das?«

Sie lächelte ausgiebig, bevor sie antwortete. Allein vom Warten lief es mir eiskalt über den Rücken.

»Du weißt, warum«, sagte sie.

»Weil du über mich an das Geld kommen wolltest. Und jetzt erfährst du, daß sie es mir geklaut haben.«

Sie zuckte die wohlgeformten Schultern, zwei sanftgerundete schneeige Gipfel, die sich aus dem finster drohenden Schwarz des Dschungels erhoben.

»Ja. Das auch. Aber da sind dann noch diese Pralinen, die du mit sichtlichem Appetit verputzt.«

»Was ist damit?«

»Freut mich, daß sie dir schmecken. Ehrlich. Und deshalb mache ich mir keine Sorgen. Das ist, als ob ich alles auf einen Block schreibe, den ich nachher wegschmeiße.«

»Was zum Teufel ist mit den Pralinen?«

Luisa zuckte leicht zusammen, wie ein sanftes Reh vor dem Brüllen des Löwen. Ihre Nachsicht kannte keine Grenzen mehr.

»Wie ich schon sagte: ich hab sie selbst gemacht. Nach dem gleichen Rezept übrigens wie Albertos Weingummis.«

Abrupt hörte ich auf zu kauen.

»Und die Bratklopse für den dämlichen Jörg«, fügte sie hinzu.

Ich starrte sie an. Dann mußte ich husten. Mehrmals.

26

»Der Herr sei mit euch«, sagte der Pfarrer.

Jemand hüstelte, dann noch einer. Kein Wunder, daß die Grippe umging, bei dieser Luft, die überall zwischen den Büschen in feuchten Schwaden herumlungerte und unangenehm süßlich roch. Schuld daran war das angefaulte Laub, das im ganzen Umkreis verstreut war und alle Wege bedeckte wie ein alter, ausgetretener Teppichboden.

»Lasset uns beten!«

Um das noch offene Grab herum hockte wie eine Horde Geier ein Häuflein gebeugter, schwarz gekleideter Menschen und murmelte gelegentlich etwas Unverständliches auf Stichworte des Pfarrers. Kein ehrfürchtiges Murmeln, eher klang es wie das Knurren eines Hundes, der im Schlaf gestört wird. Es war eine traurige Beerdigung, aber das müssen Beerdigungen nun mal sein. Und Gott sei Dank war es nicht meine.

Luisa hatte sich nämlich getäuscht. Ihre Pralinen hatte ich nicht angerührt, nicht etwa, weil ich mißtrauisch geworden war. Auch nicht, weil ich etwas gegen selbstgemachte Pralinen hatte. Es war einfach die Angst vor Mundgeruch. Jeden Besuch, von dem ich mir etwas mehr versprach als schöne Konversation, stand ich nur durch, wenn ich ununterbrochen einen von diesen Rachenputzern im Mund hatte, diesen *Fresh'n'Fruit*. Ich konnte nicht anders, dabei wußte ich genau, daß diese scharfen Dinger einen riechen ließen wie der Duftstein in einem öffentlichem Pissoir. Aber es war eine Manie. Ich war regelrecht abhängig von diesen Pillen.

Mit eben dieser Manie aber gelang es mir, Luisa zum ersten Mal wirklich aus der Fassung zu bringen. Als sich nach dem dritten Husten noch immer keine Krämpfe eingestellt hatten, als ich nach endlosen zwei Minuten ihr immer noch gegenübersaß, ohne daß mir die Adern geplatzt oder die Augen aus den Höhlen getreten waren, erfaßte sie eine kleine Panik. Fast schien es so, daß die Veränderungen, die sie an mir erwartet hatte, sich jetzt an ihr vollzogen: Das Kinn fiel herunter, die Augen flatterten, und ihre Selbstsicherheit zerlief auf ihrem Gesicht wie dick aufgetragenes Make-up in einer Sauna.

Wieder murmelte es.

»Laß uns abhauen«, flüsterte Henk, der neben mir stand. »Ich hasse Beerdigungen.«

Vielleicht hatte er recht. Vielleicht war es besser, im *La Mancha* einen auf Udos Wohl zu trinken, als sich auf seiner Beerdigung ohne rechte Ehrfurcht die Beine in den Bauch – besser: die Füße ins Laub zu stehen. Henk war nicht freiwillig hier. Ich hatte ihn hergeschleppt.

Und mich hatte mein Gewissen hergeschleppt. Wenigstens das, hatte es gesagt, bist du dem armen Kerl schuldig.

»Jetzt komm schon«, quengelte Henk.

Eine ältere Dame in Schwarz drehte sich um und maßregelte ihn mit einem vorwurfsvollen Blick.

Aber ich hielt eisern stand, jedenfalls so lange, bis die kleine Gemeinde ein Lied anstimmte, dessen trauriger Inhalt gar nichts war gegen die schaurige Art der Darbietung: Der Mißklang der Harmonien erzeugte ein schmerzhaftes, scheuerndes Kreischen, so als versuchten zwei alte, rostige Eimer, sich in einer engen Tunnelröhre mit aller Gewalt aneinander vorbeizudrängeln. Ich verzog im Schmerz das Gesicht. Henk hatte mich überredet.

»Wo bleibt denn eigentlich deine mordende Schönheit?«

Wir saßen auf einer Bank direkt neben einem kleinen Schuppen, wo sich grabpflegende Angehörige mit riesigen Gießkannen, nach unten spitz zulaufenden grünen Plastik-Vasen und Harken ausrüsten konnten. Die Trauergemeinde war inzwischen verstummt, um dem Pfarrer Gelegenheit zu geben, ein paar Worte zu sagen. Zwar waren sie in einiger Entfernung, trotzdem fand ich, daß Henk etwas leiser reden konnte.

»Weiß ich doch nicht«, brummte ich mit demonstrativ gedämpfter Stimme. »Sicher kommt sie später dazu.«

Henk rauchte. Mit seinen klammen Fingern hatte er seine Zigarette so ungeschickt zusammengebastelt, daß sie direkt aus der Asservatenkammer radikal-feministischer Polemik zu stammen schien. Es raschelte, und eine Gestalt löste sich aus dem Gebüsch direkt vor uns. Schäubel. Ein Kriminalist auf der Pirsch. Vielleicht hielt er sich für unauffällig, aber er hatte wohl nicht bedacht, daß Herbst war. Außer ihm trug kein Baum Grün.

»Schade um den Mann«, sagte Schäubel nach einer Weile, um ein Gespräch anzufangen.

»Oh ja«, nickte Henk und seufzte ausgiebig. »War sicher ein guter Masseur.« Er warf mir einen vielsagenden Blick zu.

»Ein tragischer Unfall«, fügte ich hinzu.

Der Kommissar war damit beschäftigt, seine Schuhe im nassen Gras vom Dreck zu befreien. »Wenn es einer war«, sagte er.

Henk tat mehr als überrascht. »Wenn nicht?«

Schäubel unterbrach seine Abwischerei und trat würdevoll auf uns zu. Die Pose des Bullen, mit dem nicht zu spaßen war.

»Für euch mag dieser Fall vielleicht abgeschlossen sein. Aber nicht für die Polizei. Da ist noch ein ganzer Haufen Ungereimtheiten. Wir werden der Sache nachgehen müssen.«

Damit stapfte er davon, immer wieder seine Schuhe im Gras schleifend, als ginge er der Sache schon nach und als befänden sch die Ungereimtheiten unter seinen Sohlen. Unauffällig michte er sich unter die Trauernden.

Ich mußte grinsen. »Die erste Beerdigung mit dem grünen Punkt.«

Henk lachte nicht. »Er wird sie sich vorknöpfen, meinst du nicht?«

»Kann schon sein. Aber ich glaube kaum, daß er ihr gewachsen ist.«

Henks Augen weiteten sich. »Du meinst, sie ...« Mit einer theatralischen Geste fuhr er mit dem Zeigefinger langsam über seinen Kehlkopf.

»Ach, Quatsch! Was hätte sie denn davon? Schäubel kommt einfach nicht drauf, das ist alles.«

»Aha. Er kommt also nicht darauf.«

»Er ist zu sehr Bulle. Den Schuldigen errechnet er aus einer Gleichung von Spurensicherung, Alibis und Schlußfolgerungen. Und deshalb hat der gerade dann nichts zu befürchten, wenn er direkt vor seiner Nase steht.«

»Ach ja«, sagte Henk bedeutungsvoll. »Hab ich dir schon gesagt, daß du das Zeug zu einem guten Bullen hast?«

»Haha.«

»Und wie geht's jetzt weiter?«

»Was meinst du?«

»Ich meine mit Luisa Lukas. Vielleicht erinnerst du dich, daß sie diejenige ist, hinter der wir die ganze Zeit her waren. Beinahe hätte sie dich auch erwischt.«

Erst jetzt bemerkte ich, daß die Bank, auf der wir saßen, naß war. Es war diese hauchdünne, fast unsichtbare Nässe, die eine ganze Weile braucht, um zur Haut durchzudringen.

»Na und?« sagte ich. »Jeder macht mal Fehler.«

Henk nickte langsam und bedächtig in Richtung Trauergemeinde. »Oh ja. Kittel, davon verstehst du eindeutig mehr als ich.«

Ich durchwühlte meine Manteltaschen. »Hast du vielleicht ein Taschentuch? Diese gottverdammte Bank ist klatschnaß.«

Henk reichte mir wortlos einen nikotingelben Lappen. Wahrscheinlich schlug er darin seine angebrochenen Zigaretten ein.

»Nur, daß es bei ihr mehr als einer sind. Mindestens drei.«

»Drei?«

»Canossi. Nummer eins. Du bist Nummer drei. Und in der Mitte -«

»Ospendorf.«

»Stimmt genau. Er wohnte bei Luisa im selben Haus, wie du selbst bemerktest. Du warst es, der ihn auf ihre Spur gebracht hat.«

»Ich?«

»Ja. Du hast ihn nach ihr gefragt. Damals im Café. Und zwar in Zusammenhang mit dem *Kruyssenfeld-Institut*. Falls du dich erinnerst.«

»Ja. Natürlich erinnere ich mich.«

»Und da Ospendorf wußte, daß Luisa als Therapeutin gearbeitet hatte, war es für ihn nicht schwer, zwei und zwei zusammenzuzählen.«

»Es ist nie schwer, zwei und zwei zusammenzuzählen«, sagte ich trotzig.

»Das vielleicht nicht«, gab Henk zu. »Aber bei manchen sieht das Ergebnis dann doch etwas – bedenklich aus. Bei dir zum Beispiel. Sieh dich doch nur um.«

»Was soll ich?«

»Das ist eine Beerdigung, falls du es noch nicht gemerkt hast. Was ist mit dieser Beerdigung, frage ich dich. Was war mit Udo?« Er deutete auf mich, anklagend wie Banquos Geist auf Macbeths rauschendem Fest.

»Ein armer Kerl im Grunde«, sagte ich achselzuckend. »Und es zeigt sich wieder einmal, daß Ehrgeiz nicht nur krankhaft sein kann. Sondern auch tödlich.«

Er lachte auf. »Ich gebe zu, Kittel, diese Frau paßt zu dir. Sie wollte dich ins Jenseits befördern, und du sagst: Kopf hoch, nimm's nicht tragisch. Sowas passiert jedem mal. Na, und was jetzt? Wie stellst du dir das weiter vor?«

Da mein Hintern naß genug war, stand ich auf. »Erst einmal fahren wir in Urlaub. Bevor ich ich hier auf nassen Friedhofsbänken an einer Lungenentzündung krepiere. Sonne, Meer und Strand. Mit allem drum und dran. Das haben wir uns verdient.«

Henk kriegte den Mund nicht mehr zu.

»Ich kann es nicht glauben«, sagte er. »Du fährst tatsächlich mit ihr in Urlaub?«

»Was dagegen?«

»Nur ihr beide?«

»Nur wir beide. Erinnerst du dich nicht mehr? Canossi sagte, ich soll auf sie aufpassen. Und das kann ich doch nicht, wenn sie im Knast sitzt.«

Henk schüttelte den Kopf.

»Kittel! Er meinte das anders. Du sollst dich vor ihr in acht nehmen. So hat er das gemeint. Hast du das etwa noch immer nicht kapiert?«

Ich wußte, daß er recht hatte. Aber all das lag jetzt hinter uns. Ich lächelte.

»Sie hat was auf dem Kasten, Henk. Musikalisch, mein ich.«

Er schmiß mir den kümmerlichen Rest seiner Zigarette vor die Füße, wo er im faulenden Blättermatsch verzischte. »Und auch sonst, was?«

Ich zuckte mit den Schultern. »Und auch sonst. Mach's gut, Henk. Bis in zwei Wochen. Und sag mir, wie das hier ausgegangen ist.«

Fast schon war es mir, als käme ich nach Hause, als ich die wohlbekannte Treppe zu Luisas Wohnung hinauftrabte. Gut gelaunt plapperte ich immer wieder die frommen Sprüche vor mich hin, die die politisch aktiven Wohngemeinschaften wie Sonderangebote des Tages an ihrer Wohnungstür angebracht hatten. Gerne atmete ich den Geruch von Mangold und altem Knoblauch ein, als wäre er der erste Vorbote eines nahenden Frühlings. In meiner Tasche hatte ich zwei Flugtickets nach Kreta.

Natürlich hatte Henk recht. Mein Verstand hatte sich längst aus diesem Fall verabschiedet, und das eigentlich viel zu früh. Aber so ist es nun mal, wenn es einen erwischt. Und mich hatte es gründlich erwischt. Gut zu wissen, daß es jemanden wie Henk gab, der in einem solchen Fall die Sache zu einem guten Ende führte.

Wenn ich ehrlich war, paßte es mir tatsächlich ganz gut, daß Luisa schuldig war. Denn das bedeutete, daß ich sie schützen konnte. Von ihrer Schuld zu wissen und sie nicht ans Messer zu liefern, das war so etwas wie ein ständiger Liebesbeweis, den ich ihr erbrachte, praktisch ohne etwas dafür zu tun.

Sie hatte versucht, mich zu töten. Nun gut. Aber sie hatte es nicht wirklich *gewollt*. Sie war durcheinander gewesen, am Ende ihrer Kraft. Die Nerven am Boden. Alles war zuviel für sie gewesen. Höchste Zeit also, ein neues Kapitel zu beginnen. Ein Kapitel aus Jazz.

Die Tür öffnete sich in dem Moment, da ich den Treppenabsatz erreichte, aber da war nicht Luisa. Eine Frau stand vor mir, besser gesagt: ein Mädchen, schlank und blond, sportlich. Trotz des groben Pullovers aus Naturwolle verströmte sie den Charme einer Reitschulen-Schönheit.

»Hallo«, sagte sie. »Ich bin Gisela.«

Schön und gut. Aber was machte diese Gisela in Luisas Wohnung?

Gisela lächelte ein nettes Reitschulen-Lächeln. »Blumengießen. Das heißt: ich darf hier wohnen, solange die beiden drüben sind. Und die bleiben ja wohl 'ne ganze Weile in den Staaten.«

Den Staaten? In welchen Staaten denn? Ich glotzte sie begriffsstutzig an, so daß sie regelrecht Angst bekam und sich schnell verabschiedete, während sie mir noch einen Briefumschlag in die Hand drückte. Ich verstand immer noch nicht. Wen zum Teufel hatte sie mit ›die beiden‹ gemeint? Hastig riß ich den Umschlag auf.

Tut mir leid, Bernie. Du hast so viel für mich riskiert, ich weiß. Aber du erinnerst dich doch daran, daß ich immer schon nach Hollywood wollte. Wie wichtig mir das ist. Ich habe dir davon erzählt. Und stell dir vor: Jetzt habe ich jemanden getroffen, der drüben ein paar Leute kennt. Der mich da reinbringen kann. Toll, was? Ich weiß, was du sagen willst, aber Oliver ist nicht so wie Udo. Er hat wirklich Beziehungen. Also wünsch mir Glück, ja?
Luisa.

Wer um alles in der Welt war dieser Oliver?

Krimis von Andreas Izquierdo

Der Saumord

190 Seiten, DM 14,80
ISBN 3-89425-054-2
2. Auflage

In Dörresheim geschieht Seltsames: Die vielversprechende Zuchtsau Elsa wird aufgeschlitzt, und die preisgekrönte Kuh Belinda begeht Selbstmord. Jupp Schmitz, Reporter des »Dörresheimer Wochenblattes«, glaubt nicht an einen Zufall. Bei seinen Recherchen legt er sich nicht nur mit dem mächtigen Fabrikanten Jungbluth an, sondern zieht den Haß aller Dörresheimer auf sich und gerät schließlich selbt unter Mordverdacht. Einzig Jupps Jugendliebe Christine hält zu ihm.

Der Saumord ist eine Geschichte mit haarsträubenden Bildern, urkomischen Szenen und seltsamen Typen. Eine Geschichte voll ernster Inhalte, menschlicher Schwächen und echter Freundschaft. (Blickpunkt)

Das Doppeldings

203 Seiten, DM 14,80
ISBN 3-89425-060-7
Originalausgabe 1996

Eine wertvolle Münze aus der Antike wird gestohlen. Dann taucht sie wieder auf, wird wieder gestohlen. Eine Menge Leute scheinen sie besitzen zu wollen. Auch Jupp Schmitz, Redakteur des »Dörresheimer Wochenblatts«, macht sich auf die Suche. Derweil kämpft die »IG Glaube, Sitte, Heimat« für die Schließung des kürzlich eröffneten Bordells.

Krimis von Leenders/Bay/Leenders

Königsschießen

Der erste Krimi mit dem Klever K 1

ISBN 3-89425-029-1 DM 14,80

»Das feucht-fröhliche Schützenfest in einem Dorf am Niederrhein endet jäh mit dem Mord am allseits beliebten Bäcker.« (Wiesbadener Kurier)

»... ein Krimi über das Leben und Sterben am Niederrhein ... ganz im Stil klassischer englischer Kriminalromane aufgebaut, obwohl es selbstverständlich ein echter Niederrhein-Krimi ist.« (NRZ)

Belsazars Ende

Der zweite Krimi mit dem Klever K 1

ISBN 3-89425-037-2 DM 14,80

Das tote Genie liebte schöne Lolitas, die Honoratioren lieben große Feste, und Astrid Steendijk liebt es spontan und intensiv. »Die drei Autoren haben einen spannenden und heute fast schon selten guten Kriminalroman abgeliefert... Ein sehr empfehlenswerter Kriminalroman ...« (Der evangelische Buchberater)

Jenseits von Uedem

Der dritte Krimi mit dem Klever K 1

ISBN 3-89425-045-3 DM 14,80

Auf der Herrensitzung im Karneval bricht Privatdetektiv te Laak tot zusammen - Giftmord? Welche Rolle spielen die beiden abgeschlachteten Zuchthengste? Was wollte sich te Laak vom dubiosen Apotheker Braun? Und wohin ist das Vermögen der toten Sopranistin Larissa Heidingsfeld verschwunden? Die Spuren führen Toppe und das Klever K 1 bis hinter Uedem, was nicht nur für Ackermann »feindliches Ausland« ist.

Feine Milde

Der vierte Krimi mit dem Klever K 1

ISBN 3-89425-057-7 DM 14,80

Zwei tote Säuglinge in einem Kleinlaster und ein überfahrener Kripo-Mann nahe der holländischen Grenze - kein Sommerloch für die Klever Kripo.

Mordsgeschichten zu jedem Anlaß II

Der Mörder schwänzt den Unterricht
Schul-Krimis
ISBN 3-89425-083-6 DM 15,80
Mit Geschichten von A.B.S., Anderle, Ard, Ehlers, Flieger, Junge, Koglin, Karr & Wehner, -ky, Meyer, Plonsky, Reyntjes, Schlüter, Schmid, Wolf, Wolff

Der Mörder bricht den Wanderstab
Urlaubs-Krimis
ISBN 3-89425-085-2 DM 14,80
Mit Geschichten von Ahrens, Anderle, Ard, Gilles, Karr & Wehner, Kley, Koch, Koglin, -ky, Lens, Liedtke, Meyer, Minz, Neumann, Plonsky, Ross, Schlüter, Schmid, Schuberth, Wolff, Zadrazil

Der Mörder kommt auf Krankenschein
Wartezimmer-Krimis
ISBN 3-89425-086-0 DM 15,80
Mit Geschichten von A.B.S., Ard, Diesmann, Ehlers, Gilles, Ginsberg, Karr & Wehner, Koch, Koglin, Kottmann, Kristan, -ky, Lennkh, Lens, Liedtke, Meyer, Ross, Sauer, Schlüter, Schmid, Wolf, Wolff, Zadrazil

Der Mörder kommt auf sanften Pfoten
Tier-Krimis
ISBN 3-89425-087-9 DM 15,80
Mit Geschichten von Anderle, Ard, Balke, Diesmann, Ehlers, Flieger, Gilles, Karr & Wehner, Kley, Kruse, Lennkh, Licdtke, Meyer, Minz, Ostberg, Sauer, Schmid, Schwarz, Vocke, Weigle, Wolf, Wolff, Zinth

Der Mörder bittet zum Diktat
Büro-Krimis
ISBN 3-89425-088-7 DM 15,80
Mit Geschichten von Ahrens, Ard, Cormann, Dettmar, Junge, Karr & Wehner, Koch, Koglin, Kruse, -ky, Lennkh, Lens, Liedtke, Minz, Pei, Rossié, Schmid, Wolf

grafit